신도 神刀無雙
무쌍

사도연 新무협 판타지 소설
FANTASTIC ORIENTAL HEROES

신도무쌍 3

사도연 新무협 판타지 소설

초판 1쇄 찍은 날 § 2009년 4월 6일
초판 1쇄 펴낸 날 § 2009년 4월 13일

지은이 § 사도연
펴낸이 § 서경석

편집장 § 문혜영
편집책임 § 문정흠
편집 § 정서진

펴낸곳 § 도서출판 청어람
등록번호 § 제1081-1-89호
등록일자 § 1999. 5. 31
어람번호 § 제2-1716호

주소 § 경기도 부천시 원미구 심곡2동 163-2 서경B/D 3F (우) 420-822
전화 § 032-656-4452 팩스 § 032-656-4453
http://www.chungeoram.com
E-mail § eoram99@chollian.net

ⓒ 사도연, 2009

ISBN 978-89-251-1758-4 04810
ISBN 978-89-251-1715-7 (세트)

神刀無雙
신도무쌍

사도연 新무협 판타지 소설
FANTASTIC ORIENTAL HEROES

3 백염도

도서출판
청어람

目次

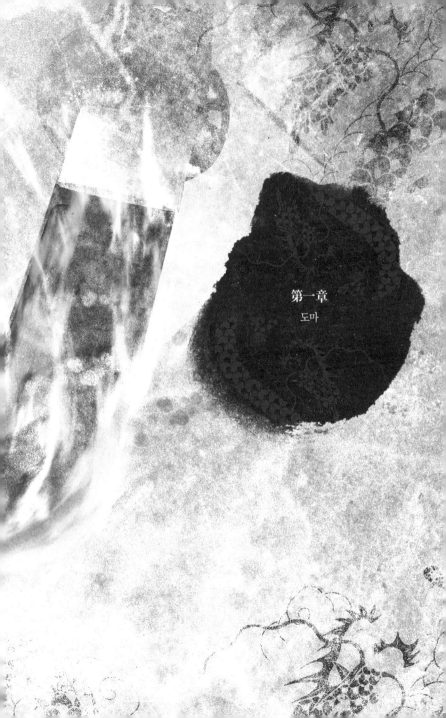

第一章

도마

神刀無雙
신도무쌍

분천도의 하얀 도신 위에서 일어난 적룡은 금방이라도 세상에 튀어나와 모든 것을 불사를 것만 같았다.

그리고 소혼은 그 적룡 위에서 하늘을 노니는 천신(天神)의 사자(使者)와도 같아, 일순 군웅들은 그 아름다움에 넋을 잃고 말았다.

쾅!

귀검은 자신의 검을 튕겨내는 분천도를 보면서 겉으로는 내색하지 않았으나 속으로는 많이 놀란 상태였다.

'자해(紫海)를 막아낸다고? 어떻게?'

사부에게서 배운 일천신화공(一千神話功) 중에서 상위 다섯 손가락 안에 드는 검식이다.

마의 영역이라는 절대위의 경지를 깨뜨린 이후에 그의 검을 단 일 초식이라도 받아낸 이는 손에 꼽을 정도였다. 사부조차 자해를 대성하게 되면 세상에서 무서울 것이 없다고 하지 않았던가.

그런데 지금 자신이 상대하고 있는 자는 달랐다.

'소혼이라고 했나?'

한 손에는 남궁린을 안고 남은 한 손으로 도법을 펼치는 자. 맹인인지 두 눈을 가리고 있는 이자는 자신과 견주어도 절대 부족하지 않을 강자였다.

'강호초출인가? 그도 아니면 반로환동을 한 은거기인? 누군지는 알 수 없지만, 그래도 절대위의 경지라면 천시를 논할 강자들이 다 모일 때쯤이라야 슬렁슬렁 나타날 것이라 생각했는데, 판단 착오다.'

귀검은 아무런 생각 없이 그저 부평초처럼 강호를 떠도는 것처럼 보이지만, 그는 세상 그 어느 누구보다 근심 걱정이 많고 자신이 앞으로 행해야 할 일에 대해 생각이 많은 사람이었다.

절대고수들이야 자신이 쌓은 명성이 있으니 나중에 등장할 것이라고 판단하여 이렇게 빨리 모습을 드러낸 것인데.

역시 세상은 마음대로 돌아가지 않는다.

'물론 그렇다고 해서 달라질 일은 없지만.'

귀검은 자신했다.

이런 판단 착오를 가지더라도 최종적으로 천시를 가지는 사람은 자신일 것이라고.

팟!

천혼검이 자주색으로 물들며 세상을 붉게 물들였다. 마치 서산 너머로 짙은 노을이 진 것 같았다.

화르륵!

소혼은 분천도에 맺힌 광염의 불길을 더욱 진하게 태웠다.

불꽃이 커다란 호선을 그리며 위에서 아래로 떨어졌다.

쾅!

광염은 단숨에 붉은 노을을 불살라 버렸다. 하얀 불꽃이 하늘에 그려지는 형상은 마치 유성이 떨어지는 듯한 착각을 불러일으켰다.

까가가강!

천혼검과 분천도가 쉴 새 없이 부딪치고, 강기 파편이 사방에 튀었다.

군웅들은 소혼과 귀검의 대결에 휘말리지 않기 위해 멀찌감치 떨어질 수밖에 없었다. 그럼에도 천시에 대한 욕망은 버리지 못해서, 소혼과 귀검은 군웅들이 만들어놓은 큰 원 안에서 칼을 나누는 격이 되고 말았다.

소혼은 칠보환천을 계속 밟으면서 귀검이 빈틈을 만들기를 호시탐탐 노렸다.

하지만 왼손으로 남궁린을 계속 잡고 있어야 하는 탓에 균형이 잘 맞지 않았다.

극대화된 감각으로 귀검의 칼을 막아내고는 있지만, 반격의 기회를 잡기는 힘들 듯싶었다.

'그렇다면……'

사도수로 살 때에도 그러했지만, 귀검은 소혼에게 있어서 상대하기가 까다로운 적 중 한 명이었다.

보다 더 강해진 지금은 어떨까. 게다가 지금 소혼에게 있어서 중요한 것은 군웅들 앞에서 자신이 이만큼이나 강하다고 자랑하는 것이 아닌, 남궁린의 안위였다.

소혼은 은연중에 이는 귀검과의 호승심을 억눌렀다. 연이 된다면 나중에라도 만날 수 있다는 생각이었다.

팟!

생각이 끝나자마자 분천도가 불그스름한 광채를 띠기 시작했다.

휙!

마치 세상이 반쪽으로 잘리는 듯한 착각이 일었다. 귀검과 군웅들은 자신들의 시선을 빼앗는 무언가에 정신이 홀리는 느낌에 빠지고 말았다.

적룡화문(赤龍花紋). 도신에 새겨진 용꽃 무늬와 함께 모든 것을 태워 버리는 분천오도였다.

콰쾅!

콰콰콰콰콰!

분천도가 흘러가는 자리 곳곳마다 불꽃이 터지면서 열권풍으로 폐허가 되었던 대지 위로 더 뜨거운 화마가 스쳐 지나갔다.

화르르륵!

화마는 삽시간에 소혼과 귀검의 사이를 갈라놓았다. 귀검은 잠시 열기를 피해 퇴보를 밟았는데, 그 순간 분천도가 다시 질주를 시작했다.

휙!

귀검은 홍무(紅霧)로 방어를 취했다.

까강!

천혼검으로 느껴지는 묵직한 기운에 귀검은 진보를 밟으며 다시 한 번 자해검식을 펼쳤다. 아니, 펼치려 했다.

"우리들의 못다 이룬 승부는 다음으로 미루도록 하지."

퉁!

'뭐라고?'

뜻을 알 수 없는 소리에 귀검의 시선이 위로 향했다.

그곳에는 소혼이 천시를 가지고 있을 거라 짐작되는 남궁린을 안고서 저 멀리 날아가고 있었다. 그 속도가 얼마나 빠른지 귀검이 소혼을 확인할 때쯤에 이미 그는 귀검의 시야에서 사라지고 없었다.

"놓칠 줄 아는가!"

귀검은 왼손에 공력을 끌어올려 공간을 때렸다.

쾅!

격공의 수를 이용한 황력장(黃靂掌)이었다.

하지만 기감으로 느껴지는 소혼의 기파는 황력장이 다다를 수 없는 장소까지 날아가고 있었다.

"쥐새끼 같군!"

귀검은 부득! 하고 이를 갈며 땅을 강하게 박찼다.

그의 신형이 곧 빛으로 화했다.

"……."

두 절대고수의 싸움을 멍하니 지켜보고 있던 군웅들은 소혼과 귀검이 사라진 이후에도 정신을 차릴 생각을 하지 못했다.

그만큼 절대위의 싸움은 화려하고 무인으로 하여금 깨닫는 것이 많기 때문이었다.

"도마(刀魔)……."

누군가가 가만히 중얼거렸다.

검을 든 사내가 귀신[鬼] 같은 검(劍)의 소유주니, 그 상대는 도(刀)를 사용하는 마귀[魔]라는 뜻이었다.

그렇게 사람들이 '도마'라는 별호를 작게 중얼거리던 도중이었다.

"어? 내가 왜 이러고 있지?"

"쫓아! 잡아야 해!"

천시가 저만치 사라진 걸 깨달은 것은 소혼과 귀검이 사라진 지 꽤 시간이 지난 뒤였다. 그들은 곧 뭐가 빠져라 부리나케 달리기 시작했다.

*   *   *

"……뭐지, 방금 그건?"

제천궁주 경태는 작은 목소리로 중얼거렸다.

하지만 그 혼잣말에는 패력이 가득 담겨 있어 그의 옆에 있는 사람들은 모두 귓속말처럼 똑똑히 들을 수 있었다.

유사 역시 평상시의 고고한 유생 같은 모습과 다르게 많이 놀란 모습이었다.

갑작스런 괴인의 등장. 그와 함께 불어닥친 혈풍. 백팔나한진이 깨지고 태청백호검의 절반이 화마에 휩쓸려 사라지고 말았다.

분명 혈란을 조장하였기에 이 역시 괜찮은 결과이나, 경태와 유사가 원한 것은 이런 게 아니었다.

그들이 짜놓은 각본대로 모든 것이 이루어지고 그 위를 피로 덧칠하며, 최후에는 제천궁이라는 세 글자를 강호에 울리는 것이 목표였다.

조금 더 시간을 오래 끌어서 감숙에 모인 일만 무인들을 한번에 처리해야만 했다.

이 일을 위해 엄청난 노력과 시간, 그리고 돈이 투자되었다.

대계(大計)를 짜는 동안 유사는 수십 번이고 골병이 들었다. 그리고 각본대로 차차 진행된다고 여겼는데…… 감히 훼방을 놔?

물론, 이런 일들을 대비해서 계획에 방해가 될 이들을 제거하기 위한 방도도 마련해 두었다.

하지만 이렇게 폭풍처럼 요란하게 왔다가 태풍처럼 모든 것을 휩쓸고 삽시간에 사라져 버린다면? 유사로서도 많이 당황스러울 수밖에 없는 것이다.

유사는 허탈한 표정으로 복면인, 귀사에게 시선을 돌렸다.

'혹시 알고 있는 것이 있나?' 하는 질문이었다.

하지만 귀사 역시 저런 사람은 처음이었다.

공공문과 하오문을 하나로 규합하여, 이제는 다섯 개의 파로 갈라진 개방보다 더 정보전에 능수능란한 천망문(天網門)의 문주가 바로 그라지만, 저런 강자의 등장은 단 한 번도 듣지 못했다.

게다가 열양공의 극의라는 백염(白炎)을 자유자재로 다루는 자라면 더더욱 떠오르지 않았다. 십천사처럼 이미 오래전에 강호에서 자취를 감춘 은거기인인가 싶었지만, 그 역시 아닌 듯했다.

결국 귀사도 유사를 보며 고개를 저었다.

유사는 더욱 진이 빠진 표정을 지었다. 귀사는 은영에게 조심스레 전음을 날렸다.

[쫓아라. 여의치 않는다면 살풍(煞風)을 동원해도 좋다.]

[존명.]

은영은 귀사의 말 중 '살풍'이라는 대목에서 살짝 몸을 떨었으나, 이내 마음을 가다듬고 복명을 외쳤다.

경태는 잠시간 아무런 말이 없었다.

가만히 묵묵하게 있을 뿐이었다. 상념에 빠진 것이다.

이럴 때의 궁주를 건드리면 피를 본다는 것을 잘 아는 유사와 귀사는 조용히 궁주가 입을 열 때까지 옆에 서 있었다.

"유사."

"말씀하시지요, 궁주."

"저자, 소혼이라고 하지 않았소?"

"그런 말을… 들은 듯합니다."

"그런데 그 이름이 어째 낯이 익지 않소?"

"……?"

유사는 고개를 갸웃거렸다.

"소신은 처음 듣는 이름인 듯합니다만……. 혹여나 짚이시는 것이 있으신지?"

"독사 말이오. 그가 말하지 않았소? 소혼을 죽이겠다고."

"……!"

유사는 그제야 소혼이라는 이름을 떠올릴 수 있었다. 십만대산에서 수마검을 발견하고 수라마검을 죽인 자를 쫓으라는 명을 듣고서 신나했던 독사 만독자가 나중에 어떻게 되었는지를.

그는 한쪽 눈을 잃은 채로 '소혼'이라는 이름자만을 계속 반복했었다.

"혹여 그렇다면?"

"아무래도 그때 그 사람이 맞는 것 같소. 수라마검을 처치할 정도라면 가능하지."

"악연이 이렇게 얽히는군요."

궁주가 만독자를 내보냈던 취지가 '적이 될지 모르는 자는 미리 죽인다'였다.

만독자야 놀잇감이다 하고 여기며 뒤쫓았지만, 궁주는 만약에라도 벌어질 사태―그것이 설사 절대 얽히지 않을 것 같은 일이라도―는 미연에 봉쇄해 버리는 성격이었다.

이미 세수가 이 갑자를 훨씬 넘긴 만독자라면 고천사패도 능히 무찌를 수 있기에 절대 불가능할 것이라고는 생각하지 않았다.

그런데 만독자는 실패하였고, 그때 놓친 녀석은 그들의 대계를 초장부터 흩뜨려 놓았다.

"허허."

유사는 허탈하게 웃어버렸다.

경태가 곧 입을 열었다.

"유사, 대나무가 곧게 서지 않고 옆으로 기울 것 같으면 어떻게 하는지 아시오?"

전황과는 전혀 상관없는 갑작스런 물음이었지만, 유사는 그 말에 담긴 뜻을 알 수 있었다.

"막대기와 함께 줄로 묶어 위로 서도록 바로 지탱시켜야지요."

"그렇소. 옆으로 휘는 대나무에게는 받침대가 필요한 법이오. 그럼 다시 묻겠소. 이런 일은 어떻게 조치해야 하겠소?"

"역시나 받침대를 두어야겠지요."

궁주는 고개를 끄덕였다.

"이미 흐트러진 대계를 아깝다 하여 제자리에 앉아서 울고만 있을 수는 없소. 그래서 지금부터 나는 옆으로 휘려는 대나무를 바로 잡아주려 하오."

"어떻게 하오리까?"

"귀사."

"하명하십시오."

"구령(九靈)을 푸시오."

"이미 살풍을 동원했나이다."

"잘하였소. 그리고 구사(究師) 또한 보내시오."

"구사… 말이오리까?"

옆에 있던 유사가 깜짝 놀라 궁주를 말렸다.

"이미 아홉 마령(魔靈)과 살풍을 동원하지 않으셨습니까?

그런데 어찌 구사까지…….”

궁주는 냉소를 지었다.

“놈은 독사의 손에서도 살아 나왔고, 우리들의 일마저 쑥대밭으로 만들 정도로 악연이 쌓여 있는 놈이오. 완벽을 기하는 것이 좋을 테니, 명대로 이행하시오. 절대, 절대로… 놓쳐서는 아니 되오.”

“명을 받듭니다.”

“유사께서는 독사께 전서구를 띄워주시오.”

“늙은이를 그곳으로 보내드리리까?”

궁주는 고개를 끄덕였다.

“구령과 살풍, 구사에 독사까지 동원된다면 제아무리 높이 비상하는 새라 할지라도 피할 수 없을 것이오.”

유사는 고개를 푹 숙였다.

“존명.”

“또한, 남쪽에서 나의 명을 기다리는 이들에게 육각(六角)의 북진(北進)을 추진하라 이르시오.”

“이르지 않을까 합니다만…….”

경태는 고개를 저었다.

“아니오. 이미 일이 틀어져 버렸으니, 저들이 다른 사고를 할 수 없도록 한꺼번에 밀어붙이는 것이 좋을 듯하오. 그리고 귀사는 백영(白影)더러 이패와 의검선, 굉음벽도가 어디까지 이동했는지 확인하라 하시오.”

"존명."

"존명."

판단은 정확하고 지시는 빠르게. 궁주는 최대한 대계가 흐트러지지 않는 방향으로 받침대를 두기 시작했다.

천시를 안고 어딘가로 날아가고 있을 소혼이라는 남자를 떠올리며 궁주는 작게 중얼거렸다.

"소혼? 훗! 그 이름자가 얼마나 지속될 수 있는지 확인해 보겠다."

                    *   *   *

횡!

하늘을 가로지르는 한 개의 빛.

육안으로도 포착하기 힘든 그 빛을 수백, 수천의 사람들이 잡기 위해 달려드는 광경에서는 광기마저 느껴질 정도였다.

"쏴라!"

문주의 명에 신궁문(神弓門)의 무인들은 일제히 활을 들어 올리며 시위를 놨다.

그들의 문파에 죄를 짓고 도망치는 이들을 잡기 위해 쓰는 시우(矢雨)라는 것인데, 보통 때라면 화살촉에 섶을 달고 불을 붙여 적을 화마에 가두는 식으로 많이 사용했다.

하지만 지금 신궁문이 잡으려는 적은 열양공을 익히다 못해 백염까지 다루는 자다. 그런 그에게 불을 쏜다는 것은 되레 그들에게 독으로 작용할지도 모르는 사항이었다.

그런 탓에 그들은 화살촉에 불을 붙이는 대신에, 화살의 위력을 강하게 하기 위해 특별히 철로 만들어진 철시(鐵矢)를 사용했다.

만드는 데 소요되는 시간이나 비용이 만만찮아서 중요한 순간이 아니면 사용이 금해져 있는 철시라지만, 천시에 눈이 먼 그들에게는 그 어느 때보다도 중요한 순간이었다.

퓨퓨퓨퓨퓨퓻!

하늘을 빼곡히 메운 화살비가 땅을 수없이 내리꽂았다.

"으악!"

"뭐야, 이건?!"

천시를 잡기 위해 달려가던 사람들이 화살비에 휩쓸리고 말았다.

그들 대부분이 웬만한 화살엔 눈도 깜짝하지 않는 고수들이었지만, 철시에 담긴 위력은 일반 고수들이 당해낼 수 있는 성질의 것이 아니었다. 더군다나 그런 철시가 수백 개라면 더더욱.

삽시간에 사방은 아수라장으로 변했다.

난데없이 달리다 말고 등에 철시가 박힌 사람이 있는가 하면, 또 누구는 화살을 칼등으로 쳐내다가 하체에 떨어지는 화살을 보지 못해 다리가 그대로 꿰뚫리는 사람도 있을 정도였다.

사상자가 우후죽순으로 늘어났지만, 피의자인 신궁문도, 피해자인 다른 사람들도 이를 두고 따지지 않았다.

그들의 시선은 저만치 그들의 시야를 벗어나고 있는 천시에 있었으니까.

화르르륵!

빛처럼 빠르게 달리는 소혼이 지나가는 자리에는 어김없이 화마가 일었다.

나무에 불이 붙다가도 금방 꺼지곤 했지만, 그래도 불꽃이 활활 타오를 때면 그 열기를 이기지 못해 뒷걸음질을 치고는 했다.

슉!

불꽃을 일으키는 원흉, 소혼은 불꽃에 휘감긴 분천도를 쉬지 않고 놀려댔다.

그 역시 공력이 남아돌아서 지나가는 자리마다 화마를 일으키는 것이 아니었다. 그럴 수밖에 없는 이유가 따로 있었다.

"거기냐!"

"천시를 내놔라!"

"죽어랏!"

달리던 도중 갑자기 전, 좌, 우에서 세 명의 무인이 튀어나왔다.

맨 먼저 떨어지는 것은 좌측의 공격이었다. 소혼이 칠보환천을 밟아 우측으로 몸을 돌리자 허상이 남았다.

"이형환위(異形換位)?"

초절정고수도 해내기가 힘들다는 경지의 발현에 상대가 많이 놀란 모양이다. 하지만 소혼은 그것을 귓등으로 흘리며 각법을 휘둘러 놈을 날려 버렸다.

횡!

동시에 몸을 급격하게 비틀면서 분천도를 위로 쓸어 올리자 우측에서 노리던 이의 몸뚱어리 위로 혈선이 그어졌다.

"크억!"

"컥!"

"이놈이!!"

둘의 머리가 동시에 터져 나가는 것은 순식간이었다.

앞쪽에서 공격을 노리는 녀석이 잔뜩 성이 난 얼굴로 검을 세로로 내렸지만,

챙!

소혼은 그 검을 가볍게 으스러뜨리고, 광염을 피워 놈을 단숨에 검은 재로 만들어 버렸다.

"분천이도."

소혼은 높이 뛰어올라 광염의 화력을 더욱 키웠다.

펑!

사방 전후에 불꽃이 타올랐다.

"살려줘!"

"크억!"

살려달라고 애원하는 사람들의 비명 소리가 아비규환을 이루었으나, 소혼은 눈 하나 깜짝하지 않았다. 도리어 광염의 화력을 더욱 키울 뿐이었다.

콰르르르르!

열권풍 세 개가 터지면서 하늘을 메우던 철시는 상승기류에 의해 저만치 날아가고, 칼바람을 안은 열풍은 주위를 불바다로 만들어 버렸다.

"이, 이……! 네가 이러고도 인간이라 할 수 있느냐!"

신궁문의 문주로 보이는 이가 속절없이 쓰러지는 수하들의 죽음에 분기를 토했지만, 소혼은 짤막하게 답할 뿐이었다.

"강호니까."

퍽!

신궁문주의 몸이 단숨에 부서졌다.

"실력이 되지 않는 이가 욕심을 부리는 것은… 헛된 망상에 지나지 않아. 특히나 그곳이 강호라면 명을 재촉하는 일밖에는 되지 않지."

소혼은 씁쓸한 어조로 중얼거리며 비천행의 속도에 박차를 가했다.

슈욱!

하늘을 질주하는 소혼. 그의 손에서 명을 달리한 인원만 해도 벌써 사백에 가까웠다.

백팔나한승과 태청백호검을 제하더라도 그 숫자가 이백을 훨씬 넘으니, 일대 마두(魔頭)의 탄생이라고 해도 과언이 아니었다.

비천행을 가로막다가 무너진 문파만 해도 아홉은 되었으며, 그에 준하거나 만만치 않은 피해를 꼽으라면 두 손으로 다 헤아리지 못할 정도였다.

하지만 죽이고 또 죽이며, 베고 또 베어도 군웅들의 숫자는 도무지 줄어들 생각을 하지 않았다.

아니, 오히려 늘어나기만 했다.

비천행의 속도는 신투와 비교해도 뒤지지 않을 것이라는 게 소혼의 생각이었다.

그런데도 차츰 그를, 아니, 그의 품 안에 있는 남궁린을 노리는 이들의 숫자가 자꾸만 늘어나고 있으니.

'언제까지 이렇게 달려야 하는 거지?'

벌써 달리기 시작한 지 두 시진째.

이미 날은 어두워져 깜깜하다.

청정단의 섭취와 함께 얻은 깨달음으로 공력이 부쩍 늘어나서 아직 이 정도로는 괜찮지만, 그래도 만약 이런 추격전이 계속된다면 소혼으로서도 많은 부담이 될 수밖에 없었다.

'일단 몸을 숨길 곳이 필요하다.'

계속 베고 또 베면서 달리는 것만이 중요한 것이 아니다.

이대로라면 언제 끝을 볼지는 아무도 알 수 없는 일. 잠시 숨을 고르고 머리를 정리해야 할 필요가 있었다. 우선 이들을 따돌려야 했다.

'그렇다면?'

화륵!

분천도에 다시 광염이 붙었다.

그러면서도 소혼은 화편월을 수없이 날리며 간간이 열권풍을 터뜨리는 것을 잊지 않았다.

콰쾅! 쾅!

와르르르!

순간 이전과는 비교도 할 수 없는 규모의 폭발과 열기가 일었다.

고루삼마를 베면서 얻어낸 고루해서의 일진권을 통해 얻어낸 폭발력이었다.

쿠르르르!

마치 지진이 일어난 것 같은 충격파에 사람들은 제정신을 차리지 못했다.

소혼을 찾기 위해 몸을 움직이려 하다가도 곧 화마가 그들의 앞을 가로막았다.

소혼은 바로 그 순간, 하늘 위로 몸을 날렸다.

마치 도깨비놀음 같았다. 천신의 사자가 하늘 위로 되돌아가는 듯한 착각이 일었다.

곧 소혼의 신형이 달빛 속에 묻혀 사라졌다.

"사라졌다! 잡아라!"

"찾아! 무슨 일이 있더라도 찾아!"

군웅들은 멍하니 그 모습을 바라보다 실수를 깨닫고 소혼을 찾기 시작했다.

"찾았다!"

자그마한 어둠 속에서 한 노인이 차가운 미소를 짓고 있었다.

"이번에는 기필코 너의 명줄을 내 손으로 따주고 말 것이야."

노인은 한 손으로 왼쪽 눈을 쓰다듬었다. 화상으로 인해 피부가 짓눌려 애꾸가 되어버린 눈이었다.

그때, 소혼은 잠영밀공(潛影密功)으로 자취를 감춘 상태였다. 멀리 간 것도 아니었다. 근처 거목의 끝에서 기척을 숨긴 채 사람들의 동태를 지켜보고 있었다.

강한 폭발과 뜨거운 화력으로 사람들의 정신을 홀리게 한 다음에 칠보환천으로 몸을 인근에 숨겨 마치 멀리 달아난 것처럼 보이게 만들었다.

처음 해보는 시도라 어떨까 했는데, 다행히 군웅들은 소혼이 멀리 도망친 것으로 착각하고서 그림자가 사라진 방향으로 달리기 시작했다.

몇몇은 혹시나 하는 심정으로 소혼을 찾아보려 했다. 하나 잠영밀공으로 기척을 숨긴 소혼을 찾기 위해서는 그와 비슷한 경지에 이르지 않는 한 절대 불가능했다.

'후우, 결국 다 갔군.'

군웅들이 썰물처럼 빠지는 것은 순식간이었다.

기감으로 근처에 누군가가 없다는 것을 확인한 후에야 소혼은 조용히 한숨을 돌릴 수 있었다.

"이렇게 사는 것도 힘들군."

옛날의 인연과 청정단의 은(恩)으로 이 일에 끼어들긴 했지만, 강호 서북인 이곳 감숙에서 중원 동남에 위치한 남직예까지 늘 이렇게 살육의 현장을 만들며 횡단을 할 생각을 하니 답답한 마음도 들었다.

"예나 지금이나 살도(殺刀)를 여는 것은 어쩔 수 없는 것인가."

"시주에게는… 대살성(大殺星)의 빛이 보이오."

문득 항마승 무각 대사의 말이 머리 위로 언뜻 스치고 지나 갔다.

비록 적으로 만나 소림을 등에 업은 땡중이라고는 하나, 그래도 불도를 닦은 중이니 무언가 눈에 비치는 것이 있었을 것이다.

"대살성… 대살성……."

소혼은 세 글자를 계속 입에 담았다.

조금은, 끔찍한 이름. 하지만 왜 이리도 익숙한 것인지.

"너에게는 천살(天殺)의 빛이 보이는구나. 너는 조용히 살고자
하더라도 세상이 그렇게 놔두질 않을 것이다."

문득 사부 대마종이 그를 거두면서 했던 소리가 언뜻 머리
를 스치고 지나갔다.

천살의 빛이 보이기에 마도를 쥐게 했다는 말. 나쁜 것은
나쁜 것으로 다스리는 것이라고 말했던 그 말이 왜 생각나는
것인지.

'하지만 후회는 없다.'

소혼은 그것을 나쁘게 생각하지 않았다.

그는 그저 가슴이 시키는 대로 할 뿐이었다.

"왜 너를 구해줬냐고? 답은 간단하다. 그냥 내가 그러고 싶으
니까 그랬을 뿐이다."

양부 시고의 마음가짐을 마음에 담았는지도 모르겠다. 하
고 싶으니 했을 뿐이다. 그저 가슴이 시키는 대로 달렸을 뿐

이다. 그것이 바로 마인이 가져야 할 자세였다.

소혼은 자리에서 일어났다.

이제 다시 움직여야 할 시간이었다.

'일단 마을부터 찾아야겠군.'

소혼은 왼손에 안고 있던 남궁린을 뒤로 업었다. 물컹한 감촉과 함께 강남제일미의 숨결이 느껴졌지만 그것을 느낄 새는 없었다.

소혼은 처음 설파를 묶었던 방식대로 줄로 남궁린과 자신의 몸을 단단하게 결박했다.

여태껏 계속 군웅들을 피해 뛰어다니랴, 그녀가 흘러내리지 않게 안고 있으랴, 많이 힘들었는데 이제야 움직임이 한결 편해졌다.

"그나저나 이 아가씨는 잘도 자고 있군."

소혼은 쌔액쌔액 아기처럼 숨을 고르는 남궁린을 보며 저도 모르게 흐뭇한 미소를 지었다.

처음에는 북해의 설원처럼 차갑기만 하던 몸이었는데, 이제는 어느 정도 몸에서 열기가 느껴졌다.

이유는 알 수 없었다. 하나 그의 품에 있으면서 화륜심결의 양기와 맞물려 많이 중화된 것이 아닌가 하며 단지 추측할 뿐이었다.

"정확한 것은 나중에 알아봐야겠어."

소혼은 자리를 벗어날 채비를 갖추었다.

도갑을 허리에 둘러매고 왼손과 오른손을 뒤로 돌려 뒷짐 지는 모양새로 달리려던 때였다.

쉭!

"……!"

갑자기 머리 위에서 무언가가 떨어졌다.

소혼은 칠보환천을 밟아 단숨에 자리를 벗어났다.

땅에 착지하자마자 장정 두 명은 둘러야 다다를 것 같던 거목이 중간 부분부터 와지끈 하고 무너지기 시작했다.

우르르르.

쿵! 하는 소리와 함께 거목이 모로 기울었다.

'아무런 짓도 안 했는데 굵은 나무가 갑자기 쓰러져?'

소혼은 다시금 화륜심결을 운기했다. 백팔십 화륜이 맹렬하게 돌아가며 자연지기를 양기로 바꾸기 시작했다.

"누구냐!"

소혼은 일갈을 터뜨렸다.

하지만 돌아오는 것은 대답이 아닌 괴상한 액체였다.

쉭!

소혼은 퇴보를 밟아 정체를 알 수 없는 액체를 피했다. 그런데 놀라운 것은, 액체가 땅에 떨어지자마자 땅이 한 움큼 파였다는 점이었다.

'독이다!'

소혼은 재빨리 숨을 참으며 화륜을 더욱 빨리 돌리기 시작했다.

어느새 그의 몸에는 독기가 자리 잡고 있었다.

'어느 틈에?'라는 생각이 떠올랐지만, 우선 그 독기를 태워 버리는 것이 중요했다.

소혼은 용천혈에 공력을 모아서 강하게 땅을 굴렀다.

쿵!

진각의 떨림과 함께 화기가 독기를 단숨에 태워 버렸다. 고루해서의 만조비명을 화륜심결에 녹인 결과였다.

"호오? 제법이로구나. 일전에 만났을 때보다 훨씬 강해졌어. 노부의 독을 모두 날려 버리다니. 그새 깨달음이나 기연이라도 있었던 것이냐?"

하늘에 울리는 목소리. 칙칙하기 그지없었다. 소혼은 그 목소리의 주인공을 잊을 수 없었다.

"만독자!"

"비록 그것이 노부의 이름은 아니라고는 하나 그래도 엄연히 호칭이건만. 뭐, 아무래도 상관없겠지."

슉!

갑자기 소혼의 눈앞에 한쪽 눈을 잃은 노인이 나타났다.

"어차피 죽을 목숨. 마지막으로 가는 소원으로 해주지 못할까."

소혼은 자신의 몸이 보이지 않은 무언가에 꽁꽁 묶인 것 같다고 생각했다. 그만큼 애꾸노인과 눈을 마주치고 있는 이 순간, 몸이 너무 무거웠다.

애꾸노인, 만독자는 비소를 흘리며 손을 쫘악 뻗었다.

손바닥이 소혼의 얼굴을 덮으려던 찰나였다.

퍼펑!

갑자기 아랫배에서 화끈한 느낌이 일었다. 동시에 강한 열기가 만독자의 몸을 태웠다.

"이런……!"

만독자가 버럭 성을 지르는 찰나, 그 앞에는 쌍룡포를 날린 소혼이 냉소를 짓고 있었다.

"한 번 당한 수법, 두 번 당할 것이라 생각하지 마시오."

소혼은 한 번 싸운 상대의 특징은 절대 머릿속에서 잊지 않는 머리를 자랑했다. 다음에 싸움을 치를 때에 그와 같은 실수를 하지 않기 위해서다.

경험을 보다 잘 이용하는 이, 그것이 바로 소혼이다.

쉭!

분천도가 도갑에서 분리되며 불을 뿜었다.

하얀색 섬광과 함께 칼날이 만독자의 목을 쓰다듬고 지나갔다.

하지만 피는 튀지 않았다. 소혼이 벤 것은 만독자 본인이 아닌, 독으로 만들어낸 허상이었다.

만독자는 쓰러진 거목 밑동 위에서 등장하며 웃었다.

"네놈이 군웅들을 속일 때의 수법을 응용해 보았다. 낄낄,

재미있구나. 이형환위로 몸을 숨기고 가짜로 눈속임을 한다. 네놈들이 그토록 경멸하는 사술이 아닌가?"

소혼은 냉소를 흘렸다.

"칼을 휘두르는 전장에 사술이 어디에 있고 정도가 어디에 있소이까?"

"그래, 네 말이 맞다. 크크큭! 그러니……."

만독자는 활짝 웃으며 외쳤다.

"나의 눈을 이렇게 만들 수 있었던 것이겠지!"

탄복과 함께 그가 디디고 서 있던 거목이 흐물흐물 녹아내리기 시작했다. 검은색 독지. 삽시간에 사방을 사지로 만들어 버리는 독향(毒香)에 소혼은 인상을 찌푸렸다.

"네놈을 죽이기 위해 이 순간을 기다렸다, 소혼!"

만독자의 인상이 흉신악살처럼 일그러졌다.

동시에 독지 곳곳에서 독물이 그물처럼 엉키며 소혼을 덮기 위해 달려들었다.

와르르릉!

소혼은 단숨에 분천도를 휘둘러 독기를 태워 버렸다. 동시에 하늘 저 멀리 위로 화편월 수십 개를 뿌렸다. 고즈넉한 달밤에 어울리는 조각달이었다.

파파파팟!

퍼펑!

화기와 독기가 만나면서 독이 타들어가는 냄새가 사방에

진동했다.

소혼은 행여나 한 점의 독기라도 몸에 스며들지 않도록 화륜심결을 극성으로 운기하는 것을 잊지 않았다.

팟!

소혼은 하얀 섬광이 되어 만독자의 이마를 노렸다.

쾅!

거친 폭발이 일대를 휘감았다.

자욱하게 인 모래안개 위로 한 개의 신형이 불쑥 솟아올랐다. 소혼이었다. 그는 비천행을 전력으로 펼쳐 다시 한 번 만독자의 마수에서 벗어났다.

만독자는 모래안개를 흩뜨리며 그 위로 비소를 띠었다.

"이번에는… 절대 놓치지 않는다."

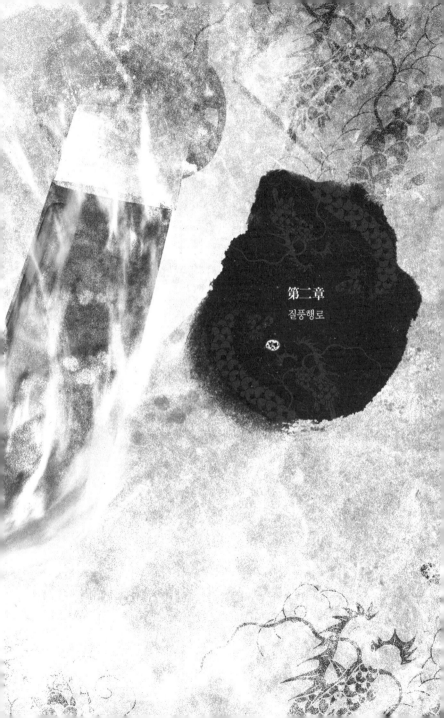

第二章
질풍행로

神刀無雙
신도무쌍

천시가 사라졌다!

어느 날, 폭풍처럼 등장해 강호를 뒤흔들었던 천시의 존재.
일신무총으로 가는 열쇠를 얻을 수 있다는 꿈은 사람들을 감
숙으로 몰리게 만들었다.

그리고 천시를 쟁취하기 위한 무인들의 혈란이 일어났다.
일명 '천시쟁패' 라 불리는 사건의 시초였다.

무인들의 이목은 천시를 가지고 있거나, 그 행방을 알고 있
을 거라고 알려진 강남제일미를 노렸다.

하지만 강남제일미는 천시쟁패에 갑자기 끼어든 존재에
의해 사라지게 되었다.

그 존재에 대한 정체는 아무도 알지 못했다.

그가 어디서 나타났는지, 그가 원래 무슨 일을 하였던 사람인지조차도.

다른 사람들처럼 천시를 노린 것이라 판단되는 그 괴인은 강남제일미를 납치, 도주에 이르게 된다.

여기까지는 신주삼십이객 안에만 들 수 있다면—그것으로도 대단한 것이지만—가능할 것이라 판단될 수 있으나, 괴인은 그 이상의 실력을 선보였다.

전설의 백팔나한진이 깨졌다. 그리고 무당이 자랑하는 태청백호검이 무너졌다.

초절정고수인 혈웅과 사혼자검이 죽었으며, 혈심편을 비롯한 수많은 절정고수들이 그 여파에 휩쓸렸다.

건을 둘러 눈을 가리고 새하얀 백설 같은 도신을 휘두르며 겁화의 불길을 내뿜는 자. 열양공의 극의라는 백염을 사용하는 마도의 소유자.

그는 그러한 무시무시한 신위를 뽐내고서도 절대 지칠 줄 몰랐다.

한 손에 강남제일미를 안은 채로 수천 명에 이르는 군웅들 틈 사이로 질주하는 그의 신위는 절대위에 육박했다.

나이도 이제 고작 이십대 중후반으로밖에는 보이지 않는 절대고수의 등장에 사람들은 경악에 잠기고 말았다.

호사가들은 그에게 도마(刀魔) 혹은 혈풍마도(血風魔刀)라는 무명(武名)과 별호(別號)를 주었다.

하지만 그보다 더 군웅들의 뇌리에 박히는 단어가 있었으니.

백염도(白炎刀).

백색 불길을 휘두르며 가로막는 자들을 태워 버린다는 뜻에서 붙여진 별호다.

하얀 도신 위에서 피어나는 백염을 맞이한 사람들은 하나같이 공포에 떨었다고 한다.

그리고 백염도의 질풍행로(疾風行路)라 불리는 희대의 살겁은 감숙을 넘어 강호 전체를 떨치고 있었다.

*　　　　*　　　　*

백염도의 질풍행로가 시작된 감숙성의 옥문 주위는 수많은 사람들의 방문으로 인산인해를 이루었다.

북숭 소림의 백팔나한승과 남존 무당의 태청백호검이 깨졌다는 소식에 그것이 정말 사실인지 아닌지 확인하기 위해서였다.

그리고 그곳에서 사람들은 백염도의 흔적을 발견할 수 있었다.

수많은 시체들과 화마가 스쳐 지나간 흔적.

대부분 동료들이 벗의 시체를 데리고 갔기에 시체는 많이 남아 있지 않으나, 화마가 붉게 타올랐던 곳은 그 증거가 여실하게 드러나 있었다.

"이것이 백염도가 뿌렸다는 화마의 흔적인가?"

고고한 모습으로 신선을 연상케 하는 노인이었다. 노인은 등에 태극 무늬가 그려진 도복을 입고 있었는데, 그의 눈은 백염도가 질풍행로를 처음 시작한 곳을 쭉 훑고 있었다.

"이곳에서…… 제자들이 억울하게 죽임을 당했구나."

제자들의 죽음을 제 눈으로 확인하겠다면서 감숙으로 오르는 길에 속도를 박찼던 이, 의검선(義劍仙)은 말로 표현할 수 없는 참혹한 광경에 할 말을 잃고 말았다.

괴검 이래 무당의 제일기재라 불리며 삼십 년 정마대전을 통해 별들의 전쟁[星亂] 속에서 당당히 여섯 제왕[六帝] 중 하나인 검제(劍帝)의 자리에 오른 그가 아닌가.

그 역시 도인답지 않게 검에 수많은 피를 묻혔고, 또한 수없이 많은 학살극을 보며 살아왔다.

하지만 단언컨대 이렇게 참혹한 광경은 손에 꼽을 정도였다.

화마가 스쳐 지나간 자리에는 풀 한 포기 남아 있지 않고 죄다 재가 되었으며, 그 위로 뿌려진 피는 여기저기에 그 흔적이 남아 있었다.

그리고 의검선의 시선은 이내 대제자에게로 향했다.

"하우야……."

신주삼십이객 중 일인으로서 의검선의 뒤를 이어 무당을 제일문파로 이끌어줄 것이라 믿어 의심치 않았던 대제자 하우의 죽음은 그의 슬픔을 더욱 크게 만들었다.

비록 직계제자는 아니지만, 그런 아이를 제자로 받아들인 장문 사형이 부러울 정도로 뛰어난 기재였다.

무당을 대표하는 이름이었다.

하지만 그 영광된 이름과는 다르게 하우의 마지막은 너무나 처참했다.

슬프게도 어깨 위에 달려 있어야 할 것이 없었다.

마지막 모습, 그 뺨이라도 한 번 쓰다듬어 주고 싶건만. 죽을 때까지도 손에서 놓지 않던 무당의 신물, 태청검(太淸劍)만이 그의 정체를 짐작케 해줄 뿐이었다.

더구나 하우의 죽음과 함께 의검선의 슬픔을 더욱 가중시키는 것이 있었다.

"제자들의 흔적을 찾을 수도 없다고?"

의검선 호진자(護眞子)는 회한이 가득한 얼굴로 제자들에게 물었다. 질풍행로에서 겨우 목숨을 부지한 태청검들이었다.

하우의 죽음에 따라 자연스레 대제자가 된 하성(夏成)은 오체투지를 하며 절규했다.

"악적이 행한 사술은 사형제들의 시체조차 모두 태워 버렸습니다……"

"사술이라… 사술이라……!"

"손에서 화염이 치솟았습니다. 그것이 끝이었습니다. 정신을 차렸을 때에는 이미 오십에 가까운 제자가 놈의 손에 의해 귀천을 하고 말았습니다. 죄송합니다. 저의 불찰입니다! 제자를 벌해주십시오!"

"제자를 벌해주십시오!"

"제자를 벌해주십시오!"

태청백호검, 아니, 이제는 태청오십호검이라고 해야 할 만큼 숫자가 줄어버린 이들은 일제히 머리를 조아리며 소리쳤다. 울음 섞인 목소리였다.

의검선은 통탄했다.

"통재로다! 통재로다……!"

하성은 다시 울분을 터뜨렸다.

"호진 사숙! 제발 사형의 원한을… 사형제들의 원한을 갚아주십시오!"

"갚아주십시오!"

"갚아주십시오!"

따지고 보면 태청백호검이 천시쟁패에 휘말린 때부터 그들은 자신들도 죽을지 모른다는 생각을 가져야만 했다.

하지만 어찌 사람이 원한에 잠겼는데, 그 앞뒤를 냉철하게 판단할 수 있을까.

또한 강호는 항시 수많은 인연과 악연이 얽히는 곳. 무당

역시 도가라고는 하나, 강호에 몸을 담고 있는 무파다. 절대 그 악연의 고리를 끊을 수 없었다.

"……."

제자들의 절규에도 의검선은 아무런 대답을 하지 않았다. 그저 묵묵부답으로 자리에서 일어날 뿐이었다.

하지만 일어나는 순간 의검선의 눈가에 맺힌 핏빛은 도인으로서 응당 버려야 할 살기였다.

의검선은 자신과 한평생을 같이해 온 애검 극청(極淸)의 검갑을 움켜쥐었다.

참마행(斬魔行), 악적을 베기 위해 거동을 시작하려는 것이다.

"내 제자들의 원한을 갚고… 다시는 이런 비극이 일어나지 않도록 천시 자체를 아예 이 세상에서 지워 버리겠다."

태청검들도 자리에서 일어났다.

의검선의 참마행을 따르려는 것이다.

사형제들의 복수를, 무참히 깨져 버린 태청백호검의 신화를 원수에게서 되찾아오는 것을 그들의 두 눈으로 확인해야만 했다.

그렇게 의검선이 복수를 다짐하며 몸을 돌리려던 순간이었다.

두 노소(老少)가 의검선의 앞길을 막고 있었다.

노소는 노인과 여인으로 이루어져 있었다.

노인은 백발과 흰 수염에 어울리지 않게 꽤나 정정한 듯, 체격 좋은 청년에 못지않은 몸을 자랑했다.

여인은 면사를 쓰고 있어서 그 얼굴을 잘 분간하기가 힘들었지만, 섬섬옥수에 수려하게 그려진 곡선이 꽤나 미인일 것이란 것을 짐작케 해주었다.

개중 노인은 의검선도 잘 아는 인물이었다.

"말코, 잘 있었나?"

"무량수불. 팽 시주, 오랜만이구려."

의검선은 은거기인을 제외하면 단 열 명밖에 되지 않는 절대위에 오른 강자. 모두가 존경하고 따르는 그에게 말코라 말할 인물은 세상에 단연코 한 명밖에 없었다.

"하성아, 인사드리어라. 팽가의 큰 어른이 되시는 분이시다."

둘의 대화를 듣고 있던 하성이 화들짝 놀라 노인에게 읍을 올렸다.

"후배가 태청백호검들을 대신하여 도제(刀帝) 어르신께 인사를 드립니다."

"허허, 네가 바로 무당이 자랑한다는 청수신검이라는 아이냐?"

그러자 옆에 있던 여인이 팔꿈치로 노인의 허리를 치며 작게 속삭였다.

"청수신검 하우는 백염도에게 죽었어요. 저 사람은 이제자인 유소검(有笑劍) 하성이라고 해요."

"하성? 처음 듣는 이름인데?"

"비록 신주삼십이객에는 들지 못했지만 강호백대고수에 당당히 이름을 올리고 있는 절정고수, 기린아라고요."

노인은 피식 웃었다.

"기린아는 무슨. 내가 보기엔 호랑이 새끼도 되지 못하는구먼. 많이 잡아봐야 이리밖에는 안 되겠구나."

하성의 얼굴이 잘 익은 홍시처럼 붉게 달아올랐다.

저들끼리는 딴에 남들에게 들리지 않을 정도로 작게 속삭인다고 하지만 절정고수인 그의 귀에는 너무나 잘 들렸다.

하지만 오만한 성정을 가진 그로서도 노인에게 화를 낼 수 없었다. 아니, 내지 못했다는 말이 옳았다. 노인이 가진 명성이 의검선과 비교해도 절대 뒤지지 않음을 잘 알기 때문이었다.

당금 강호를 상징하는 성란육제 중에서 도제의 자리에 오른 자.

굉음벽도(轟音霹刀) 팽무천(彭武天).

삼정의 일인으로, 삼 년 전 자식인 팽도현에게 가주 직을 물려주고 부평초처럼 강호를 떠돌기 시작한 위인이다.

정확하지는 않으나 그의 옆에 있는 여인은 팽무천의 손녀인 도미화(刀美花) 팽시영일 터였다.

본래 그들 조손은 감숙에 천시가 나타났다는 소식에 나서

게 되었다.

젊은이 못지않게 호승심을 자랑하기로 유명한 팽무천이 나서고 그 옆을 팽시영이 따랐다.

그들은 팽가가 있는 하북 북직예에서 서쪽으로 이동하던 도중 그들은 백염도의 등장을 듣게 되었다.

이는 팽무천을 혹하게 만들었다.

고천사패를 제외하고 강호에서 그와 도를 견줄 자는 천마신교의 교주 대마종밖에는 존재하지 않았다.

칠년지약으로 인해 정마가 휴전 협정을 맺은 지금에 와서는, 강호에서 그와 도를 나눌 만한 자를 찾아보기 힘들 정도였다.

그렇게 홀로 독보의 자리를 곱씹고 있던 도중에 도를 사용한다는 절대고수가 등장했다 하니 어찌 몸이 달아오르지 않을 수 있을까.

하지만 백염도는 무인들의 추적을 받는 판이라 위치를 알 길이 없어, 팽무천은 어쩔 수 없이 백염도가 처음 모습을 드러냈다는 천시쟁패의 장소에 도착하게 되었다.

그런 와중에 의검선과 무당 제자들을 만나게 된 것이다.

의검선은 사람 좋은 미소를 지었다.

"무량수불. 한데 팽 시주께서는 어찌 이곳에 오게 되셨습니까?"

방금 전까지만 해도 참마행을 외치며 눈가에 살의를 띠던 사람은 온데간데없고 어느새 인자하게 생긴 도인만이 있었다.

의검선이 가진 양면성을 잘 아는 팽무천인지라 그는 속으로 혀를 끌끌 차고는 입을 열었다.

"나 역시 부족하게나마 도를 쓰는 몸. 강호 동도들이 높게 평가해 주어 도제의 자리에까지 올랐지. 하나 나 역시 강호인인지라 백염도가 도를 사용한다는 소식에 피가 들끓어 찾아오게 되었다."

"호승심이라…… 아직도 팽 시주는 젊은이 못지않은 호방함을 자랑하시는구려. 나이를 거꾸로 드시는 것 같아 부럽소이다."

"핫핫, 내가 아직도 혈기가 들끓기는 하지."

손녀 팽시영은 그런 팽무천의 옆에서 고개를 절레절레 흔들었다.

"나이를 그만큼 먹고도 아직 철이 들지 않았다는 뜻인 거 알아요?"

"에잉? 그럼 저 말코가 지금 나를 놀린 것이란 말이냐? 말코! 정말 그런 거야?"

팽무천이 뒤늦게 놀라 따지려 했지만, 의검선은 여전히 사람 좋은 미소를 지어 보일 뿐이었다.

"허허, 인생을 즐기고 있어 부럽다고 말씀드리는 거요. 팽시주를 놀릴 생각은 전혀 없었으니 화를 삭이시지요."

"헛험, 그렇다면야."

"에휴, 이렇게 단순해서야."

팽시영이 가볍게 한숨을 내쉬자 팽무천은 호탕하게 '핫핫!' 하고 웃었다.

"시영아, 인생 복잡하게 살면 그 사람만 힘들 뿐이란다. 자고로 무엇이든지 단순하게 사는 것이 제일이지!"

"예, 예. 마음대로 하세요. 에휴."

팽시영은 머리가 살짝 지끈거리는 것 같았다.

할아버지 홀로 강호로 내보냈다가는 사고만 칠 것 같아 따라온 것인데, 요즘 들어 괜히 따라나섰다는 생각이 들었다. 이렇게 피곤할 줄 누가 알았겠는가.

'숙부들이나 오빠들이 할아버지와의 강호행을 피하려 했을 때부터 눈치챘어야 했는데.'

안되었다는 눈빛을 보내던 아버지 팽도현의 눈빛을 진즉에 알아챘어야 했건만.

"한데, 백염도를 찾으려면 어찌해야 하는지 아는가?"

순간, 의검선의 눈동자에서 빛이 일었다.

눈가는 여전히 곡선을 그리고 있지만, 그 속에 숨겨진 눈빛은 날카로웠다.

"굳이 팽 도우께서 그를 찾아야 하는 연유라도 있으시오?"

"강하다고 하지 않은가. 과연 강호에 파란을 일으킬 만한 자격이 있는지 내 손으로 판단하기 위해서지. 보아하니 자네는 그를 찾아 복수라도 할 듯한데, 방도를 가르쳐 주게나."

"무량수불. 팽 시주께는 미안한 말이지만 알려드릴 수 없소이다."

"왜? 대제자가 죽었으니 참마행이라도 하려고?"

"마를 베는 것은 도인으로서 당연히 행해야 하는 일이오."

"사실대로 말해, 복수를 하려는 것뿐이라고. 너희들이 그렇게 마를 베는 데 공을 기울였다면 정마대전 동안 그 따위로 행동하지도 않았겠지."

의검선의 입가에서 미소가 사라졌다.

"그것이 무슨 뜻이오?"

팽무천은 상대를 약 올리려는 듯 빙긋 웃었다.

"무슨 뜻일까?"

"당장 그 말을 취소하지 않는다면 무당의 이름을 더럽힌 것으로 생각하겠소이다."

"취소 못하겠다면?"

"무당의 이름으로 벨 수밖에."

의검선의 몸 주위로 살기가 피워 올랐다. 극성으로 익힌 순양무극공(純陽無極功)의 힘이었다. 이미 한 손에는 검갑에 향하고 있었다.

압도적인 힘이었다. 무당의 것이라고는 생각하기도 힘든 패기에 태청백호검과 팽시영은 저마다 몇 발자국 뒤로 물러났다.

하지만 팽무천은 의검선의 살기를 전면으로 받아들이면서
도 아무렇지 않은 듯했다.

"나는 말이야. 예전부터 너희 구파 놈들이 마음에 들지 않
았어."

우우우우우!

팽무천의 몸 주위로도 막강한 패기가 흘러나왔다.

혼원벽력공(混元霹靂功)은 강호에서도 능히 다섯 손가락 안
에 꼽히는 패공(覇功)이다. 하여 무당의 유(柔)와는 상극일 수
밖에 없었다.

팽무천은 도파 쪽으로 손을 가져다댔다.

"너희들은 늘 너희들만이 정의인 줄로만 알지. 도와 불도
만이 정도의 모든 것이라 말하면서 정작 자신들은 남들을 억
압밖에 하지 않아. 괴검의 앙(殃)이나 건패의 재(災)를 겪었으
면 이제 정신 차릴 때도 되지 않았어?"

"시주! 말이면 다인 줄 아시오?"

괴검과 건패에 대한 이야기는 구파에 있어서 수치나 다름
없는 역사였다. 그것을 지적하는 것은 구파와 척을 지겠다는
말과 같았다.

팽시영도 조부의 말이 너무 지나치다고 생각했는지 그를
말리려 했다.

"하, 할아버지! 이번 건 말이 심했……."

"아니다, 시영아. 이참에 일이 이렇게 되었으니 내 여태껏

지난 삼십 년 동안 가슴에 쌓아두었던 모든 응어리를 다 내뱉으련다. 제깟 구파 놈들이 떼를 지어 화를 내도 나는 눈 하나 깜짝하지 않아."

"팽 시주! 좋은 말로 할 때 당장 말을 취소하는 것이 좋을 것이오!"

"큭, 이제는 말로 안 되니까 힘으로 억압하겠다는 건가? 좋아, 마음대로 해보도록. 하지만 이것 하나만 알아두어라, 강호는 이미 너희들을 잊었다는 것을."

"팽 시주……!"

우우우우우!

의검선이 딛고 있던 땅 주위로 커다란 파문이 그려졌다. 마치 잔잔한 호수에다 돌멩이 하나를 던진 것 같았다.

팽무천도 서서히 기운을 끌어내면서 의검선의 기운에 대항했다.

강호는 본디 의검선 호진자를 굉음벽도 팽무천보다 더 높이 취급한다.

도보다는 검을 더 숭상시하는 풍조 때문이기도 했지만, 의검선이 순양무극공을 극성의 경지를 넘어 대성까지 했다는 소문이 퍼진 까닭이었다.

비록 팽무천이 입신경이라는 경지에 오르지는 못했다지만 그에게는 의검선보다 십 년이라는 세월을 더 살았다. 전투에 대한 감각은 이미 경지를 초월했기에 의검선과 싸워도 자신이 질 거라 생각하지 않았다.

두 별의 싸움.

구파를 상징하는 검의 제왕과 오가를 대변하는 도의 제왕이 부딪치려 한다.

이에 태청백호검들도 검을 뽑아 팽무천을 경계했다. 팽시영 역시 애도를 들어서 기운을 사방에 뿌렸다.

비록 숫자에서 밀렸지만 그녀 역시 절정고수였다. 밀리기는 해도 절대 질 거라는 생각은 하지 않았다.

그렇게 건곤일척(乾坤一擲), 일촉즉발(一觸卽發)의 상황에까지 치닫는 순간!

바로 그때였다.

쿵!

"......!"

"......!"

팽무천과 의검선은 화들짝 놀라고 말았다.

공간을 장악하고 있던 살기가 바람에 흩어져 사라지고 만 것이다, 마치 누군가가 강제로 찢어놓은 것처럼.

모두의 시선이 오른편으로 향했다.

그곳에서 패기가 일어나고 있었다.

고목나무처럼 서 있는 칠 척 크기의 장한과 옆에서 미소를 짓고 있는 여인.

정체를 짐작할 수 없는 이들이 그곳에 있었다.

　　　　　*　　　　　*　　　　　*

　소혼은 만독자를 따돌린 후, 최대한 경공술을 펼쳐 무인들
의 인적이 드문 녕하(寧夏)의 어느 마을에 도착했다.

　그리고는 남궁린의 치료를 위해 객잔에 방을 잡았다.

　무인들의 추격이 염려되었지만 정체를 숨길 자신이 있었
다.

　우선 눈을 가린 건을 풀었다. 비록 앞이 보이지 않는 맹인
이지만 심안을 이용하면 평범한 사람처럼 어렵지 않게 정상
인의 모습을 할 수 있었기에 걱정없었다.

　거기다 백염도를 상징하는 분천도를 침상 밑에 숨기고 옷
도 점소이를 시켜 전혀 새로운 옷을 사서 입었다.

　남궁린의 미모는 어딜 가도 띌 것이 분명하기에 직접 인피
면구를 제작해 남궁린의 얼굴에 붙였다. 비록 시일을 두고 천
천히 만든 것이 아니라 오래 쓸 수 없는 한시용이긴 했지만
그것만으로도 충분했다.

　특히나 소혼은 이미 반박귀진의 경지에 오른 탓에 겉으로
기도가 드러날 일은 전혀 없었다.

　그렇게 정체를 숨긴 채 소혼은 남궁린의 치료에 신경 썼다.

　화륜진기로 인해 몸이 많이 나아지긴 했지만, 여전히 그녀
의 몸은 북해의 빙산처럼 차가웠다.

근데 그 와중에 문제가 생기고 말았다.

'천음절맥?'

남궁린은 예상치도 못한 천질(天疾)을 앓고 있었다.

몸이 얼음장같이 차갑고, 광염의 열기를 어렵지 않게 견뎌 낸다는 것이 이상하게 여겨졌었는데, 천음절맥이라면 납득이 갔다.

근데 이상한 것은 어째서 남궁린이 천음절맥이냐는 것이 었다.

천음절맥은 하늘이 낳은 저주받은 질병이다.

절맥에 걸린 사람은 우주를 꿰뚫어 보는 현명함과 뛰어난 머리를 얻지만, 대신 몸이 약해 이십 년 이상을 살지 못한다.

그런데 소혼이 알기로 남궁린은 이미 나이가 스물이 넘었고, 또한 그녀가 여인답지 않게 뛰어난 무술 실력을 지녔다는 것을 잘 알고 있었다.

살다가 천음절맥에 빠진다는 소리를 들어본 적은 더더욱 없어서 고민은 눈덩이처럼 불어났다.

때마침 남궁린이 정신을 차렸다.

그녀는 소혼을 향해 미소를 지었다. 비록 몸은 아프지만, 자신을 위해 사선을 걷게 된 그에게 미안함과 고마움의 상반된 감정을 동시에 느끼고 있었다.

"많이 힘들어 보이시네요."

소혼은 고개를 저었다.

"이 정도는 아무렇지도 않다오. 한데 한 가지만 물어도 되겠소?"

"네, 말씀하세요."

"몸이……."

"몸이 왜 이리도 차냐고요?"

소혼은 대답 대신 고개를 끄덕였다.

남궁린은 슬픈 미소를 띠었다.

"천시 때문이에요."

남궁린은 소혼에게 자신이 천음절맥에 빠진 이유에 대해서 설명했다.

그녀의 설명은 간단했다.

"일신무총으로 가는 열쇠인 천시는 일반적으로 생각하는 열쇠 따위가 아닌 요정(妖精)이에요."

소혼은 두 눈을 동그랗게 떴다.

"요정이란 것이 정녕 실존한단 말이오?"

천지의 기운이 관통하여 탄생된 단(丹)과 다르게 정(精)은 자연지기가 본래 흘러야 하는 대로 흐르지 않고 규칙을 벗어나 한곳에 정체되어 뭉쳐 탄생된 것을 말한다.

이런 정 중에서도 여러 종류가 있는데, 요정은 개중에서 순수 자연지기를 얻었지만, 그와 함께 우주의 사념(邪念)이 배어 의(意)를 가지게 된 것을 말한다.

어찌 보면 영물의 내단과도 같은 영약이라 할 수 있지만,

그 기운이 너무나 광대하기에 제대로 다스릴 수 없을 경우 사람을 파멸로 이끄는 무서운 것이기도 했다.

"저는 그런 요정을 삼켰어요. 그리고 결과는 이와 같이 되어버렸죠."

일신무총의 열쇠가 필요했거니와, 또한 제대로 흡수만 할 수 있다면 단번에 임독양맥을 뚫어준다는 영약에 대한 욕심도 있었다.

하지만 욕심이 과하면 항시 화가 닥치기 마련이다.

남궁린은 요정을 흡수할 정도로 무공이 깊거나 공력의 양이 많지 않았다. 그녀는 그렇게 요정의 기운을 통제하지 못했고, 그 대가로 천음절맥에 빠지고 말았다.

"허! 그럼 계속 이리 있어야 한단 말이오?"

"어쩔 수 없었어요. 그리고… 가문을 살릴 수만 있다면 저는 이보다 더한 것도 할 수 있답니다."

가문이라…….

"가문을 위해서?"

"그래요."

"나는 이해하지 못하겠소. 제아무리 가문이 중요하다고 하나, 소저의 아버지 역시 딸자식과 맞바꾸면서까지 가문을 살리려고 하지는 않을 것이오."

남궁린은 쓸쓸한 미소만을 지어 보일 따름이었다.

그때에 소혼은 문득 다른 곳에 생각이 미쳤다.

'잠깐, 천음절맥이라면?

소혼은 재빨리 남궁린의 맥을 짚었다. 그녀의 몸속에 남아 있는 선천지기의 양을 가늠하기 위해서였다.

남궁린의 슬픈 미소가 더욱 진해졌다.

"삼 년밖에 남지 않았죠? 아니, 이렇게 다쳐 버렸으니까 이제 그것도 되지 않으려나?"

"대체……."

"하지만 미련은 없어요. 삼 년이면… 가문을 다시 반석 위에 올려놓기에 충분한 시간이니까."

남궁린은 슬픈 미소를 지으며 짧게 되물었다.

"그런데 이상한 것이 있어요. 보통 이런 건 잘 말을 안 하는 편인데, 어째서 소 공자에게는 아무렇지 않게 이야기할 수 있는 것일까요?"

소혼은 씁쓸하게 웃었다.

여하튼 소혼은 남궁린의 비밀을 알게 된 이후로, 줄곧 자꾸만 영역을 확장하는 천음절맥의 음한지기를 막기 위해 수시로 화륜진기를 불어넣었다.

화륜심결은 극양의 내공을 가지고 있는 탓에 음한지기의 힘을 많이 약화시켰다. 그와 더불어 남궁린의 안색도 차츰 좋아졌다.

하지만 이러한 치료는 임시방편에 지나지 않음을 그 누구보다 소혼이 잘 알고 있었다.

'방편을 강구해야 해, 방편을……'

그렇게 고민을 하며 사흘이라는 시간이 지났다.

그들은 다시 질풍행로에 오르기로 결정했다.

천음절맥도 많이 약해진데다가 이 이상 이곳에 머물렀다가는 무인들의 추격을 받을 수도 있었다.

그들은 아직 감숙의 끝에 왔을 뿐, 아직 감숙을 통과한 것이 아니었다.

출발하기 전에 배를 든든하게 채워야 할 것 같아 벽곡단과 육포 등, 행로에 오르는 동안 먹을 수 있는 것들을 사고는 감숙에서의 마지막 식사를 하기 시작했다.

"맛있지 않아요?"

남궁린이 빙그레 웃으며 물었다.

그들이 시킨 것은 회과육(回鍋肉)이라는 음식으로, 덩어리째로 삶은 돼지고기를 썰어 죽순 등의 야채와 한데 볶아 만들어진 것이다.

두 번 익힌 만큼 돼지고기라는 느낌이 들지 않을 정도로 아주 연하고 부드러웠다.

"맛있소."

소혼은 짤막하게 대답할 뿐이었지만.

"에이, 이왕이면 맛있다고 함박웃음 지으면 안 돼요?"

소혼은 쓰게 웃었다.

지난 사흘 동안 그들 사이에는 많은 변화가 있었다.

비록 삼 일이라는 짧은 시간에 불과했지만, 온종일 같이 있었기에 그들은 자연스레 가까워졌다. 거기다 그들은 사선도 함께 넘은 사이지 않은가.

남궁린은 늘 미소로 소혼을 대했고, 소혼은 꾸준히 화륜진기를 불어넣어 주면서 같이 방을 썼다.

비록 남녀 간에 마땅히 있을 법한 일은 없었지만, 정신적으로는 많이 친해진 것이 분명했다.

그러다 언제부터인가 남궁린의 목소리에는 애교까지 섞여 있었다.

"그런데 언제까지 나에게 존대를 할 거예요?"

"……?"

"소 공자, 올해로 스물일곱이 되었다면서요? 그럼 저에게는 오라버니가 되는 건데, 말 편하게 놔요."

"…생각해 보겠소."

"칫."

남궁린은 늘 자신더러 말을 놓으라고 했다. 존어는 상대방 간에 거리를 두기 때문이란다. 하지만 소혼은 그녀에게 말을 놓을 수 없었다.

왜 그런 걸까. 분명 그녀는 어렸을 때에도 가까이 지냈던 동생 같은 아이인데.

남녀지간에 관한 일에는 잘 알지 못하는 소혼으로서는 도저히 그 이유를 깨달을 도리가 없었다. 한때 마화 유수연과

정분을 나눈 사이였다지만, 그때에도 자신의 마음을 제대로
표현하지 못해 고역을 치른 적이 한두 번이 아니었다.

"그냥 편하게 불러요, 네?"

"생각해 보겠소."

"생각하지 말고 당장 말 놔요. 안 그러면 공자를 따라가지
않을 거예요."

소혼은 작게 한숨을 내쉬었다. 늘 도도하고 혜안이 제갈가
와 비견할 만하다던 남궁린이 이리 애교 많은 소녀일 줄 누가
알았을까.

결국 소혼은 항복 선언을 하고 말았다.

"…궁 …린."

"네? 뭐라고요? 다시 말해봐요."

"남궁린……."

"간단하게 그냥 '린'!"

"……린."

"헤헤, 잘하셨어요."

"후우……."

설영과의 대화 때에는 그렇게 쉽게 나오던 '린'이라는 말
이 지금은 왜 이리도 어려운 건지.

"그럼 이제 나는 소 공자를 혼 랑(魂郞)이라고 불러야 하려
나?"

"그냥 '혼'이라고 부르시오."

"네?"

"그냥 혼이라고 부르……."

"네?"

"……."

"다시 말해봐요. 잘 안 들렸어요."

소혼은 검지로 이마를 꾹 눌렀다.

"혼이라 부……."

"네?"

"……혼이라 불… 러."

"네!"

남궁린은 씩 웃었다.

"그렇게 쉽게 말 놓을 거면서 왜 자꾸 존대 어투를 썼던 거예요?"

"그러게 말이……."

"앗!"

"…다."

"힛."

소혼은 쓴웃음을 짓고 말았다. 하지만 기분이 나쁘거나 하지는 않았다. 되레 좋았다. 마치 어렸을 때로 돌아간 듯한 기분이라고 해야 할까.

소혼은 결국 남궁린을 보다가 웃음을 터뜨렸다.

"핫핫!"

"호호!"

"정말 린은 재밌는 사람이로구나."

"밝게 살고자 하는 것일 뿐인걸요. 그러니까 소혼도 애늙은이 같은 행동 그만두고 나처럼 웃으며 살아요."

밝게 웃는 것, 유쾌하게 행동하는 것. 슬픔을 감추기 위해서다. 어깨 위에 지워진 무거움을 감추기 위해. 인상을 찌푸리고 싶지 않기에. 그렇기에 남궁린은 항상 미소를 짓는다.

'그 미소… 영원히 지을 수 있도록 내가 지켜주마.'

소혼은 저도 모르게 손을 가져가 남궁린의 머리를 쓰다듬었다.

남궁린은 아기 고양이처럼 눈웃음을 그리며 소혼의 손길을 만끽했다.

"기분 좋아요. 마치 저는 옛날부터 이런 느낌을 알고 있었던 거 같아요. 이상하죠?"

"오라버니, 그거 알아? 오라버니의 손길은 정말 따뜻해. 그래서 이렇게 오라버니가 내 머리를 쓰다듬어 주면 정말 기분이 좋다. 막 잠이 와."

어렸을 때의 기억이 왜 떠오르는 것인지.

소혼은 가만히 남궁린을 보았다.

남궁린은 소혼의 눈길이 따스하다고 생각했다. 정체를 감추기 위해 두 눈을 뜨고 마치 정상인처럼 행동하고 있을 뿐이다. 그는 눈을 잃은 맹인이다. 눈길 같은 것이 있을 리 없었다.

하지만 뭐랄까, 마음으로 느껴진다고 말해야 할까. 소혼을 보고 있노라면 저도 모르게 마음이 평온해졌다. 세상의 모든 억압과 굴레에서 벗어나는 듯한 기분이었다.

"혼……."

"린……."

둘의 시선이 교차한다.

마음과 마음이 끌리기에 다가선다. 얼굴과 얼굴이 가까워지고 서로의 숨결이 느껴진다.

남궁린은 가만히 눈을 감았다.

이제 곧 따스한 감촉이 느껴지겠지, 가만히 입을 앞으로 가져다 대었다.

하지만 그들의 좋은 분위기는 오래가지 못했다.

"……!"

소혼은 가만히 입을 가져다대다 말고 몸을 벌떡 일으켜 세웠다. 남궁린이 깜짝 놀라 그에게 물었다.

"왜 그래요?"

소혼은 아무 대답 없이 심안의 공능을 더 크게 키웠다.

기감의 영역이 더욱 확장하며 천안통을 열었다.

화아앗.

소혼의 오른손 위로 불길이 살짝 일었다가 사라졌다.

"흠, 눈치를 챈 것인가?"

멀리서 소혼과 남궁린을 바라보는 눈길이 있었다.

천리안으로 그들의 행동을 확인하며 대(隊)를 앞으로 밀고 있었는데, 아무래도 들킨 것 같다.

궁주의 명에 따라 놈들을 추격한 지도 어언 나흘째.

그들은 백염도와 천시가 남긴 흔적을 따라 쫓아왔다. 흔적을 지우려 애쓴 듯했지만, 그 정도로는 살수인 그들의 눈과 코를 속일 수 없었다.

그래도 건을 풀고 앞이 보이는 정상인처럼 행동한 것은, 간단하지만 정말 허를 찌르는 행동이었다. 그들마저 짐작하지 못한 행동이었으니까.

하지만 그들은 백염도와 천시가 있는 곳을 찾아냈다.

그리고 대원들을 동원해 녀석이 눈치채지 못하도록 조용히 접근시키고 있었는데.

역시 감숙 일대를 쩌렁쩌렁하게 울린 백염도답다고 할까. 일류급 이상의 살수들이 펼치는 은행술을 간파할 줄은 몰랐다.

'물론, 들켰다고 해서 대원들을 뒤로 무를 생각은 추호도 없지만.'

이왕 들킨 것, 확실하게 행동하는 것이 좋을 터다.

"이호(二號), 독은?"

[확실하게 태웠습니다.]

남자, 은영(銀影)은 고개를 끄덕였다.

"그렇다면… 일조(一組), 앞으로."

처처처처척!

"쏴라!"

퓨퓨퓨퓨퓻!

시뻘건 불화살이 하늘을 빼곡하게 메웠다.

*   *   *

가욕관의 어느 산턱.

팽무천과 의검선은 각각 도파와 검파에 손을 가져다 댄 상태 그대로 굳어진 채 패기의 진원지 쪽으로 고개를 돌렸다.

여인과 장한 중 여인이 가장 먼저 입을 열었다.

"후후, 백염도의 불길이 소림과 무당이 그어놓은 전설의 산문을 넘었다고 하더니, 정말인가 보네요?"

수양으로 빚어낸 도인들의 부동심까지 흔들리게 만드는 아찔한 목소리였다.

여인은 방금 전에 의검선이 한 것처럼 백염도가 질풍행로를 시작한 주변을 훑고 있었는데, 그 모습이 하늘하늘하고 교태로운 것이 어떻게 보면 요염하기도, 또 어떻게 보면 청순하기도 한 절정의 극미를 보여주고 있었다.

강호의 일곱 꽃이라는 칠화(七花)와 비교해도 전혀 뒤지지 않았다. 어딜 가도 남정네들의 시선을 끌 만한 여인의 옆은 다부진 체격과 큰 키를 자랑하는 장한이 수신위처럼 꿋꿋하게 지키고 있었다.

"너희들은 누구냐!"

하성은 흔들리는 마음을 고쳐 잡고 으르렁거렸다.

하지만 목소리는 떨리고 있었다.

의검선과 태청백호검, 팽무천과 팽시영이 내뿜던 살기를 강제로 일소시켜 버린 이들이다. 비록 젊은 남녀의 모습을 하고 있다 하나 두렵지 않다 하면 거짓말일 것이다.

여인의 눈이 포물선을 그렸다.

"후후, 저희들이 이곳에 와서는 안 되는 이유라도 있나요? 마치 무당과 팽가가 옥문 전체를 다 가진 것처럼 이야기 하시는군요?"

사람의 가슴을 설레게 만드는 눈웃음이었다. 하성은 일순 심장이 찡하게 울려 더 이상 말을 잇지 못했다.

"예나 지금이나 구파의 위선자들이 하는 행동에는 마음에 드는 것이 하나도 없군."

묵언을 고수해 오던 장한이 입을 열었다.

여인은 교태로운 웃음을 흘리며 남자를 보았다.

여인의 키는 보통 여자보다 훨씬 큰 오 척 일곱 치를 자랑했지만, 남자의 키는 족히 칠 척은 되어 보여 여인이 위로 올려다봐야 했다.

"원래 사람의 본성은 바뀌기 힘들잖아요?"

"그래도 괴검이 무당의 이름이었을 때에는 최소한 이 정도까지는 아니었다."

"괴검이 무당파 제자였을 때에는 당신은 아주 어린아이였을 텐데도 용케 기억하고 있네요?"

남자는 살짝 웃음을 지었다.

"그 사람의 인상이 깊었으니까."

하지만 남자의 웃음은 오래가지 않았다. 그는 사뭇 진지하게 굳어진 얼굴로 의검선을 비롯한 무당파 도인들을 쭉 훑었다.

"하긴. 그 이름을 버린 이후, 이미 저들은 무당이 아닐 테지만."

"감히!"

하성은 눈에 불을 켰다.

저들이 보인 패기 따위는 이미 머릿속에서 사라져 버렸다. 팽무천 때도 그러했지만, 무당과 괴검을 연관 지으려는 행태는 도저히 묵과할 수 없는 행동이었다.

사문 내에서조차 금언(禁言)이 되어버린 이적자(利敵者)의 이름. 그것이 오르내린다는 것은 절대 참지 못할 행위였다.

스르르릉!

하성을 비롯해 다른 제자들 역시 검갑에서 검을 뽑았다.

금방이라도 장한에게 달려들 듯한 모습이었다.

장한은 비소를 흘렸다.

"강호에서 살기를 흘리며 검을 뽑는다는 것은, 자신도 그만한 각오가 되었다는 뜻임을 알고 있는가?"

"무슨 망발을 지껄이······!"

하성이 말을 채 잇기도 전에 장한은 손가락을 튕겼다.

환(環)의 모양을 한 탄지공이었다.

팅.

퍼퍽!

"······!"

하성은 두 눈을 부릅뜨고 말았다.

어느새 의검선이 극청검을 뽑아 자신의 앞에 서 있었다.

무슨 일이 일어났는지 모르겠다. 하지만 방금 전 분명 폭발 소리가 들렸고, 의검선이 자신의 앞을 지키듯 선 것으로 보아 얼추 무슨 일이 일어났는지 정도는 짐작할 수 있었다.

장한이 날린 지풍을 의검선이 막아낸 것이다.

의검선은 고개를 뒤로 돌려 하성을 보았다.

"괜찮으냐?"

하성은 얼이 빠진 몰골로 고개를 끄덕였다.

의검선은 사람 좋은 미소를 지었다.

"다행이구나. 하지만 이 이상은 위험할 수 있으니 제자들과 함께 적당히 거리를 띄우거라."

하성은 그제야 정신을 차리고는 사제들과 함께 뒤로 물러났다. 그들은 그제야 '제 주제'라는 단어의 뜻을 깨달을 수 있었다. 그들에게 이곳에 개입할 능력 따윈 처음부터 없었던 것이다.

의검선은 제자들이 안전거리를 확보한 것을 확인한 후에야 다시 장한에게로 시선을 돌릴 수 있었다.

장한이 가만히 입을 열었다.

"못난 오리라 하여도 제 새끼는 아끼는군."

"하지만 그래 봤자 오리는 오리일 뿐이에요."

대화를 나누는 장한과 여인의 모습에서는 비꼬는 태도가 역력했다.

하지만 의검선은 거기에 연연하지 않았다. 방금 남자가 쏜 탄지공(彈指功)은 분명 검사(劍絲)로 둘러싸인 극청검을 흔들 정도의 위력을 가지고 있었다.

분명 강환(罡環)을 사용했다, 절대위에서도 입신경(入神境)에 오르지 못한다면 절대 불가능하다는 강환을.

그때, 사태를 가만히 주시하고 있던 팽무천이 앞으로 나섰다.

"당신이 누구인지 여쭈어도 되겠소이까?"

"나 말인가?"

"그렇소."

"그것이 중요한가?"

팽무천은 쓸쓸하게 웃었다.

"당신이 내가 생각하는 사람이 맞다면, 최소한 나에게는 중요하오."

"이미 이름 따위는 잊었다."

"하지만 그 가슴속에 무흔(武痕)은 있을 것 아니오."

무흔이란, 무인이 처음 무를 배울 때에 가슴에 새긴다는 자신의 혼을 의미한다.

장한은 여전히 싸늘한 표정으로 말했다. 하지만 입가가 살짝 곡선을 그리고 있는 것이, 간만에 만난 적에 대한 호승심이 한껏 묻어 있었다.

"무흔 위에 새 살이 돋았으니, 나를 가리키던 무흔(武魂)은 이제 무흔(無魂)이 되었다."

뜻을 알 수 없는 말이었다.

하지만 남자와 비슷한 경지를 걷고 있는 팽무천에게는 큰 충격이었다.

그것은 의검선도 마찬가지였는지 몸이 순간 휘청거렸다. 극청검이 떨리고 있었다.

팽무천의 목소리가 조금씩 흔들렸다.

"역시나 높은 하늘[高天]. 그새 더 높은 경지에 오르신 것이오?"

장한은 코웃음을 쳤다.

"하늘? 내가 누군지 눈치챘다면, 내가 하늘을 얼마나 증오하는지에 대해서도 잘 알 텐데?"

"미안하오, 축융."

"흥."

"후우……."

그들의 대화를 듣고 있던 의검선은 한숨을 내쉬며 극청검을 검갑 안으로 밀어 넣었다.

더 이상 싸울 의지를 잃어버린 듯했다.

"가자꾸나."

태청백호검들은 의검선이 난데없이 터벅 걸음으로 산을 내려가려 하자 놀라서 그를 잡고 말았다.

"하, 하지만 사숙……!"

"시끄럽다! 감히 사숙의 말에 토를 다는 것이냐!"

"……!"

태청백호검은 그제야 허겁지겁 의검선의 뒤를 따랐다. 의검선이 저리도 크게 화를 내는 모습을 처음 보았기에 놀라움은 더 컸다.

철컥.

의검선과 태청백호검이 사라지고 나서도 한참 후에야 팽무천은 반쯤 뽑았던 도를 다시 안쪽으로 밀어 넣었다.

"이번에야말로 말코 놈의 콧대를 누를 수 있을 줄 알았건만. 자꾸 이렇게 훼방을 놓는 연유가 무엇이오, 축융?"

팽무천은 나이에 걸맞지 않게 입을 삐죽 내밀었다.

어떻게 보면 귀엽다 할 수 있는 그 모습에 장한은 여전히 차가운 표정을 고수했지만, 여인만큼은 유쾌하게 웃어주었다.

"재밌는 것을 가르쳐 드리기 위해서랍니다."

"재밌는 것?"

"벽도 어르신의 호기심이 동할 소식이에요. 손녀 되시는 분께서도 같이 들으시겠어요?"

팽시영은 '이게 무슨 일인가?' 멍한 표정을 짓다가 저도 모르게 조부를 따라 고개를 끄덕이고 말았다.

내려가는 길.

하성은 멍하니 태청백호검들과 함께 의검선의 뒤를 따르다가, 어느 정도 내려온 후에야 조심스레 입을 열 수 있었다.

"사숙……."

"왜 그러느냐?"

하성을 바라보는 의검선의 표정에는 피곤함이 묻어났다. 그 짧은 순간 동안 족히 몇 년은 늙은 것 같았다.

"저들이 누군지 여쭈어도 되겠습니까?"

하성은 장한이 탄지공을 날릴 때부터 느끼고 있었다.

여인은 몰라도 그 장한은… 비록 자신과 크게 나이 차이가 안 나 보여도 자신과는 비교도 할 수 없는 높은 경지에 올랐다는 사실을.

전설에나 나오는 반로환동(返老還童)이라도 한 것일까. 그는 사숙인 의검선에게조차 경어가 아닌 비어를 사용했다.

의검선은 한참 침묵을 고수하다가 이내 입을 열었다.

"그는 하늘이다."

"하늘… 말씀이십니까?"

하늘? 의검선이 말하는 하늘은 어떤 것일까?

"그렇다. 하늘[天]. 너무나 드높아[高] 고천(高天)이라 불리지. 한때는 팔괘군(八卦君)의 이(離)라 불린 적도 있는 사람이다."

"고천사패!"

천중팔좌의 천양(天養)이 자신의 모든 것을 다 바쳐가며 만들었다는 팔괘(八卦). 하지만 그들은 자신들을 키워준 아버지를 베고 절대좌에 올랐다.

하나, 그 절대좌는 말처럼 절대적인 것이 아니어서 최종적으로 단 네 명만이 살아남게 되었는데, 강호는 하늘, 땅, 불, 물의 자리에 있는 그들을 일컬어 고천사패, 혹은, 사괘사패라 하였다.

"그중에서도 그는 불이다."

불을 다스린다는 축융(祝融)의 화신(化神), 이패(離覇)를 말하는 것일 터였다.

"그네들이 어찌하여 다시 강호에 등장한 것인지."

의검선은 씁쓸하게 웃었다.

이제 그의 나이도 어느덧 하늘이 자신에게 내린 천명을 안다는 지천명. 검제의 자리를 얻은 후, 절치부심의 자세로 수양을 닦아 이제 더 이상 하늘은 자신을 가릴 수 없을 거라 자신했건만.

하나, 하늘은 역시나 하늘이었다.

별은 그저 하늘에 속할 뿐······.

'이 일이 끝난다면 다시 백운봉에 올라야겠어.'

높은 벽을 보았으니 다시 그 벽을 넘기 위해 노력을 해야 하지 않겠나.

'그런데 분명··· 이패의 모습은 내가 아는 것과 다르게 너무나 차가워 보였거늘. 지난 십여 년 동안 그에게 무슨 일이 있었던 것일까? 거기다가 반로환동이라니.'

의검선은 문득 떠오른 물음을 머릿속에서 지웠다.

그는 근엄한 목소리로 제자들에게 말했다.

"하나 축융화신이 등장했다고 해서 신경 쓰지 마라. 우리에게는 해야 할 일이 있지 않으냐?"

참마행.

사문의 이름을 되찾아야 하는 행로.

그의 마음이 제자들에게 닿은 것일까.

곧 그들은 눈동자에 빛을 드러냈다.

복수, 그들의 두 눈으로 확인해야만 했다.

전진, 또 전진한다.

무겁고 또한 엄숙한 행보였다.

덜그럭, 덜그럭.

하우를 실은 관이 좌우로 조금씩 흔들렸다.

"…그러니까 나에게 백염도의 위치를 가르쳐 주겠단 말이오?"

팽무천은 커다란 바위에 턱하니 앉아 히죽거렸다.

백염도의 위치를 가르쳐 주겠다?

그렇다면 다른 군웅들은 백염도의 뒤를 쫓음에도 어찌 백염도를 찾아내지 못하고 있단 말인가? 팽무천은 지금 자신이 축융이라 부른 사람이 농을 하고 있다 생각했다.

축융화신(祝融化神) 이화패군(離火覇君).

팔괘 중에서 살아남은 네 생존자, 사패 중에서 가장 개차반이라던 자. 그를 상징하는 불꽃처럼 성정이 늘 불과 같았다고 한다.

"내가 거짓을 말할 것이라 생각하는가?"

하지만 지금 팽무천이 본래 알던 이패는 없었다.

지금은 죽고 없는 바위 간(艮)이 살아 있을 당시에 이러했을까.

모습이 이십대 청년처럼 젊어진 것도 놀라운 일인데, 팽무천보다 더 뜨거운 호방함을 자랑하던 이는 온데간데없고 얼음 귀신만 남아 있었다.

"좋소. 그렇다면 이패와 저⋯⋯."

"하아(霞兒)라고 불러주세요."

"그래. 이패의 말대로 당신과 하아가 백염도의 위치를 알고 있다손 칩시다. 그럼 왜 그 위치를 다른 사람들이 아닌 나에게 가르쳐 주려는 것이오?"

팽시영이 옆에서 가만히 고개를 끄덕였다.

저 얼음장 같은 사람이 이제는 강호에서 은둔해 버렸다는 고천사패의 이패라는 것도 놀라운 일이지만, 지금 그들이 하는 말은 더 놀라웠다.

일만 무인이다. 하오문과 공공문, 이제는 유명무실해져버렸다고 하나 한때 정보제일이었던 개방까지 뛰어다니고 있다. 그럼에도 그들은 백염도의 위치를 찾아내지 못했다. 그런데 어찌?

여인, 하아는 팽무천의 질문이 당연히 그러할 줄 알았다는 듯이 싱긋 미소 지었다.

"화 랑(火郞)과 제가 백염도와 천시의 행방을 어찌 아는지는 가르쳐 드릴 수는 없어요. 하지만 한 가지만은 약조드릴 수 있어요. 저희들이 바라는 것은 팽 어르신도 좋아하면 좋아했지, 절대 싫어할 일은 아니라는 것을."

"흠⋯⋯."

팽무천은 신음 소리를 내며 이패를 살짝 노려보았다.

십여 년 만에 세상에 나타나서 모르는 사람처럼 행동하더니, 이내 한다는 소리가 '반갑다'가 아니라 '백염도의 위치를 가르쳐 주겠다. 일 좀 해라'가 뭔가.

'대체 강산이 두 번 바뀔 그 긴 세월 동안 축융, 당신에게 무슨 일이 있었던 것이오?'

팽무천은 길게 한숨을 내쉬며 손녀 팽시영을 보았다.

그로서는 머리를 쓸 자신이 없으니 우둔한 머리를 지닌 팽가 사람 중에서 그나마 제일 잘 돌아가는 팽시영에게 모든 선택을 전가시킬 셈이었다.

팽시영은 그런 조부의 시선에 쓴웃음을 짓다가 이내 입을 열었다.

"일단 그 부탁 조건이라는 것부터 듣죠."

"말해주는 것은 어렵지 않으니 말씀드리죠. 그보다 우선……."

하아는 말을 하다 말고 입을 오므리며 휘파람을 불었다.

휘이익―

바로 그때였다.

푸드득!

갑자기 저 하늘 위에서 비둘기 한 마리가 활강했다. 비둘기는 무인들의 머리 위를 한 바퀴 선회하더니 아래로 내려와 여인의 팔 위에 안착했다.

바다를 연상케 하는 청색 깃털이 아름다운 비둘기였다.

청려구(靑麗鳩). 영물의 일종으로, 보통 급한 서신 등을 날릴 때에나 사용하는 전서구다.

여인은 청려구의 머리를 쓰다듬으며 다리에 묶인 서신을 풀었다. '그래, 귀엽다. 귀찮더라도 잠시만 참아' 라고 속삭이면서 오른손으로 서신을 펼쳐 팽시영에게 건넸다.

팽시영은 '이게 뭐지?' 라는 얼굴로 가만히 서찰을 받아 내용을 읽었다.

곧 팽시영의 얼굴이 차갑게 굳어버렸다.

"그게 뭐기에 그렇게 표정이 굳어진 게야?"

팽무천이 가만히 물으며 서신의 내용을 읽으려 하자, 팽시영은 서신을 접어버렸다. 팽무천이 '쩝' 입맛을 다시는 소리를 냈다.

팽시영은 여전히 차가운 얼굴로 하아를 바라보았다.

"이 내용을 나에게 보여준 이유가 무엇이죠? 백염도의 위치를 알려주는 정도로 이런 부탁을 들어줄 것이라 생각한다면 큰 오산이에요."

"거기에 적힌 내용이 백염도의 위치더냐?"

팽무천이 강한 호기심을 드러내며 물었지만, 팽시영은 일언반구도 없이 하아만을 노려보고 있었다.

팽무천은 충격에 빠져 '흑, 딸자식 키워봤자 다 소용 없다더니, 손녀마저 이제 나를 무시하고 있어' 라며 가만히 중얼거렸다.

"그럴 리가요. 말씀드렸지만, 저희의 부탁을 들어주지 않으셔도 되요."

"여기에 적힌 내용을 군웅들에게 다 말하면요?"

팽시영의 차가운 태도에 이패가 앞으로 성큼 한 걸음을 내딛으려 했다. 하지만 하아는 그런 이패를 막으며 다시 팽시영과의 대화를 이어나갔다.

"다시 말씀드리지만, 꼭 부탁을 들어주지 않으셔도 됩니다. 서신의 내용을 퍼뜨리고 다니든지, 아니면 팽 어르신과 아가씨 단둘이서만 찾아가든지 저희는 신경 쓰지 않겠어요."

"……."

팽시영은 아무 말 없이 하아를 노려보았다.

그러나 하아는 여전히 미소를 지으며 그 눈빛을 담담하게 받아들일 뿐이었다.

결국 하아의 눈빛에서 이렇다 할 내용을 읽어내지 못한 팽시영은 다음 단계로 넘어갔다.

"좋아요. 그럼 조건이 뭐죠?"

"저희들이 팽 어르신께 드리는 부탁은……."

순간, 하아의 눈동자에서 빛이 번쩍였다.

"백염도를 찾아서 죽여주세요."

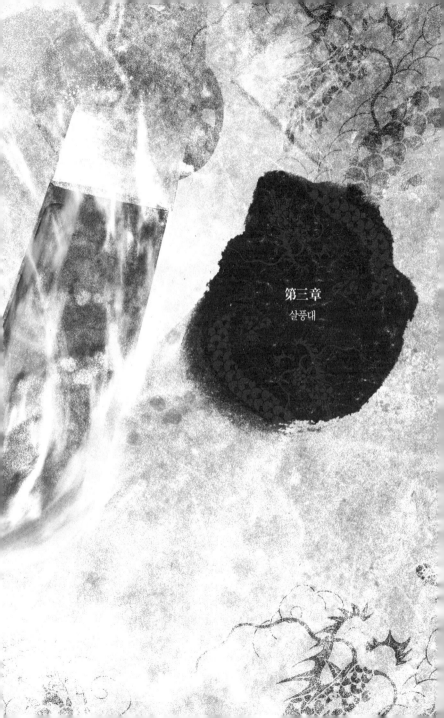

第三章

살풍대

神刀無雙
신도무쌍

"**과**연 그를 만날 수 있을까요?"

팽시영의 물음에 노인, 팽무천이 빙그레 웃었다.

"호오, 우리 시영에게 정인이 생긴 것이냐? 이 할애비를 따라온다고 했을 때부터 대충 짐작은 했었다만… 흠, 역시 그런 것이었어. 딸자식 키워봤자 아무런 소용이 없다더니."

"…그런 말이 아니란 거 알잖아요. 제가 말하는 그가 누군지 정말 모르시겠어요?"

"모르겠는데?"

팽무천의 장난스런 반문에 팽시영은 한숨을 내쉬었다.

"그 사람 말이에요, 그 사람. 원래 할아버지도 관심을 가졌던."

"내가 관심을 가져? 역시나 그렇구나! 너의 정인이 감숙으로 갔기에 네가 따라온 것이었어!"

팽시영은 빽! 소리를 지르고 말았다.

"장난 좀 그만 치세요!"

"하하, 알았다, 알았어. 거참, 누굴 닮았는지 목청 하나는 되게 크구나."

팽무천은 껄껄 웃음을 터뜨렸다.

"가만히 있을 때는 천상의 선녀가 따로 없는 것이 입만 열었다 하면 이렇게 산통 다 깨고 마니. 쯧, 그거 아느냐? 네가 처음 태어났을 때, 네 아비와 나는 아들이 태어났는 줄 알았다. 고추라면서 엄청 좋아했었는데. 끌끌!"

"할아버지!"

면사에 가려져 보이지는 않았지만, 목이 불그스름하게 변한 것으로 보아 얼굴에 피가 쏠린 것이 분명했다.

팽무천은 '그래그래, 내가 잘못했다'라고 팽시영의 화를 가라앉힌 후에야 손녀의 질문에 답을 할 수 있었다.

"흠, 네가 말하는 그가 백염도를 말하는 것이 맞지?"

팽시영은 대답 대신 고개를 끄덕였다.

'할아버지 때문에 나 삐쳤어요'라고 무언의 시위를 하는 듯하다. 팽무천은 팽시영의 재롱을 보면서 흐뭇한 미소를 지었다.

"글쎄다. 나도 이렇다, 단정내리기는 힘들구나."

"만나고 싶으신 거죠? 할아버지와 같은 길을 걷는 사람이니까."

"그렇지 않다면 거짓말이겠지. 핫핫!"

우우웅!

팽무천의 도, 맹호(猛虎)가 길게 울음을 토했다.

경지를 넘은 자의 애병에는 신(神)과 영(靈)이 깃든다고 했다. 그런 면에서 맹호도에는 신령이 깃든 것이 확실했다. 금방이라도 나와서 피를 맛보고 싶어하는 것 같기에.

팽무천은 그런 맹호도를 달래며 빙긋 웃었다.

"아무래도 이 녀석도 나처럼 백염도와 부딪쳐 보고 싶은 모양이구나."

팽시영의 눈동자가 반짝였다.

"그래서 찾아갈 거예요?"

"글쎄다……."

이패와 하아가 건네준 서신. 그곳에는 백염도와 천시가 있다는 곳이 적혀 있었다. 고천사패의 일인이 한 말이니 거짓은 아닐 것이다.

"백염도를 찾아서 죽여 달라? 백염도가 축융에게 밉보일 짓을 한 걸까? 후우, 모르겠구나."

"그런데 궁금한 것이 있는데요."

"음? 말해보아라."

"이패 옆에 있던 여자, 할아버지도 아는 사람이에요?"

팽무천은 고개를 저었다.

"나도 모르는 사람이다. 축융의 손녀인가?"

"하지만 손녀라고 하기엔 분위기가 다르지 않았어요? 거기다 여자는 이패에게 '랑' 이라 했고요."

랑(郎)은 보통 미래를 약속한 약혼자나, 연인 사이에서 쓰는 단어였다.

"흠, 그리고 보니 축융이 혼인을 해서 아이를 낳았다는 말은 들어본 적이 없는데, 그럼 네 말마따나 나이가 젊어졌다고 젊은 여아라도 꼬인 건가? 회춘?"

팽무천은 손가락으로 이패의 나이를 계산해 보았다. 그러고는 입을 쩍 벌리고 말았다.

"아흔여섯에 회춘이라고? 헐! 그건 손녀가 아니라 증손녀 뻘이 아닌가! 이이……!"

팽무천은 분노에 겨워 몸을 부르르 떨었다.

"부러운……!"

딱!

팽무천의 머리 위로 혹이 솟아올랐다.

"아악! 왜 때리는 것이냐! 감히 조부의 머리를 쥐어박다니! 네 아비가 그렇게 가르치더냐!"

"이상한 소리 하니까 그러는 거죠!"

"부러운 것을 부럽다고 하지, 그럼 뭐라고 하느냐? 이패의 나이 올해로 아흔여섯이다, 아흔여섯! 보통 그 나이 되면 설 것도 안 선단 말이다! 그런데… 그런데……!"

딱!

"시끄러워욧!"

팽시영의 얼굴은 빨갛게 물들어 있었다. 정말이지 못 말릴 조부가 아닌가! 과년한 손녀 앞에서 그런 말이라니!

하지만 팽무천은 여전히 자신의 잘못을 깨닫지 못하고 이 패가 부럽다며 징징거렸다. 올해 그의 나이가 회갑이라는 육십. 이제 기력도 옛날 같지 않건만 칠화와 비교해도 뒤지지 않는 외모를 자랑하는 여인을 쟁취한 이패가 마냥 부럽기만 했다.

팽시영은 검지로 이마를 꾹꾹 눌렀다.

"아! 무! 튼! 그 여자의 정체에 대해서는 할아버지도 모르신다는 거죠?"

"그래."

팽무천이 심드렁하게 대답하든 말든 팽시영은 제 말만 이을 뿐이었다.

"그렇다면 두 가지 의문이 들어요."

"무엇이 말이냐?"

"첫째, 어째서 저희에게 그를 찾아가서 죽여 달라고 하는 건가. 만약 원한이 있다면 이패가 직접 나서도 되잖아요."

"그렇지."

"둘째, 정말 백염도가 강할까요?"

손녀가 말하고 싶어 하는 바를 깨달은 팽무천의 입가에 미소가 어렸다.

" '강호의 소문은 믿을 것이 못 된다'는 것이냐?'

"예. 저는 사실 천시가 감숙에 나타났다는 말도 아직까지 믿지 못하겠어요."

"껄껄, 그건 나도 마찬가지였으니."

강호에는 늘 해괴하고도 별 이상한 소문이 퍼진다.

언제 호광성 어느 곳에서 천마의 무덤이 나타났다, 무당의 백운봉에서 깎여 내려가는 절벽에 과거 천중팔좌 괴검이 남긴 비급이 있다더라 등등.

그 와중에 천시의 등장은 진실이라는 것이 밝혀졌지만, 팽시영은 여전히 소문을 믿지 않았다.

아니나 다른 것이, 소문에는 그가 많이 잡아봐야 이십대 중후반 정도로밖에 보이지 않는다고 했다. 그런 젊은 나이에 절대고수가 된다? 이제 막 절정을 넘은 그녀에게는 꿈만 같은 소리였다.

팽무천 역시 이에 동의하는 듯했다.

"강호의 소문이 너무 확대되거나 불어나는 경우가 왕왕 있긴 하지."

팽시영이 고개를 끄덕였다.

"하지만 말이다."

"……?"

"백팔나한진이 깨지고 태청백호검이 무너졌다고 한다. 그것만으로도 충분히 흥미롭지 않느냐?"

북숭의 전설 백팔나한승과 남존의 신화 태청백호검.

백염도가 그들과 격돌해 승리를, 그것도 압도적인 승리를 거두었다는 사실이 백염도의 명성을 더욱 위진시켰다.

"그거야, 다른 사람들도 백염도를 도왔기 때문이 아닐까요? 어쩌면 조력자가 있을지도 모르잖아요."

"그럴지도 모르지. 하지만 분명한 것은."

팽무천은 검지로 제 머리를 톡톡 하고 쳤다.

"이 할애비의 감이 말하고 있단다, 놈은 강자라고."

"……!"

면사 너머에 있는 팽시영의 눈동자가 동그랗게 떠졌다. 절대고수의 감(感). 그것은 절대 무시할 것이 못 된다.

하지만 질투심 때문이었을까. 팽시영은 팽무천의 그러한 감을 믿지 않았다.

"칫, 그래 봤자 신주삼십이객 정도겠죠."

"그럴지도 모르지. 하지만 귀검과도 나란히 손을 섞었다고 하니, 분명한 것은 약한 자는 아니라는 것이다. 자세한 것은 차차 알아보도록 하자꾸나."

팽시영은 고개를 끄덕였다.

                    *   *   *

쿵!

"커억!"

누군가가 쓰러지는 소리와 함께 객잔 안이 일대 혼란에 잠겼다.

"꺄아아아악!"

"사, 사람이 죽었다!"

"크억! 사, 살려줘……!"

"끄아아악!"

여기저기서 비명 소리가 터졌다.

"뭐지?"

소혼은 깜짝 놀라 소리쳤다.

그렇지 않아도 객잔 밖으로 느껴지는 일련 무리들의 이동에 싸울 채비를 하려던 찰나였다.

한데, 갑자기 객잔 안에 있던 모든 사람들이 하나둘씩 제목을 부여잡으며 쓰러지기 시작했다. 대부분 눈동자가 돌아가고 입가에 거품을 물고 있었다. 독에 의한 절명이었다.

남궁린의 안색도 좋지 않았다.

"혼… 나도 이상하……."

"린? 린!"

남궁린은 가슴이 답답한지 제 몸을 잡으며 몸을 부들부들 떨었다. 소혼은 재빨리 남궁린의 맥을 짚었다.

진기를 흘려 상태를 확인하자, 강한 극독이 빠른 속도로 온 몸에 퍼지는 것이 느껴졌다.

소혼은 화륜진기를 끌어올려 독기를 모두 태운 다음, 남궁린의 몸 이곳저곳을 두들겼다. 추궁과혈이었다.

"컥!"

남궁린은 검은 피를 토했다. 하지만 여전히 몸을 부들부들 떨고 있는 것이, 독에 의한 내상이 작지 않음을 말해주었다.

거기다 그녀는 언제 쓰러질지 모르는 천음절맥의 몸. 독은 그녀에게 사신의 손길이라 해도 과언이 아니었다.

소혼은 그제야 자신의 몸에도 독기가 스며들어 있음을 깨달았다.

'어느 틈에?'

이곳 객잔 안에 있는 모든 사람들이 고통스러워하는 것으로 보아 음식에 독을 탄 것이 분명했다.

문제는 그 독이 몸에 침투하는 과정이 너무나 은밀한 탓에 절대고수인 그조차 이제야 자신이 중독되었다는 것을 깨달았다는 것이다.

하지만 이미 강호에서 산전수전을 모두 겪은 소혼이다.

비록 극독이라 하지만, 그에게 이깟 독은 있으나마나였다.

화르륵!

강렬한 화기와 함께 독이 타버리자 모공 밖으로 검은 연기가 배출되었다.

"린, 잠시만 귀를 막아라."

남궁린은 연유를 묻지 않고 두 손으로 양쪽 귀를 막았다. 소혼은 뱃심에 기력을 끌어모아 사자후를 터뜨렸다.

"누구냐!"

"키킥, 역시나 백염도야."

"하지만 이것도 막을 수 있을까?"

"거기냐!"

소혼은 목소리가 들린 진원지 쪽으로 염룡마후를 터뜨렸다. 용의 거친 숨결과 함께 지붕에 숨어 있던 두 개의 인기척이 위로 솟아오르는 것이 느껴졌다.

소혼이 그들을 뒤쫓기 위해 발을 구르려는 순간,

퓨퓨퓨퓨퓨웃!

창문 밖으로 하늘이 붉게 물든 것을 확인할 수 있었다.

소혼에게는 너무나 익숙한 열기였다.

"불화살이라니! 이곳에 있는 사람들을 모두 죽이기라도 하겠단 말인가!"

소혼은 어쩔 수 없이 남궁린을 품에 안아 자리에서 벗어났다.

남궁린은 화들짝 놀라 소리쳤다.

"우리가 이렇게 가면 이곳에 있는 사람들은……!"

"어쩔 수 없다. 미안하구나."

"……!"

"어차피 독에 의해 절명할 사람들이었다. 불길을 막았다 해도 막을 방도는 없었어."

"그런……!"

남궁린은 무어라 말을 하려 했지만 소혼이 그녀의 수혈을 짚었다. 스르륵, 그녀가 잠에 빠진 것을 확인한 후 소혼은 발을 크게 굴렸다.

쾅!

뜀박질과 함께 백염도가 위로 솟구쳐 그의 손에 잡혔다.

스르릉!

도갑에서 분리된 분천도가 순백색의 도신을 드러냈다. 화르륵! 하는 소리와 함께 불길이 사방에 뿌려졌다.

콰르르릉!

분천삼도 열권풍이었다.

강렬한 불꽃의 회오리바람은 커다란 벽이 되어 배고픈 짐승처럼 화살비들을 모두 집어삼켰다.

폭죽처럼 화려하게 터져 나가는 하늘을 보며 은영은 흡족함을 드러냈다.

"은영이라고 했나?"

은영은 자신을 부르는 소리에 뒤돌아서서 고개를 푹 숙였다.

"부르셨습니까?"

그곳에는 아홉 노인이 앉아 있었는데, 그들은 마치 그것이 당연하다는 듯 오만한 자세로 고개를 까닥거릴 뿐이었다. 은영은 은연중에 부아가 치밀었지만, 그들의 정체가 대단함을 누구보다 잘 알기에 속내를 드러낼 수 없었다.

구령마(九靈魔).

족히 백 년 전에 세상에서 사라졌다고 알려진 아홉 사인(邪人)들. 그들은 마인도 아니다. 사인이다. 이미 하늘의 순리를 내던지고 역천의 길에 들어선 탓이다.

구령마는 지금 십천사로 추대되고 있는 한 인물을 따라 제천궁에 들어와 강남 정벌에서 크나큰 공을 세웠다. 그러다가 강호를 유람하고 싶다며 감숙까지 올라왔다가 궁주의 명대로 이곳 녕하에까지 이르게 되었다.

하지만 은영의 머리가 향하는 곳은 그들 구령마가 아니었다. 보다 더 뒤에 있는 존재에게로 향해 있었던 것이다.

살기가 감도는 백 쌍의 눈동자가 보인다. 야밤에 황홀하게 빛나는 고양이의 눈매 같았다. 하지만 백 마리의 짐승을 이끄는 이의 눈동자는 오히려 평온해 보였다.

구사(究師). 십천사 중 일인으로, 유사, 귀사와 함께 제천궁 탄생에 아주 큰 공헌을 한 인물이다. 또한 제천궁이 보유한 네 절대위의 고수 중 한 명이기도 했다.

그런 그가 백 마리의 짐승과 함께, 그리고 구령마와 함께 움직이는 것은 제천궁의 강남 정벌에서도 보기 드물었다. 점 창파를 봉문시킬 때가 이와 같았으니, 이는 곧 구파나 오가와 상대하는 것과 비슷하다 할 수 있었다.

"우리의 목표는?"

구사는 아주 짧게 질문을 던졌다. 하지만 그것만으로도 말로 표현하기 힘든 중압감을 낳았다.

"저 화벽을 세운 사람입니다."

"이곳은 감숙이니 공동파인가 보지? 곧 강북으로 진출한다더니. 그리고 얼마 전에 무슨 일이 터져서 공동파 놈들이 산 아래로 내려왔다며? 그들을 치는 건가? 그도 아니면 사천의 삼문(三門)?"

구사 대신에 구령마 중 성격이 조급하기로 유명한 이령마가 입을 열었다. 그의 눈은 큰 싸움을 즐길 수 있다는 흥분으로 고조되어 있었다.

다른 구령마 역시 말을 하지 않고 있어서 그렇지, 간만에 날뛸 수 있다는 것에 기대를 잔뜩 하고 있는 게 분명했다. 이런 마두들에게 잡아야 하는 상대가 단 한 명이라고 한다면? 제아무리 궁주의 명이라 해도 은영은 자신의 목숨을 부지키 힘들 것이라는 생각이 들었다.

"육각이 북진을 추진하긴 했습니다만, 상대는 한 명입니다."

"음? 뭐?"

이령마는 자신이 말을 잘못 들었나 싶어 귀를 후벼 팠다.

은영은 아랫입술을 잘근 깨물었다.

"한 명입니다."

"한 명… 이라고?"

"예."

"이런 개쌍! 장난치는 거냐! 지금 그걸 농담 따먹기라고 하는 거냐고!"

이령마가 길길이 날뛰기 시작했다.

"우리가 누구라고 생각하느냐? 구령마다, 구령마! 천중전란 때에 녹존을 죽인 구령마라고! 그런 우리로도 모자라 살풍에 구사님까지 모셔놓고서, 뭐? 한 명을 상대시킨다? 네가 죽고 싶어서 환장한 게냐!"

이렇게 될 줄 알았다. 최대한 심기를 거스르지 않기 위해 고개를 푹 숙였지만, 머리가 뜨겁게 느껴졌다. 처음 이후 여태껏 아무런 말이 없던 구사마저 노기를 드러낸 것 같았다.

"누구냐?"

구사가 짤막하게 질문을 던졌다.

"구사님! 이건 물어보나마나 뻔합니다! 그냥 이 녀석을 묻어버리고 궁으로 돌아가는 것이 좋…….'"

이령마는 제 말을 잇다 말고 입을 꾹 다물었다. 구사의 눈동자 위로 흐르는 살기를 읽은 탓이었다. 구사는 다시 은영 쪽으로 시선을 돌렸다.

"누구냐? 우리가 죽여야 할 것이?"

"백염도입니다."

"뭐? 그 천시쟁패를 망쳐 놨다는 애송…… 죄송합니다."

이령마는 다시 끼어들다 말고 구사의 눈총에 의해 눈을 내리깔았다.

"궁주, 그 아이가 시키더냐? 백염도를 잡기 위해 우리들을 모두 보내라고?"

"그… 렇습니다."

지금 그들의 전력이라면 웬만한 성(省) 하나쯤은 가볍게 부술 수 있을 터. 그런 이들을 이끌고 한 명을 친다고? 그것도 서른도 채 되지 않았다는 애송이를?

하지만 구사는 반발 대신 승낙 표시를 했다.

"그 아이의 명이라면 행한다."

"하, 하지만 구사님! 놈은 애송이이지 않습니까!"

"내가 하겠다고 말했다. 그것으로도 모자란가?"

"아닙니다……."

구사는 말 한마디로 구령마의 모든 반발을 짓누르며, 은영을 보는 눈길에 힘을 주었다.

"하지만 나는 살풍과 구령마의 싸움을 다 지켜볼 것이다. 녀석이 나의 검을 받을 자격이 있는지 없는지는 그때 가서 결정할 것이야."

"뜻대로 하소서."

은영은 포권을 취한 후, 속으로 길게 한숨을 내쉬었다.

그러다 곧 눈동자가 빛에 반짝였다.

이제 본격적인 사냥에 들어가야 했다.

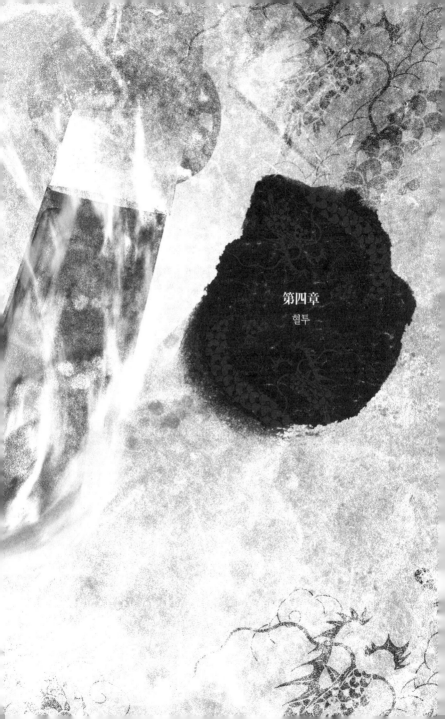

第四章

혈투

神刀無雙
신도무쌍

$하$늘을 빼곡하게 메운 화염. 불길은 단숨에 일파만파로 퍼지며 객잔 위로 떨어지던 불화살들을 모두 녹여 버렸다.

몇몇 화살이 화벽(火壁)을 넘어 객잔 쪽으로 떨어졌지만 그것으로 객잔을 태울 수는 없었다.

'불화살은 모두 처리했지만, 사람들이 먹은 독은 제거하지 못했다.'

일단 커다란 불은 껐지만 다른 화근이 남아 있는 셈이었다. 하지만 그것까지 소혼이 어떻게 처리해 줄 수는 없었다.

객잔에서 독을 섭취한 이만 해도 오십이 훌쩍 넘는다. 그 독을 제거해 주려면 일일이 추궁과혈을 해주어야 하는데, 그렇게 많은 사람들을 모두 봐줄 만큼 소혼의 내공이 무한한 것도 아니거니와, 더구나 적들이 그와 남궁린의 목숨을 위협하는 지금 상황에서 저들을 구제해 줄 방도는 없었다.

그저 저들이 빨리 이곳을 벗어나 의원에게 찾아가기만을 바랄 뿐.

그로 인해 벌어진 일이고 그 와중에 민간인들이 휩쓸렸기에 약간의 가책은 느껴졌으나, 소혼은 마음을 모질게 먹었다.

'아주 먼 훗날, 속죄하겠소. 하지만 지금은 때가 아니오.'

소혼은 품에서 건을 꺼내 눈 둘레에 묶었다.

그러자 심안이 더욱 크게 활성화되면서 일대를 포진하고 있는 이들의 동향이 하나하나씩 읽혀갔다.

그 와중에 가장 후방에 서서 수하들에게 명을 내리는 이를 발견할 수 있었다.

팟!

소혼은 다시 한 번 허공을 박차며 그곳으로 몸을 날렸다.

"오는군."

한 사내가 궤적을 그리며 날아오는 소혼을 보면서 진득한 웃음을 날렸다. 손을 살짝 들어 올리자 그를 호위하기 위해 서 있던 이들이 일제히 활시위를 소혼에게로 겨누었다.

"재발(再發)!"

퓨퓨퓨퓨퓨웃!

신호가 떨어지자 다시금 불화살이 시위를 떠났다.

소혼은 칠보환천을 밟아 공간을 뛰어넘으면서 불화살들을 피해냈다.

획!

어느 정도 거리가 가까워졌을 때에 소혼의 신형이 뒤틀렸다. 그가 다시 모습을 드러낸 곳은 바로 한 사람의 면전이었다.

이만큼이나 거리가 가까워지면 놀랄 법도 하건만, 사내는 여전히 미소를 짓고 있을 따름이었다.

쉭!

분천도가 공간을 갈랐다. 그 순간, 동시다발적으로 사방에서 여덟 명의 노인이 튀어나왔다. 모두가 초절정 이상은 되어 보이는 고수들이었다.

'이런 사람들이 대체 어디서 나타난 거지?'

강호에서도 초절정고수는 얼마 되지 않는다. 그래서 신주삼십이객이라 한데 묶어 칭송하는 것이다. 그런데 이렇게 아홉 명이나 되는 초절정고수가 튀어나오니 놀랄 수밖에 없었다.

그러다 아홉 고수들 중 가장 강해 보이는 인물, 일령마와 충돌이 벌어졌다.

콰쾅!

"제법이로군. 그 나이에 이만한 실력이라니. 이 정도라면 형제들과 함께 싸워도 부족하지 않겠어."

한편, 이번엔 좌측과 우측에서 노인들이 각각 나타났다. 백염도의 실력에 회의를 가지고 있던 이령마와 넷째 사령마였다. 그들의 손에는 강렬한 패기를 담은 마기가 불꽃처럼 어른거렸다.

퍼펑!

소혼은 사령마의 공격은 반탄강기로 튕겨내고, 이령마의 공격은 분천도의 도면으로 막아냈다.

한데, 분천도에 전달되는 힘이 만만치 않았다. 소혼은 살짝 몇 발자국 뒤로 물러났다.

채채채챙!

강기와 강기가 맞물리면서 강렬한 폭음이 동시다발적으로 터졌다. 소혼은 강호사에 능통하기에 이령마의 수공(手功)이 무엇인지 금방 눈치챌 수 있었다. 책으로만 듣던 살천수(殺天手)가 분명했다.

"구령마! 백 년 전에 죽었어야 할 당신들이 어떻게 살아 있는 거지?"

"우리가 누군지 알았다면 이야기하기 편하겠군. 염왕에게 가거든 우리의 이름을 대거라. 아마 잘 대해줄 것이다!"

까가강!

검을 주 무기로 사용하는 삼령마와 오령마, 칠령마가 공격을 감행해 왔다. 좌우에서는 이령마와 사령마가 다시 몸을 움직이니 분천도를 움직이는 소혼의 손길이 절로 어지러워졌다.

남은 팔령마와 구령마도 합세해 남은 빈 공간을 노리고 공격해 오니, 완벽하다고까지 평을 내릴 수 있는 연수합격이 되었다. 군더더기가 없는 깔끔한 진(陣). 소혼은 어쩔 수 없이 계속 퇴보를 밟으며 그들의 공격을 튕겨내야만 했다.

채채챙!

"아직도 살막(殺幕)이 건재한 것인가!"

연왕의 난과 함께 벌어진 천중전란의 주역, 팔황새 중 한 곳이었던 살막. 살막은 뛰어난 실력을 지닌 살수들의 문파였다. 하지만 보통 살수 집단이라 한다면 팔황새 중 하나로 꼽힐 수 없었을 것이다.

살막의 살수들은 일반 살수들과 달랐다. 그들은 비록 팔황새 중에서 숫자는 가장 적었으나, 하나하나가 일류나 절정에 육박할 정도로 살수답지 않은 뛰어난 무공 실력을 지녔고, 그만큼 은밀하기가 하늘에 닿을 정도였다.

그들 때문에 강호가 입은 피해는 이루 말로 표현할 정도가 아니어서, 백 년 전 정파는 천중전란이 끝난 후 대대적인 살수 정벌에 들어갔다. 다시는 살수에 의해 어이없는 죽음을 맞게 되는 것을 막기 위함이었다.

그 와중에 살막 역시 멸문한 것으로 알려졌다.

그런데 지금 그 살막의 살수들이 모습을 드러냈다.

구령마는 살막이 보유했던 가장 뛰어난 고수들 중 하나였다.

특히나 천중전란 당시 절대고수였던 우내칠성(宇內七星) 중 일인인 녹존(祿存)을 죽음으로 내몬 살수행은 강호에 커다란 파문을 일으켰다.

'칠성의 녹존은 포혼진(捕魂陣)을 감당해 내지 못하고 죽었다고 했다. 포혼진, 포혼진이 개진되기 전에 이들을 쳐야만 해.'

소혼은 행여나 남궁린이 다칠세라 공격보다는 방어에 치중할 수밖에 없었다. 상황이 이렇게 되니 그들은 소혼의 약점이 되는 등에 매달린 남궁린을 계속 노렸다.

자꾸 이런 식의 싸움이 계속된다면 십중팔구 그의 패배다. 거기다 이곳에 있는 적은 이들 구령마뿐만이 아니었다. 저 뒤에서 호시탐탐 기회를 노리고 있는 백 명의 무사가 있었고, 소혼의 심안으로도 깊이를 측정하기 힘든 힘을 지닌 고수가 한 명 있었다.

하지만 계속 방어만 할 수도 없는 노릇이었다.

'그렇다면?'

소혼은 구령마를 단숨에 쳐낼 마땅한 방법을 강구하며 발을 굴렀다.

팟!

화륜이 맹렬하게 돌기 시작하자 화륜진기가 기맥 곳곳을 누비며 밖으로 표출되었다.

휘잉!

소혼은 일도참으로 길게 호를 그렸다. 강렬한 열기의 칼바람을 담은 열풍이 구령마의 머리 위로 떨어졌다.

쿠쿵!

구령마는 열풍을 피해 사방으로 흩어지며 소혼을 따라 발을 굴렀다. 공중 위로 솟구치는 아홉 사인을 보면서 소혼은 이번엔 화륜진기를 극의까지 끌어올렸다.

분천도를 휘감은 백염의 불길이 더욱 거세게 타올랐다.

팟!

칠보환천을 밟자 그의 몸이 살짝 뒤틀렸다.

쿠르르르르!

맹렬한 폭음과 함께 화기와 강기가 동시에 비산했다. 열권풍이 뒤따라 불면서 무수히 많은 열풍을 낳았다. 와류는 용오름처럼 그들의 머리 위로 불어닥치며 칼바람을 계속 쏴댔다.

포혼진으로 진식을 열려 했던 구령마들은 한데 뭉치기가 힘들다는 것을 깨닫고서 다시 몸을 물러 열풍의 범위에서 물러났다.

'이때다!'

개진이 실패하기만을 기다렸던 소혼은 구령마 중 가장 방어가 취약한 이를 목표로 삼아 그에게로 몸을 날렸다. 칠보환천을 밟자 공간이 뒤틀렸다.

팟!

섬광 자락이 하늘을 질주했다. 광염사도였다.

쩌엉!

시원하게 울리는 도명(刀鳴)과 함께,

파바밧!

수십 개의 강기가 다시 도풍에 실리며 비산했다. 콰콰쾅! 하는 소리와 함께 주위를 휩쓸었다.

그 순간 소혼의 몸이 사령마의 면전 앞에 나타났다. 사령마는 백염도가 지금 이 순간 미소를 짓고 있다고 생각했다.

퍽!

그것이 사령마가 이 세상에서 마지막으로 남긴 생각이었다.

"포혼진의 개진을 방해했을 뿐만 아니라 연달아 사령마의 목숨마저 앗아갔다?"

여태껏 멀리서 구령마와 소혼의 싸움을 보면서도 무표정을 고수하고 있던 구사의 얼굴 위로 한가닥 감정의 빛이 스쳐 지나갔다.

"화풍(禍風)."

"예, 말씀하시지요."

들끓는 살기를 누르지 않고 있던 백 명의 짐승 중 우두머리가 구사에게 머리를 조아렸다.

"너희들의 실력을 보여라."

화풍은 한쪽 무릎을 꿇었다.

"백 년 전에 당신께서 선조들을 택한 선택이 잘못되지 않았음을 증명해 보이겠습니다."

화풍의 눈동자에서 살기가 일었다.

"가자."

"명(命)!"

소혼은 오령마와 육령마의 뒤를 쫓다 말고 걸음을 멈추어야만 했다. 하늘 위에서 백여 개에 가까운 유성우가 떨어진 탓이었다.

파바바밧!

소혼은 광염을 하늘 위로 쏘아 올렸다. 하얀색으로 빛나는 조각달, 화편월이었다.

비록 조급하게 만든 것이긴 했어도 하나하나에 강기가 담긴 까닭에 수십 개를 훨씬 넘는 조각달은 하나하나가 강한 파괴력을 내포하고 있었다.

그런 식으로 몇 차례 허공에다 분천도를 휘두르자 하늘을 질주하는 조각달은 어느새 이백 개에 가까워졌다.

채채채채챙!

수십 개의 조각달이 위로 튕기거나 부서지는 소리가 들렸다. 강기와 화기를 막아내지 못하고 곤죽이 되어 절명하는 자들이 속출했다.

팟!

소혼은 칠보환천을 밟아 그들 사이로 몸을 던졌다. 짐승 떼 사이로 몸을 던진 격이었지만, 그것이 오히려 소혼에게는 더 유리하게 작용했다.

소혼이 도파를 강하게 쥐고서 힘차게 돌리자 광염은 열풍과 함께 커다란 와류를 그리며 위로 솟구쳤다.

쿠르르릉!

분천삼도 열권풍은 화기를 가득 실은 회오리다. 그리고 회오리바람이 내뿜는 열풍은 날카로운 칼바람을 싣고 있어서 다수의 적을 상대하는 데 용이하다. 그런 것을 놈들의 사이에 펼쳐 놓으니 일 개 대(隊)가 단숨에 허물어지는 것도 무리는 아니었다.

콰콰콰콰콰!

화마는 단숨에 짐승들을 집어삼키며 시체 하나 온전히 남기지 않았다.

소혼은 그것으로도 모자라 왼손을 앞으로 쭉 내밀면서 장풍을 수도 없이 날려댔다. 열권풍을 장력으로 승화시킨 장공(掌攻), 염룡마후였다.

퍼퍼펑!

염룡마후는 놈들의 머리를 하나하나 일일이 터뜨려 놓았다. 소혼은 다시 한 번 칠보환천을 밟아 그들 사이를 종횡무진 누볐다.

횡!

콰득!

분천도의 가벼운 떨림과 함께 짐승들 중 가장 강해 보이던 이의 머리를 휩쓸고 지나갔다. 구사에게 당신의 선택이 옳음을 증명해 보이겠다고 호언장담하던 화풍이었다.

소혼은 가볍게 땅에 착지했다. 머리 위로 무수히 많은 핏물이 비가 되어 떨어졌다. 공중에서 얼마나 많은 살육을 자행했는지를 보여주는 대목이었다. 하지만 그마저도 화기를 머금은 반탄강기에 의해 순식간에 타오르고 말았다.

수많은 핏물 속에서도 옷과 칼에 피 한 점 묻히지 않고 우뚝 서 있는 소혼의 모습은 섬뜩하게까지 느껴졌다.

"구령마에 이어 이번엔 살풍(煞風)인가? 정말 살막이 무너지지 않았나? 그렇다면 정말 팔황새가 준동하려는 것인가?"

살풍은 살막의 다섯 기둥 중 하나. 기련산에서 고루삼마를 처치했을 때에도 혈백 때문에 무상천이 무너지지 않고 살아 있나 하는 생각을 가졌는데, 이렇게 살막의 후예들까지 있으니. 정말 무상천을 비롯한 팔황새가 되살아난 걸까?

소혼의 심안이 구사에게로 향했다.

저 멀리서 마치 감상하듯이 느긋한 태도로 그의 싸움을 지켜보고 있는 이. 소혼은 그에게 살기를 뿌렸다. 더 이상 숨어 있지 말고 나오라는 뜻이었다.

하지만 구사는 소혼의 살기를 아무렇지 않게 흘려 버렸다. 그러면서 검지로 위쪽을 가리켰다.

'위?'

그때, 머리 위에서 익숙한 살기 여덟 개가 느껴졌다.

"어디를 보는 것이냐! 형제를 죽음으로 몰아넣고도 네가 무사할 듯싶었느냐!"

잠시 존재를 잊고 있었던 구령마였다. 그리고 그 주위로 짐 승처럼 달려오는 이들은 바로 살풍이었다. 천중전란의 주역, 팔황새의 살막을 상징하는 다섯 기둥 중 하나를 전면으로 상 대하게 된 셈이었다.

'먼저 이들부터 처리해야겠군.'

소혼은 광염을 끌어올려 일도참으로 화벽을 끌어올렸다.

화르륵!

살풍대는 달리다 말고 열기가 만들어내는 화망(火網) 때문 에 일정한 거리 이상을 접근하지 못했다.

그래도 죽은 사령마를 제외한 구령마는 위에서 공격을 감 행할 수 있었는데, 오히려 그것이 소혼이 노리던 바였다. 이 번 구령마의 공격은 칠성의 녹존을 저세상으로 보내버렸다는 포혼진의 암격필살(暗擊必殺)이었다.

파바밧!

소혼은 칼을 수차례 휘둘러 화편월을 하늘 위로 날려 보냈다. 쾅! 쾅! 쾅! 하는 소리와 함께 화편월은 포혼진의 축을 수없이 두들겼다. 그와 함께 암격일살이 소혼의 머리 위를 뒤덮었다.

퍼퍼펑!

다시 한 번 폭발이 일어나고, 칼바람을 안은 열풍이 그 위를 다시 때렸다.

쿠쿵!

열풍의 강기가 두둥실 떠올라 포혼진의 주축을 담당하고 있던 팔령마의 목을 가볍게 분지르고 지나갔다.

소혼은 다시 한 번 회선을 그렸다.

분천도의 회전은 강한 충격파를 만들어내 화기가 꼬리를 물면서 거친 회오리바람을 일으켰다. 분천삼도 열권풍이었다.

우르르르르!

불꽃에 휘감긴 회오리바람은 단숨에 하늘을 찢어발기듯이 나아가 칼날과도 같은 열풍을 토해내며 다시 한 번 주위를 휩쓸었다.

이번 공격은 소혼과 살풍대를 가르고 있던 화벽마저 부수고 지나가 살풍대의 머리 위로도 떨어졌다.

쿠쿠쿠쿵!

스물에 가까운 살풍이 불에 녹아내리고, 그 뒤를 이어 일령마와 이령마, 삼령마, 구령마가 열풍의 희생양이 되었다.

화르르륵!

"말도… 안 돼!"

오령마는 눈을 크게 떴다. 다행히 위험을 깨닫고 간격을 벌려 목숨을 부지할 수 있었지만, 그들이 믿었던 포혼진 암격필살이 너무나 쉽게 깨졌다는 사실이 그를 충격으로 몰아넣었다.

그들 구령마는 한때 칠성의 녹존을 쓰러뜨릴 정도의 실력자였다. 그리고 세월이 한참 흐른 지금은 그때보다 훨씬 강해졌다. 그런데 이리 허무하게 지고 말 줄이야.

하지만 그것은 그들이 소혼의 분천칠도에 대해서 몰라서 하는 소리였다.

소혼에게는, 통칭 회(會)라는 정체불명의 괴조직을 추적하고 분쇄해야만 하는 사명감이 있었다.

회가 얼마나 많은 고수들을 보유했는지, 또 얼마나 많은 인원수로 이루어져 있는지 알지 못했다.

다만 정확한 것은, 어쩌면 그가 강호 전체와 싸워야 할지도 모른다는 사실이었다.

소혼은 이 때문에 분천칠도를 만들 때에 일대 다수의 전투에도 가능한 초식을 몇 개 만들었다. 그렇게 탄생한 것이 삼도 열권풍과 사도 화편월이었다.

특히나 열권풍은 진식을 힘으로 찢기 위해 만들어졌기 때문에 검진에 있어서는 특효약에 가까웠다.

포혼진이 이렇게 처참하게 무너진 것도 어떻게 보면 무공의 특성이 낳은 결과라 할 수 있었다. 만약 소혼이 분천칠도가 아닌 사도수 시절에 사용하던 구류화마도를 사용했더라면 이렇게 빨리 싸움이 끝나지는 않았을 것이다. 적어도 고전을 면치 못하거나, 최악의 경우 목숨까지 잃었을 터였다.

여하튼 포혼진은 깨지고 말았다.

구령마 중에서 살아남은 것은 오령마와 육령마, 칠령마, 단 셋뿐이었다.

살풍 중에서도 목숨이 붙어 있는 자는 고작 절반밖에 되지 않았다. 개중에 중상을 입어 간신히 숨만 붙어 있는 이들을 제한다면 채 서른도 되지 않았다.

살막의 전설.

살풍과 구령마의 신화가 무참히 깨지고 만 것이다.

소혼은 화마 위에 우두커니 섰다.

범천왕(梵天王)과 함께 바라문교[婆羅門敎]를 호위한다는 제석천(帝釋天)의 위용이 이러할까. 전신(戰神)이라 해도 될 그 모습에 남은 구령마와 살풍은 섣불리 몸을 움직일 수 없었다.

소혼의 모습을 보고 있노라면, 한 발자국이라도 잘못 내밀 시에 이 세상과 이별하게 될 것이란 것은 따로 생각지 않아도 깨달을 수 있었다.

소혼은 입가에 냉소를 달며 분천도를 움직였다.

휙!

도풍이 다시 하늘을 질주했다. 광염이 낳은 열기가 압축된 칼바람이었다.

칠령마와 오령마는 도풍을 바로 눈앞에 목격했으면서도 자리를 이동할 수 없었다. 픽! 하는 소리와 함께 그들의 머리가 같이 터져 나갔고, 동시에 육령마의 몸뚱어리도 반으로 갈렸다.

그것은 살풍도 마찬가지여서, 본능만 살아 숨 쉬던 살풍의 대원들도 머리가 터지거나 몸뚱어리가 반으로 갈리는 등으로 인해 절명하고 말았다.

이제 이곳에 숨을 쉬고 있는 사람은 소혼과 남궁린, 그리고 살풍 열다섯과 은영, 정체를 짐작키 힘든 구사뿐이었다.

"대단하군."

여태껏 그들의 공방을 지켜보고 있던 구사가 드디어 자리에서 일어났다.

살풍과 구령마를 홀로 대적한다?

구사, 그 역시 충분히 가능할 테지만 여인을 지키면서 해내는 것은 힘들 것 같았다. 그래서 생각했다. 백염도, 이 녀석은 자신에 못지않은 고수라고.

"운기조식을 하라. 내 차륜전으로 너 정도의 녀석을 죽이고 싶은 마음 따위는 없음이니."

소혼은 짤막하게 답했다.

"이 몸으로도 충분히 당신을 상대할 만하오."

구사는 피식 웃었다. 하지만 그것은 웃음이 아니었다. 차가운 웃음, 냉소였다.

"한순간의 젊은 혈기로 화를 범하지 마라. 내가 이렇게 적을 두고 시간을 주는 것도 네 녀석이 처음이다."

"말했지만 나는 지금으로도 충분하오."

소혼의 말은 거짓이었다. 비록 그가 압도적인 무력으로 구령마와 살풍대를 처리했다고 하더라도, 전혀 지치지 않았다면 거짓말이었다.

혼자였으면 모르되, 그는 행여나 남궁린이 다칠까 그녀를 신경 쓰면서 칼을 휘둘러야 했다. 덕분에 한 번 칼을 휘두를 것을 두 번 휘두르게 되고, 그만큼 체력과 공력 역시 빠른 속도로 소비되었다.

게다가 그가 수없이 터뜨린 열권풍과 화편월은 내공을 많이 잡아먹는 초식이었다. 아마 소비된 내공만 따진다면 수라마검 승태림 두 명과 싸운 것과 대등할 터였다.

지금도 숨소리가 조금씩 흔들리고 있는데, 실력을 가늠할 수 없는 구사와 이대로 싸운다? 그것은 곧 죽음을 재촉하는 일이었다. 하지만 소혼은 의견을 번복할 마음이 없는 듯했다.

"큭, 너의 뜻이 그러하다면 어쩔 수 없지. 그렇다면 그 등에 업고 있는 여인이라도 내려놓아라. 이 이상 나를 업신여긴다면 내 먼저 계집의 목부터 취할 것이니."

하지만 여전히 소혼은 묵묵부답, 요지부동이었다.

구사는 아미를 살짝 찌푸렸다.

자신이 마음만 먹는다면 저 여인의 목숨을 단숨에 취할 수 있음을 깨달았을 텐데도 오기를 부리는 걸까. 하지만 곧 그는 소혼이 취한 행동의 뜻을 알 수 있었다.

'과연 그런 것인가.'

승부결을 겨루는 당신은 믿을 수 있다. 하지만,

'이놈들은 믿지 못한다는 말이겠지.'

생각을 정리한 구사는 은영을 불렀다.

"은영."

"내리실 명이 있으십니까?"

"방해가 된다."

"무슨……?"

퍽!

손가락을 가볍게 튕기자 지풍이 은영의 이마를 뚫고 지나갔다.

구사는 살풍들을 쭉 훑어보더니 차갑게 말했다.

"백 년 동안 나를 따른다고 수고가 많았다. 하지만 화풍도 이미 죽었음이니. 너희들도 편히 쉬어라."

퉁.

다시 한 번 손가락을 튕기자 수십 개의 지풍이 그들의 머리를 훑었다. 동시에 머리를 잃은 십수 개의 시체가 땅바닥에 널브러졌다.

백 년간, 사대(四代)를 이어오며 충성을 바쳤던 이들마저 내칠 정도로 냉혹함을 보이는 자. 그가 바로 구사였다.

소혼은 직감적으로 그의 정체를 알아챘다.

방금 전 사내가 보였던 탄지공은 분명 화산의 절기 중 하나인 매화오품지(梅花五品指)였다. 그리고 화산 출신 중에서 절대위의 경지에 오른 사람은 단 한 명밖에 없다.

천중팔좌 중 사양(四養)에 해당하는 자. 명문구파 화산의 품에서 태어나 팔황새의 살막에 몸을 담았던 자. 아버지처럼 자신을 길러주었던 사부를 죽인 패륜아.

그는 바로,

"구양(究養) 능윤해."

"나를 아는가 보군?"

제천궁의 장로인 십천사 구사, 아니, 천중팔좌의 구양을 지냈던 능윤해는 입가에 차가운 미소를 달았다.

소혼은 격전이 벌어져도 기파가 닿지 않을 안전한 곳에 남궁린을 내려놓고서 능윤해를 향해 살기를 쏘았다.

"당신은 다시 강호에 혈란이라도 일으킬 속셈이오? 보아하니 천시를 노리고 온 것 같지는 않아 보이오만?"

능윤해는 손사래를 쳤다.

"천시라… 큭! 백 년이래 제일인의 무공을 얻을 수 있다고 했던가? 무일양신이 신(神)이 될 줄이야. 당시만 해도 몰랐어. 하지만 부질없는 짓이야. 녀석의 무공을 얻을 원주인은 따로 있으니까."

"원주인이 따로 있다?"

"내가 헛소리를 했나 보군. 여하튼 천시 따위는 신경 쓰지 않는다."

"그럼 어찌하여 이런 일을 저지른 것이오?"

많은 사람들이 죽었다. 밥을 먹기 위해 객잔을 찾은 민초들은 아닌 하늘의 날벼락을 맞은 셈이다. 그들 중 대부분이 죽었고, 설사 살아난다 하더라도 더 이상 정상인처럼 살지 못할 터였다.

능윤해는 대답 대신 한마디를 던졌다.

"제천궁."

우답이라 할 수 있었지만 소혼은 그 말뜻을 이해했다.

"그렇구려."

"놀라지 않는군?"

"이미 만독자와도 싸운 적이 있소. 그리고 천시쟁패가 당신들과 관련있다는 것도 잘 아오. 당신들이라면 이런 일을 저지르고도 남지. 대체 무슨 생각을 가지고 있는지는 알 길이 없지만."

"많은 걸 알고 있어. 궁주, 그 아이가 자네를 죽여 달라 부탁할 만해."

능윤해의 눈동자 위로 서슬 퍼런 빛이 솟아올랐다가 사라졌다. 동시에 검갑에서 불꽃이 번쩍였다.

다섯 하늘의 그림자를 지우고 일곱 별을 땅 아래로 추락시킨 여덟 자리[八座]의 일인을 상징하던 검, 자소(紫蘇)였다.

쉬싯!

능윤해의 소맷자락이 흔들리자 자소검에서 다섯 개의 강기가 검풍과 함께 하늘 위로 치솟았다.

"너의 목, 내가 가져가겠다."

챙!

소혼은 분천도로 검풍을 가르며 화륜진기를 끌어올렸다. 화르륵! 하는 소리와 함께 백색 화염이 도풍에 실려 공중에 비산했다.

파바밧!

도풍은 검풍을 파훼하며 능윤해의 머리 위로 떨어졌다.

능윤해는 자소검에 맺힌 강기의 힘을 돋웠다.

샤라락!

빛살처럼 빠르고 날카로운 일검. 오행매화검(五行梅花劍)이라는 이름을 가진 검식으로, 본래 화산을 상징하는 대표 무공 중 하나였으나, 능윤해의 배신과 함께 화산 내에서는 절맥되어 버린 비운의 검법이었다.

백 년 만에 모습을 드러낸 오행매화검은 수매일검(水梅一劍)이라는 초식과 함께 강렬한 검풍을 만들어냈다.

콰콰콰콰!

도풍과 검풍이 공중에서 수없이 부딪치면서 폭발을 일으켰다. 요란한 음색이 천지사방에 진동하던 때에 바람 한 점이 소혼의 옆을 스쳐 지나갔다.

기감이 민감한 소혼조차 미처 깨닫지 못할 정도로 빠른 움직임이었다.

획!

소혼은 은밀하기 그지없는 검풍이 자신의 심장 어림에 이를 때에야 그 존재를 대강 눈치챘다.

퇴보를 밟으며 몸을 최대한 비튼다. 왼손을 뻗어 장력을 내뿜으니 염룡마후가 검풍을 집어삼키고 더 나아가 능윤해의 머리 위로 떨어졌다.

쿠르릉!

"제법이로군."

능윤해는 손으로 헝클어진 앞머리를 쓸어 올렸다. 볼에 손을 가져다 대니 핏물이 살짝 묻어 있었다.

얼마 만에 본 피일까. 늘 적들의 피만을 보아오다가 간만에 자신의 피를 보게 되자 기분이 묘했다. 뭐랄까, 구름 위에 붕 뜬 기분이랄까. 백 년 만에 제대로 승부결을 나눌 수 있는 적을 만났다는 점이 너무나 기뻤다.

"좋다, 내 전력을 다해 싸워주마. 이것이 지난 백 년간 내가 얻고자 했던 무의 궁극이다."

파츠츠춧!

능윤해의 눈동자에 탁기가 감돌았다.

보는 것만으로도 음침함을 낳는 귀기였다. 회색이던 눈빛은 차츰 핏빛으로 물들었고, 곧 안으로 갈무리 되어있던 능윤해의 내력이 밖으로 표출되었다.

우르르!

천지가 떨릴 만큼 거대한 공력이었다.

도파를 쥐고 있는 소혼의 손길에 힘이 실렸다. 막대한 패기와 귀기, 그리고 혈향이 동시에 느껴졌기 때문이다.

소혼은 그것의 정체를 깨달을 수 있었다.

"어째서 당신이 혈백을 사용할 수 있는 것이오?"

혈백. 천중전란을 낳은 무상천의 저주술공.

그것이 왜 구양 능윤해의 손에 있는 걸까? 혈백은 회의 고수들이 사용하는 것이 아니었나? 어째서 제천궁에서 왔다고 하는 능윤해가 펼칠 수 있는 것이지?

모든 고민을 뒤로한 채 능윤해가 입을 열었다.

"호오, 혈백을 아느냐?"

그는 혈백을 전개함에도 이전에 소혼이 상대했던 고루일마와는 많이 다른 것 같았다. 고루일마는 혈백을 전개했을 때에 이성이 마기에 젖어서 결국 미치고 말았다.

소혼이 아는 혈백 역시 전개하는 즉시 내공을 배로 늘릴 수 있되, 결국 마기를 이기지 못해 미치고 마는 것으로 알고 있었다.

그런데 능윤해는…….

"당신은 혈백을 사용해도 아무렇지도 않은 모양이구려."

능윤해는 피식 웃었다.

"사람들은 그저 혈백이 역혈대법과 같은 동귀어진의 수로만 알고 있지. 하지만 혈백은 해동의 선가에 연원을 둘 만큼 마기나 귀기, 광기와는 전혀 거리가 멀다. 미완성한 상태에서 사용하게 되면 뇌문이 파괴되어 미쳐 날뛰는 반면, 완성하게 되면……."

우우우웅!

자소검이 길게 공명음을 터뜨렸다. 그와 함께 능윤해가 딛고 있는 땅 역시 크게 흔들렸다. 그의 공력이 얼마나 심후한가를 알려주는 대목이라 할 수 있었다.

"천하가 두렵지 않지."

팟!

능윤해가 땅을 강하게 구르자 쿵! 하는 소리와 함께 먼지구름이 자욱하게 일었다.

궁신탄영의 수로 달려나가는 그 속도가 얼마나 빠른지 격공에 연원을 둔 칠보환천보다 더 빠르게 느껴질 정도였다. 혈백으로 인해 심후해진 공력은 그의 신체를 말 그대로 유령으로 만들어놓았다.

하지만 소혼은 전혀 당황하지 않고 침착하게 대응했다.

횡!

도신에 광염을 두르자 강렬한 폭음이 사방을 때렸다.

콰릉! 콰르릉!

충돌과 충돌. 잠깐 눈을 깜빡할 그 짧은 시간 동안 수십 합이 전개되었다.

능윤해의 검식은 수기(水氣)를 담고 있었다. 오행의 상극원리 중 수극화(水克火)라는 말이 있다. 물은 능히 불을 누름이니, 제아무리 모든 것을 태우는 광염이라 해도 물은 이기지 못할 것이라는 생각을 가진 것이다.

거기다 상극 원리와는 반대가 되는 상생 원리 중 금생수(金生水)에 입각, 금기(金氣)까지 두르니, 오행매화검을 상대하는 소혼의 입장으로서는 계속 밀릴 수밖에 없었다.

콰쾅!

결국 수기는 광염의 불길을 꺼뜨리고 말았다. 거기에 그 위로 금기마저 두르자, 자소검은 그 어느 신병이기보다 더 뛰어난 날카로움을 자랑했다.

횡!

자소검이 궤적을 그렸다. 금생수, 수생목, 목생화, 화생토, 토생금이 한 바퀴 돌자 오행검(五行劍)은 극의에 다다랐다. 그와 함께 매화검(梅花劍)에서 매화의 향기가 자욱하게 퍼졌다.

오행매화검의 비기, 오합일매화(五合一梅花)의 발현이었다.

쿠쿠쿠쿠쿠!

소혼은 백염을 더욱 뜨겁게 태웠다. 분천도를 쉴 새 없이 놀려대자 화편월이 공중 위로 치솟으면서 자소검을 연신 두들겼다.

콰콰콰콰콰!

노도처럼 내뿜어지는 광염의 불길. 화마는 한 마리의 용이 되어 모든 것을 불살랐다. 태우고 또 태우면서 자소검을 집어삼키기 위해 붉은 혓바닥을 날름거렸다.

"이제 끝내주마."

백염이 제아무리 자소검을 두들긴다 한들, 능윤해의 눈에는 죽지 않기 위한 몸부림으로밖에는 보이지 않았다.

혈백으로 인해 공력도 심후해진데다가, 지난 이 갑자가 넘는 세월을 살아오면서 얻은 자신의 깨달음을 아직 서른도 되지 못한 아이가 깰 수 있을 리 만무했다. 거기다 녀석은 이전에 구령마와 살풍을 상대하지 않았던가.

그래도 간만에 가슴이 뛰는 싸움을 치르게 해준 것이 고마워 마지막 가는 길은 편하게 보내줄 심산이었다.

"편히 가거라."

획!

오합일매화가 수기를 둘러 백염을 짓누르고 녀석의 가슴을 관통하려는 순간,

"당신은 잘못 알고 있소."

어느덧 소혼은 능윤해가 짓던 냉소(冷笑)와 똑같은 냉소를 짓고 있었다.

아니, 그것은 비소(誹笑)에 가까웠다.

"수극화라고 하나, 아주 뜨거운 불꽃은 물을 증발시킬 수 있음이오."

"그것이 무슨… 크아악!"

능윤해는 몸을 불사르는 고통에 비명을 토했다. 그가 전력을 다해 펼쳤던 오합일매검은 이미 분쇄된 지 오래.

매화꽃은 불에 의해 잔혹하게 타오르고, 물은 화기를 감당하지 못하고 증발해 사라졌다.

휭!

소혼은 백색 불길 속을 돌파하며 능윤해의 심장에 분천도를 박아 넣었다.

푹!

"커억!"

심장이 뚫리자 능윤해의 몸을 휘감고 있던 귀기가 언제 그랬냐는 듯이 하늘 위로 증발해 사라졌다.

능윤해는 멍한 눈길로 소혼을 바라보았다.

"어떻게……?"

그의 눈빛은 의구심으로 가득 찼다. '분명 내가 더 강했는데, 어째서 진 것이지?'라는 의문이 담긴 눈빛이었다.

소혼은 그것을 담담하게 답했다.

"혈백 때문이오."

"혈백… 때문에……?"

"사실 나는 혈백에 대해서 잘 모르오. 해동의 선가에서 기원했다는 것도 오늘 처음 들어 안 사실이오. 하지만 이것 하나만큼은 아오. 무인이 신병이기에 의지하는 순간, 그 무인은 무인으로서의 생은 끝난 셈이오."

여기서 말하는 신병이기가 바로 혈백이리라.

"만약 당신이 혈백에 의존하지 않고 지난 백 년 동안 절심 수양하여 무를 닦았더라면 지금 심장이 뚫린 것은 당신이 아닌 나였을 것이오. 아니, 백 년 전 천중팔좌의 구양이라 불릴 때의 모습을 보였더라도 나는 위험했을 것이오."

혈백을 사용한 능윤해는 분명 강했다, 아직 신화경에 이르지 못한 소혼은 범접하기가 힘들 정도로. 하지만 그 뿐이었다. 강해졌으나, 그것은 능윤해가 가진 본연의 힘이 아니었다.

소혼의 광염은 모든 것을 불사르는 불꽃, 정순하지 못한 것을 모두 불살라 버리는 마화(魔火)였다. 오행을 띤 매화는 마화에 산화하고 만 것이다.

"그… 런가……."

능윤해는 씁쓸하게 웃었다.

"강해… 지고 싶었다……. 누구… 보… 다 더. 그래서… 사문… 을 배신하고 사부를 죽… 였다. 하… 지만 나는 이것으로… 일신과… 제… 일마를 뛰어넘… 었다고 생각했는데……."

능윤해의 눈동자가 조금씩 생기를 잃어갔다.

"오히려… 혈백… 이 퇴보를… 낳았… 을 줄이야……."

천중팔좌를 이루는 여덟 무인은 만약 다른 시간대에 태어났더라면 능히 천하제일이 되고도 남을 위인들이었다. 하지만 하늘은 무심하게도 그들을 같은 시간대에 내려주었고, 일신과 제일마라는 걸물까지 탄생시켜 버렸다.

구양 능윤해는 항시 그것이 불만이었다.

일신이 없었더라면, 제일마가 태어나지 않았다면. 그랬다면 천하제일, 아니, 백 년이래 제일이라는 칭호는 자신의 것이었을 텐데.

그래서 혈백에 손을 댔다. 그래서 살막이 내뻗는 손을 쥐었다. 그래서 화산을 등졌다. 그래서 사부를 죽였다.

능윤해의 눈동자가 회한에 잠겼다.

"괴… 검, 자네의… 말… 이 맞았… 어."

"네가 만약 혈백에 손을 댄다면 너는 모든 것을 잃을 것이다. 그리고 평생 너는 양(恙)과 혼(魂)을 뛰어넘지 못할 것이다. 그래도 괜찮으냐?"

"내… 한 가지만 물어도 되겠는… 가?"

능윤해는 꺼져 가는 의식을 억지로 부여잡았다. 그러자 말을 더듬거리는 것도 많이 줄어든 듯했다. 초가 다하기 전에 일어나는 불꽃이 가장 밝다고 했던가? 소혼은 이것이 회광반조임을 직감적으로 깨달았다.

"물어보시오."

"자네의 이름이… 무엇인가? 죽기 전에… 나를 이긴 자의 이름을… 듣고… 싶… 구나."

"소혼이오."

능윤해의 눈동자가 휘둥그레졌다.

"소가(蘇家)란 말인가?"

"우리 가문을 아시오?"

소혼의 질문에도 아랑곳하지 않고 능윤해는 제 말을 다했다.

"그래. 역시 전설은… 돌아오는 것… 이었어."

능윤해의 눈동자가 조금씩 감기기 시작했다.

힘을 잃어간다. 천근추를 펼친 것처럼 몸이 무거워진다. 의식이 꺼져 간다. 잠이 온다. 이렇게 잠이 들고 나서 눈을 뜨게 되면 과연 어떤 세상이 나를 맞이할까?

"궁주… 그 아… 이가 걱정… 원래 착한… 아이였… 는

데… 욕심이 성정… 을 버렸…… 회주… 를 막아야 하는데…

모든 것이 아깝… 지만 그래도… 이… 정도면 멋진 삶이었…

다."

툭.

힘을 잃은 손이 아래로 떨어졌다.

*   *   *

백 년 전, 강호는 유례없는 전성기를 맞이했다.

강호의 무인들을 한인(漢人)이나 만인(蠻人)이라 부르며 억압했던 원(元)의 치세가 끝나고 명(明)이 천하를 지배했다.

또한, 강호를 제패하고 있던 천룡성(天龍城)이 붕괴되면서 강호는 크게 세 개의 세력으로 나뉘었다.

정도구파 정천(正天), 중도육가 중인(中人), 사도삼세 사지(邪地).

그들은 서로를 견제하며 힘을 키워 나갔고, 그 와중에 수많은 절정고수들이 탄생했다.

하지만 중원무림이 그렇게 전성기를 맞이하였듯, 호시탐탐 중원으로 진격하기를 고대하던 새외의 문파들 역시 그동안 힘을 비축했다. 아니, 오히려 더 중원보다 힘이 강하다 할 수 있었다.

중원은 원명 교체기라는 커다란 굴레를 겪어야만 했지만,

새외의 문파들은 그런 피해가 적었으니까.

이에 새외의 문파들은 과거의 영광을 되새기며 무상천을 중심으로 팔황새라는 연합 세력을 구축했다. 중원무림은 팔황새에 대적해 무림맹을 결성하여 대항했다.

이것이 바로 천중전란(天中戰亂)이라 불리는 혈겁의 시작이었다.

이 와중에 현 강호의 전설인 천중팔좌가 이름을 떨치게 되었다.

혈백은 이 중에서 팔황제일세, 무상천을 대표하는 무공이었다. 아니, 무공이라기보다는 대법에 가까웠다. 마성에 이성을 잠식당한 채 몸에 있는 모든 잠력을 격발시키는 역혈대법의 연장선이었다.

그것을 회의 사람인 고루삼마가 사용했다.

그리고 이번엔 제천궁의 사람인 능윤해가 사용했다.

대체 어떻게 된 일일까?

천시쟁패를 벌인 것은 회와 제천궁. 분명 그들은 무언가 연관이 있는 것이 분명하다. 그렇다면 그들은 가지만 다를 뿐, 뿌리는 같은 것일까?

회와 제천궁은 무상천이나 팔황새의 후예인 걸까? 아니면 고루삼마와 능윤해는 그저 운이 좋아 혈백을 얻을 수 있었던 걸까?

하지만 하나만큼은 확실했다.

살막을 이용한 만큼 제천궁은 필시 팔황새와 무슨 연관이 있고, 제천궁의 뒤를 캐다 보면 그 끝에는 회가 나올 것이란 것을.

'주산군도에서 유현을 베고, 그다음은 제천궁을 친다.'

소혼은 가만히 하늘을 바라보았다.

이미 해는 노을에 잠겨 붉은빛을 뿌리고 있었다.

이 두 손에 피를 묻힌 만큼 하늘도 피를 자신의 몸 위에 뿌린 것일까. 오늘따라 노을은 피처럼 붉었다.

소혼은 자신의 손에 쥐어진 것을 보았다.

하나는 서찰, 다른 하나는 책자였다.

책자에는 두 가지 무공이 기술되어 있었다.

오행매화검(五行梅花劍).

북명신공(北冥神功).

'오행매화검과 북명신공이라……'

하나는 구양 능윤해를 탄생시킨 화산의 비전 절학이다. 다른 하나는 난생처음 본 무공이었지만, 대충 훑어보니 선가의 무학인 듯싶었다. 천안연결과 잘 맞을 듯해 챙겼다.

두 개 모두 능윤해의 품에서 나온 것들이다. 그리고 귀중한 듯 조심스럽게 옷에 갈무리되었던 서신에는 단 두 글자가 적혀 있었다.

요하(遙賀).

뜻을 알 수 없는 단어.

'요하궁(遙賀宮)을 이야기하는 건가?'

지금은 사라지고 없는 사도삼세 중 한 곳의 이름이 왜 기술되어 있는 것인지. 하지만 도움이 될지 몰라 그는 책자와 서신을 옷 속에 잘 갈무리했다.

"내세에는 부디 평안히 살도록 하시오."

소혼은 능윤해의 시신 위로 광염을 던져 태웠다.

화르륵!

그렇게 다른 시신들도 모두 태웠다.

"이제 가봐야겠군."

소혼은 남궁린을 안았다.

고이 잠에 빠져 쌕쌕 하는 모습이 귀여워 저도 모르게 입가에 미소를 달았다. 하지만 곧 소혼의 웃음이 입가에서 사라졌다.

'왜 이러지?'

남궁린의 몸이 얼음장처럼 차가웠다.

질풍행로를 처음 시작하기 전에 그녀를 안았던 것처럼, 아니, 그때보다 배는 차가웠다.

소혼은 급히 백회혈에 손을 가져다 대어 기를 불어넣었다.

'이건……!'

춥다. 얼음이다. 북해에 떠다닌다는 빙산이 이러할까. 너무나 차갑다. 혈맥, 기맥, 그 어느 것 하나 가릴 것 없이 너무나 차가웠다. 이대로 놔두면 심장까지 얼어붙어 숨이 끊어질 터였다.

'독 때문인가?'

순간 놈들이 객잔에서 태웠던 독이 떠올랐다. 재빨리 추궁과혈로 독기를 몰아내긴 했지만, 현재 남궁린의 몸은 천음절맥. 자칫 잘못된 실수 하나로 목숨을 잃을 수 있는 천질을 앓고 있는 것이다.

아마 그 독이 혈을 잘못 건드려 화륜진기로 활동을 늦춰두었던 음한지기를 촉발시킨 모양이었다.

소혼은 장심에 기운을 끌어모아 음한지기에 맞섰다. 하지만 음한지기는 화륜진기와 부딪치면 부딪칠수록 더욱 난폭해지며 기맥을 누볐다.

단순한 응급처치로는 안 될 것 같아 소혼은 일단 음한지기의 움직임을 내력으로 묶어버리고 몸이 차가워지지 않도록 따스하게 만들었다.

'제발. 제발. 제발!'

소혼은 조급해지는 마음을 억눌렀다. 다행히 어렵사리 음한지기의 움직임을 묶을 수 있었다.

소혼은 급히 남궁린을 등에 업었다. 이곳에서는 더 이상의 치료가 불가능했다.

'급한 불은 껐지만 이대로는 안 된다. 의원, 그것도 실력이 뛰어난 의원이 필요해.'

소혼이 다급하게 비천행을 전개하려는 순간, 기감에 무언가가 잡혔다.

소혼은 주저없이 바로 분천도를 휘둘렀다.

파파팟!

수십 개의 조각달이 대지를 때렸다.

콰콰콰콰!

소혼은 화편월이 적을 베지 못했음을 깨닫고, 먼지구름 속으로 말을 내뱉었다.

"이만 나오시오."

"그 말을 기다렸다네."

누군가가 손을 한 차례 흔들었다. 그러자 바람이 따라오며 먼지구름을 모두 흩날려 버렸다. 그곳에는 두 남녀가 있었다.

한 명은 등에 대도를 멘 노인이었고, 다른 이는 노인의 손녀로 보이는 젊은 여인이었다.

특히나 대도를 멘 노인이 내뿜는 기파는 절대 소혼에 뒤지지 않았다.

"굉음벽도."

소혼은 가만히 노인, 팽무천의 정체를 입에 담았다.

"반갑네. 자네가 백염도라는 아이인가?"

굉음벽도 팽무천은 빙긋 미소를 지었다.

第五章

천라지망

神刀無雙
신도무쌍

'굉음벽도라······.'

소혼은 정마대전 당시에 팽무천과 일도를 나눠본 경험이
있었다.

그때 느낀 느낌은 하나였다.

'강하다.'

아니, 그때는 아직 초절정의 무공밖에는 지니지 못했던 까
닭에 자칫 사부인 대마종이 구해주지 않았더라면 목숨을 잃
을 뻔했었다.

"십 년 후라면··· 능히 나와 견줄 만하겠구나."

그때에 팽무천이 소혼에게 남겼던 말은 아직도 잊혀지지가 않았다.

그리고 세월이 흐른 지금. 아직 십 년이 흐른 것은 아니었으나, 지금의 소혼은 절대고수와 싸워도 지지 않을 정도로 강해졌다.

'벨 수 있을까?'

자신더러 백염도라고 했다. 그리고 기파를 숨기지 않고 있다. 아니, 오히려 자랑하듯이 기파를 내뿜고 있었다. 그것은 분명 일전을 치르자는 뜻일 터였다.

평상시라면 도제 굉음벽도라 해도 꺾을 자신이 있었다. 하지만 그는 지금 구령마와 살풍, 거기에 구양 능윤해와도 승부를 겨루었다. 대부분의 공력이 소비되고 체력도 저하되었다. 승리를 장담할 수 없는 것이다.

소혼은 심안으로 팽무천을 주시하며 입을 열었다.

"팽가에 있어야 할 어른이 어찌하여 이곳에 있는 것이오?"

"호오, 나를 어찌 아느냐?"

팽무천은 눈을 반짝이며 반문했다.

"어린 시절 멀리서나마 존안을 뵐 기회가 있었소."

"그러하느냐? 그렇다면 말을 하기 편하겠구나."

팽무천은 싱긋 미소를 지었다.

꽤나 긴 거리에 해당하는 길이었다.

그와 손녀 팽시영은 하아와 이패가 준 서신에 적힌 대로 녕하의 소온 마을이라는 곳에 도착했다. 하지만 이 넓은 곳에서 변장을 하고 있을 백염도와 천상화를 어찌 찾을까 했는데, 하늘은 팽무천의 편이었던지 때마침 백염도는 정체불명의 조직과 혈투를 벌이고 있었다.

백염도 소혼의 싸움을 지켜보면서 팽무천은 자신의 직감이 틀리지 않았음에 안도했다.

'녀석은 강하다, 이 나의 심장을 떨리게 할 만큼.'

팽무천은 거짓을 말하지 못한다. 입 발린 소리 역시 하지 못한다. 그런 그가 강하다고 정의를 했다면, 그자는 정말 강하다. 그리고 그는 백염도를 인정했다.

지난 삼십 년 동안 도에 관해서 대마종을 제외하고는 절대 남에게 우위를 내주지 않는다는 그에게 찾아온 숙적이었다.

팽시영 역시 백염도의 전투에서 많은 것을 깨달았다.

같은 도를 사용하기 때문일까. 그가 펼치는 도법은 팽가가 자랑하는 패력의 도법과는 많이 달랐다. 하지만 조부로 인해 눈이 높은 그녀의 이목을 집중시킬 정도로, 도법이 저만치 아름다울 수 있을까 하는 생각이 들 정도로 소혼의 도무(刀舞)는 아름다웠다.

나중에 꼭 기회가 닿는다면 그에게 단 한 수라도 배우고픈 열망으로 가득 찼다. 그가 희대의 살인마라 불릴지라도… 팽시영, 그녀 또한 강자를 숭상하는 무인이었다.

스르릉!

팽무천은 도갑에서 애병 맹호도를 뽑았다. 그리고 갑(匣)을 땅에 던져 두었다.

툭.

승부가 날 때까지 절대 칼을 거두지 않겠다는 의미였다.

팽무천이 입을 열었다.

"너의 실력이 궁금하다. 그래서 확인코자 왔다."

소혼과 마주한 지금, 팽무천은 가슴이 떨리는 것을 느낄 수 있었다.

순백색의 도 하나만으로 보여줄 수 있는 인간의 한계. 백염도 역시 절대위에서도 능히 수위에 꼽힌다는 입신경에 들었을까?

백염도라는 자가 보이는 힘. 그것은 이미 여타 다른 고수들과 달랐다. 이미 그는 그 존재만으로도 성란육제의 상위와 대등한 자격을 논할 수 있었다.

하나 그 뛰어난 힘의 이면에는 보통 사람들이라면 짐작하기도 힘든 시련이 있었음을 어찌 알까.

소혼은 정말 고통이라고도 표현하기 힘든, 피눈물 나는 수련을 통해 무공을 되찾았고, 그 누구도 성취하지 못한 절혼령(切魂靈)을 익혀낼 수 있었다.

그리고 계속된 경험은 그에게 가로막고 있던 벽을 깨뜨릴 수 있는 기회를 주었다.

소혼은 남궁린이 준 청정단으로 절혼령의 칠성에 입(入)했고, 그동안 머릿속에 담아두었던 무리들을 풀어 칠성의 진(眞)을 넘어 극(極)에 다다랐다.

이제는 팔성의 벽마저 노리고 있으니, 본격적인 절대위의 경지라는 입신경이라 할 수 있었다.

입신경에 들었다 하면, 그것은 더 이상 인간이 아닌 신인(神人)의 전 단계인 초인(超人)이 되었음을 의미한다.

단 열 명도 들지 못한 경지.

팽무천은 강자와의 싸움에 희열을 느끼는 투사. 그런 그에게는 천시보다 자신과 같은 경지에 오른 고수와의 싸움이 더 추구할 터였다.

"나는 어르신과 칼을 나눌 이유가 없소."

소혼은 심안으로 가만히 팽무천을 주시했다.

"내가 용건이 있다면?"

"피할 것이오."

"그래도 달려든다면?"

"그렇다면 망설이지 않고 당신을 벨 것이오."

파지직!

맹호도의 도신 위로 뇌기가 튀어 올랐다. 혼원벽력공이 내뿜는 뇌기는 자글자글 공기를 뜨겁게 달구었다.

"강호가 인정한 솜씨, 어디 한번 확인해 보자꾸나. 시영아, 너는 위험하니 잠시 물러나 있어라."

팽시영이 고개를 끄덕이며 뒤로 물러나자, 팽무천은 미허보(迷虛步)를 밟으며 소혼에게로 달려들었다.

소혼은 일도참을 전개했다.

휙!

까강!

두 개의 도가 서로 얽히듯 스쳐 지나갔다.

팽무천은 맹호도에 느껴진 감촉에 미소를 지었다. 이것은 진짜였다. 백염도는 진짜배기였다. 아니, 오히려 소문이 와전된 감이 없지 않았다.

'많이 잡아봐야 아직 서른도 넘지 않은 것 같은데, 대단하구나.'

이제는 도에 관한한 적수가 없다고 생각했는데, 드디어 자신과 도를 견줄 만한 자가 나타났다. 이 얼마나 기쁘지 않을쏜가.

하나 팽무천은 그런 속마음과는 다르게 도갑을 주워 맹호도를 도로 안으로 밀어 넣었다.

철컥.

이음쇠가 닫히는 소리와 함께 팽무천이 내뿜던 기도도 언제 그랬냐는 듯 사그라졌다.

"왜 그만둔 것이오?"

소혼의 물음에 팽무천이 씩 미소를 지었다.

"나중을 위해서."

"무슨 뜻이오?"

"한차례 싸움을 치른 사람에게서 이겼다는 소리가 듣고 싶지 않을 뿐이다. 나중에, 너의 모든 일이 끝난다면 그때 다시 붙자. 그리고 그 질풍행로인가 뭐시긴가도 해야 한다며?"

소혼은 분천도를 도갑 안으로 밀어 넣고는 포권을 취했다.

"감사드리오. 내 이 은혜, 절대 잊지 않으리다."

"나중에 북직예로 찾아오거라. 내 언제나 너를 위해 팽가의 문을 활짝 열어놓을 것이니. 그리고 나가는 길을 조심하여라. 냄새를 맡은 승냥이들이 벌 떼처럼 이곳에 모이고 있으니."

소혼은 고개를 끄덕였다.

"감사하오. 그럼 이만."

소혼이 비천행을 펼쳐 사라지자 팽시영이 팽무천에게 다가왔다.

"후회하지 않으세요?"

"후회하지."

"안타깝지 않으세요?"

"안타깝지."

"그런데 왜……."

"글쎄다. 그냥 마음에 들었다고 할까?"

"네?"

"나도 사실 녀석과 승부를 겨루고 싶었지만. 도를 마주친 순간 마음에 들었다. 그리고 한 가지 생각이 들었다. 이런 녀석과는 이곳에서 승부해서는 안 된다. 더 큰 곳, 더 많은 사람들이 보는 곳에서 제대로 승부를 해야 한다고 말이다. 그래서 그때를 위해 놓아주었다. 으하하하핫!'

팽무천은 호기롭게 웃었다.

팽시영은 그런 조부를 보며 흐릿한 웃음을 띠었다. 대충이나마 조부의 마음을 알 것 같았다.

"그런데 승냥이들은 어떻게 나올지 궁금하군. 제아무리 떼로 덤빈다 하여도 범은 범인데 말이지."

팽무천은 소혼이 사라진 자리를 보며 작게 중얼거렸다.

"좀 도와주는 것도 괜찮으려나?"

*　　　*　　　*

'린, 조금만 참아라.'

소혼은 팽무천, 팽시영과 헤어진 이후 비천행을 전력을 다해 펼쳤다.

비록 화륜심결의 극양지기를 흘려보내 급한 불은 껐다고 하지만 그것은 단순한 응급처치밖에 되지 않았다. 의원이 필요했다, 그것도 최소 명의라는 소리를 들을 만한 의원이.

아니, 천음절맥은 하늘이 내린 질병. 제아무리 명의라 하더라도 치료는 불가능하다.

'기혈의 움직임을 늦추는 것조차 일반 의원으로서는 해내기 힘든 일이다.'

하지만 이런 변방 오지에서 그런 의원을 찾는 것은 모래사장에서 바늘을 찾는 것보다 더 어려웠다. 특하나 십만대산이라면 모르되, 중원에서 백염도를 도와줄 만한 담력을 지닌 의원은 전무하다 해도 과언이 아니었다.

의원들의 대지, 성수곡(聖手谷)이 정사마의 충돌을 금지하는 중간 지대라고 하지만 그들은 광동성 지방에 위치해 있다.

제아무리 전력을 다해 비천행을 펼친다 하더라도 성수곡에 닿기도 전에 천음절맥의 화가 린에게 닿을 터였다.

'그렇다면 남은 방법은 화륜진기뿐인데……. 가능할까?'

화륜진기는 극양지기를 내포하고 있다.

일례로 남궁린이 흥곤마 모패산에 의해 혈이 비틀렸을 때에 그녀는 음한지기에 몸이 얼 뻔했다. 하지만 맹렬하게 회전하던 화륜의 열기는 음한지기를 녹여주었다.

'화륜의 기운을 계속 불어넣어 준다면?'

극양지기를 자꾸 불어넣어서 음한지기의 힘을 중화시킨다면 치료가 가능할지도…….

'그렇다면 전력을 다해 남직예까지 쉬지 않고 달린다.'

남궁린에게는 마르지 않는 극양지기가 필요하다.

그렇다면 강호인들이 질풍행로라 부르는 질주행을 시작하는 수밖에.

쉭!

소혼이 발을 더 빠르게 놀렸다.

화륜진기를 끌어올려 음한지기를 천천히 녹이기 시작했다. 내공 소모가 커질 때마다 화력과 공력의 힘도 비례해서 커졌다.

녕하에서 소모된 공력이나 입은 내상은 아직 낫지도 않았다. 하지만 지금 그에게는 운기행공을 할 시간조차 없었다.

화륜심결은 동공으로도 충분히 운기행공이 가능한 심법. 의식을 집중해 자연지기와의 교류를 더욱 확대시켰다.

우우우웅!

백팔십 개에 해당하는 비혈구들이 공명음을 터뜨리기 시작했다.

소혼이 녕하의 인근 지역을 통과할 무렵이었다.

숲 바깥쪽에서 일대 무리의 소리가 들렸다.

"여기다! 여기에 백염도가 있다!"

"쳐라! 강호공적을 죽여라!"

'굉음벽도가 말씀하신 냄새를 맡은 승냥이들인가?'

팽무천의 충고가 머릿속을 스쳐 지나갔다, 이미 자신들 말고도 냄새를 맡은 승냥이들이 있으니 조심하라는. 팽무천이 승냥이라고 지칭한 만큼 쉽게 볼 상대는 아닐 터였다.

아니나 다를까, 숲을 가로지르며 심안의 영역을 넓히자 소혼에게도 익숙한 기운들이 느껴졌다.

잘 정제된 기운을 가져 고수라는 소리를 들을 법한 인물들이 백을 넘는다. 곳곳에 낭인들로 짐작되는 이질적인 기운들도 있었지만, 대개가 한 문파에서 나온 이들이 분명했다.

그것도 꽤나 명문이라는 소리를 들을 법한 문파의 고수들이었다.

'공동파.'

예부터 구대문파 중 일파로, 감숙 일대를 지켜왔던 공동파 사람들이 분명했다. 무당이나 소림에서도 제자들을 파견했는 데도 불구하고 공동의 사람들이 보이지 않아 이상했는데, 이런 것을 노렸나 보다.

'천시를 노리고 달려든 사람들의 힘이 떨어질 쯤에 감숙의 치안을 지켜야 한다며 제자들을 파견할 생각이었겠지. 하지만 그 생각이 실패하자 내가 어느 정도 힘을 많이 소모했다고 알려진 지금 파견한 것이고.'

전형적인 어부지리를 취할 속셈이었을 것이다.

하지만 소혼은 그런 자들에게 이익을 취하게 할 만큼 멍청하지 않았다.

슉!

하늘 위로 강남제일미를 등에 업은 백염도가 등장하자 군웅들이 일제히 소리쳤다.

"쳐라!"

"천시를 쟁취해야 된다!"

감숙이나 인근 지방에 적을 둔 문파, 가욕관 때부터 백염도의 뒤를 따라왔던 낭인들 가릴 것 없이 모두의 눈동자에는 탐욕의 그림자가 일렁였다.

그중 군웅들의 통솔을 맡고 있던 공동파의 장문인, 공동신검(崆峒神劍) 허령운이 제자들에게 소리쳤다.

"감숙을 피바다로 만든 악적을 살려 보내서는 안 된다! 적을 섬서로 보내서는 더더욱 안 된다! 악적을 치고 강호의 정의를 실현하자!"

백염도가 가욕관에서 태청백호검과 백팔나한승을 깨부수고 사라지자, 허령운은 백염도의 소재를 파악하기 위해 일각이 멀다 하고 제자들과 속가문파들을 들볶았다.

감숙의 치안을 재정립하고 강호공적을 치기 위해서라는 명분을 내세우며 백염도를 찾던 도중, 그는 수상한 남녀가 녕하에 머무르고 있단 소식을 듣게 되었다.

이에 허령운은 공동파 내에 고수라 불리는 인물들뿐만 아니라 낭인까지 대거 끌고 와서 천라지망을 구축했다. 허령운이 끌어들인 인물들 중에는 그들과 같은 구파에 속하는 이들마저 있을 정도였다.

그렇게 이곳 녕하를 둘러싼 이들의 숫자만 칠백.

제아무리 백염도가 날고 긴다 하더라도 이들을 모두 따돌리고 다시 자취를 감출 수 없을 것이란 게 허령운의 생각이었다.

그리고 백염도를 쓰러뜨리는 천라지망의 선두는 공동파가 설 터였다.

"쳐라!"

공동파의 검대, 소양천리대(少陽天理隊) 백오십 명은 일제히 소혼에게로 칼을 날렸다.

거기에 백염도의 실력을 무서워해 칼을 휘두르기를 주저하던 이들도 용기를 얻어 검기를 쏘자, 순식간에 소혼의 머리 위로 수백 개의 검기가 비처럼 쏟아졌다.

스르릉!

소혼은 분천도를 뽑아 올려 하늘 위로 화편월을 뿌렸다. 파파팟! 하는 소리와 함께 불꽃에 휘감긴 조각달이 검기들을 모두 허무로 돌려 버렸다.

쿠쿠쿠쿵!

팟!

동시에 소혼은 나뭇가지 하나를 밟으며 높이 뛰어올랐다가 군웅들 속으로 몸을 던졌다.

천근추의 수법으로 쾅! 하고 그가 낙하한 곳은 바로 공동파 소양천리대의 중심이었다. 호랑이의 아가리에 머리를 직접 밀어 넣은 격이었다.

허령운은 갑자기 자신의 바로 앞에 등장한 백염도를 보며 잠시 동안 상황을 이해하지 못했다.

곧 상대가 백염도라는 것을 깨닫고서야 방어를 취하려 했지만 분천도는 이미 그의 머리를 훑고 지나간 후였다.

퍽!

신주삼십이객의 일인으로서 대공동파를 상징하던 장문인 공동신검의 죽음은 그렇게 너무나도 허망하게 이뤄졌다.

허령운의 시체가 땅에 고꾸라질 무렵, 거대한 회오리가 불어 올랐다. 화염을 칭칭 감은 회오리바람은 소양천리대가 디디고 있던 대지 일대를 휘감으며 타올랐다.

화르르륵!

"크아아악!"

"커억!"

"살려줘!"

열권풍은 소양천리대뿐만 아니라 천라지망을 구축하고 있던 이들 모두를 뒤덮었다.

특히나 칼바람을 안은 열풍이 불 때면 족히 대여섯의 사람들의 몸뚱어리가 상하로 나뉘어 버렸다.

퍼퍼퍽!

소혼은 칠보환천과 비천행을 적절히 전개하면서 분천도를 휘둘렀다.

칼이 바람을 일으킬 때마다 목이 하나둘씩 두둥실 떠올랐고, 도풍이 몰아칠 때마다 갈기갈기 찢겨진 시체가 땅을 흥건하게 적셨다.

백염도 하나를 잡기 위해 결성된 천라지망이 큰 힘을 내지 못하고 그렇게 속수무책으로 당하고 있을 무렵.

저 멀리 무당의 태청백호검과 비교해도 절대 뒤지지 않는 일련의 무리가 움직이는 것이 소혼의 기감에 잡혔다.

'누구지?'

기감의 느낌으로 말하자면, 일단 청아하다. 그리고 향기를 품은 것 같다. 머리를 상쾌하게 해주는 꽃의 향기.

'향기? 화산인가!'

화산파의 사람들이 떠올랐다.

매화를 가슴에 품은 백 명의 검수, 매화백검수.

정도맹의 현무단을 상징하던 그들이 왜 떠오르는 것인지. 하지만 그들은 분명 소혼이 사도수 때에 대부분 목을 벴다.

그 때문에 화산은 소림, 무당과 함께 삼대문파로 꼽혔던 찬란한 전성기를 잃고 말았다. 그런데 지금 기감에서 느껴지는 일련의 무리들은 매화백검수를 연상케 했다.

'아니, 매화백검수보다는 약하다. 그들처럼 정제된 기운을 갖고 있지 않아. 그럼 휴전 기간 동안 화산파가 새로 만든 백검수들인가? 역시 삼대문파의 깊이는 범인으로서는 측정할 수 없는 건가?'

바로 그때였다.

"위험에 빠진 도우들을 구하라!"

"우리는 자랑스러운 대화산의 매화향이다!"

화산 매화백검수들의 목소리가 들렸다.

아마 이곳의 정황이 불리하게 돌아가는 듯하자 지원군을 보낸 듯했다.

'피해간다.'

저들은 분명 예전의 매화백검수보다는 약하다.

사도수 때도 그들은 소혼을 이기지 못했다. 그때보다 더 강해진 소혼이 저들에게 질 확률은 극히 희박하다. 하지만 지금은 공력의 소모를 최소한으로 줄여야 했다.

하나 그래도 저들은 엄연한 삼대문파 화산의 제자들이다. 구파 내에서도 겨우 말석을 차지하고 있는 공동의 소양천리대와는 비교조차 할 수 없다. 귀찮을 것이 자명했다.

소혼은 용천혈에 기운을 집중시켜 그들의 머리 위로 몸을 던지려 했다.

하지만 소혼이 몸을 날리기 전에 백염도의 움직임을 확인하고 있던 백검수들이 먼저 선수를 쳤다.

"개진하라!"

수장으로 보이는 이의 외침과 함께 소혼이 내딛고 있는 땅을 중심으로 공간이 일그러지기 시작했다.

츄츄츄웃!

만화천검진(萬花天劍陣)이라는 것으로, 검향(劍香)의 단계를 넘은 고수 백 인이 모여야만 만들어지는 화산의 대표 진법이었다.

정마대전 당시 매화백검수가 마교의 소교주 사도수를 잡

기 위해 펼쳤던 진식이기도 했다.

'이렇게 새로이 보니 기분이 묘하군.'

소혼은 기감을 어지럽히는 진식의 기류에 아미를 살짝 찌푸렸다.

'하지만 결코 이곳에 발목이 묶일 수는 없다.'

만화천검진이 제아무리 화산을 대표하는 진식이라 해도 한 번 깨뜨린 경험이 있는 이상, 소혼에게는 위협이 되지 못했다.

츠츠츠츳!

기운이 흐르고, 화산의 검수들이 일사불란하게 움직였다. 향기의 기류를 따라 움직이는 그들의 보폭에는 힘이 느껴졌다.

화산의 백검수. 그들이 펼치는 진식은 열권풍에 큰 피해를 입었던 군웅들에게 많은 감명을 가져다주었다.

"오오!!"

"역시 매화향연(梅花饗宴)이다! 매화백검수의 뒤를 이을 만해!"

지금 만화천검진을 펼치고 있는 이들은 소혼의 생각과는 다르게 매화백검수가 아니었다. 매화백검수는 사도수와의 일전 이후로 더 이상 화산에 존재하지 않았다.

그들의 이름은 매화향연.

사라진 매화백검수를 대신하여 당금 화산파를 상징하게 된 이름이다.

정마대전 이후 화산파는 계속 쇠락의 길을 걸었다.

더 이상 무당, 소림과 함께 삼대문파로 꼽힐 힘을 지니지도 못했다. 그것이 다 사도수에 의해 매화백검수를 잃은 탓이었다.

하지만 화산파는 쇠락의 길을 걷되, 그 성쇠는 침몰하지 않았다. 수백 년에 이르는 역사는 결코 얕지 않은 탓이었다.

화산파는 제자들을 더욱 혹독하게 훈련시키는 한편, 강호 전역에 흩어진 속가 문파들을 모두 규합했다.

그중에서 실력이 뛰어난 이들을 뽑아 상승 무공을 물려주고 도적에 입적시켰다.

비록 화산에 대한 순수한 사랑이라기보다는 화산의 상승 절기가 탐나 접근한 이들이 대부분이었지만, 이 일을 계기로 화산은 빠른 시간에 힘을 비축시킬 수 있었다.

하지만 전날의 힘을 비축했다 하더라도 아직 부족한 점이 적지 않았다.

그것은 바로 세간에 매화향연의 이름 네 글자를 새기는 것.

화산은 이를 위해 때마침 천시의 등장으로 들끓고 있는 감숙으로 그들을 파견했다.

비록 정보가 늦어 무당과 소림보다 늦게 도착했으나, 이렇게 공동파와 연계해서 천라지망을 세울 수가 있었다.

'백염도라……'

항연의 연주, 우학자(羽鶴子)는 지금 매화향연이 전력을 다해 펼치는 만화천검진으로 백염도를 잡을 수 있을 거라는 생각은 추호도 하지 않았다.

신주삼십이객인 사도수도 이기지 못했으면서 어찌 이 인력으로 절대위의 고수를 꺾을 수 있을까.

하지만 최소한 발목을 묶을 정도는 될 것이라 생각했다.

다수의 희생이 강요될 테지만, 이곳 녕하에 모인 군웅들로 하여금 백염도를 고립시킬 수 있을 터였다.

'제아무리 날고 기는 백염도라 하더라도 제 혼자 고립되어 차륜전으로 승부를 겨룬다면, 그 역시 힘이 다할 것이다.'

오랜 시간 달려왔던 백염도는 꽤나 피곤한 기색이 역력했다.

조금만 더 밀어붙인다면 그의 목을 벨 수도 있을 듯했다. 그리고 공동파의 세가 무너진 지금, 백염도를 쓰러뜨리게 되면 감숙혈란의 모든 영광은 화산에게 돌아간다. 거기다 천시에 대한 소유권도 일부 주장할 수 있다.

"차륜전으로 승부하라! 녀석의 힘이 다하도록 해야만 한다!"

검공(劍攻) 매화충천(梅花充天)과 검방(劍防) 화향만리(花香萬里)가 뒤섞이기 시작했다.

쏴아아아!

맑은 매화향이 전장을 뒤덮으면서 피비린내를 말끔히 씻

어주었다.

군웅들의 눈동자에는 어느덧 화산이 백염도를 눌러줄 것이라는 믿음이 서렸다.

만화천검진에 발목이 묶여 간간이 매화향연의 검을 쳐내던 소혼은 쓴웃음을 지었다.

'차륜전이라… 하긴 지금 이들에게는 그 방책이 가장 좋겠지.'

제아무리 절대고수라 해도 한계라는 것이 있다. 그리고 그한계는 제어할 수는 있으나, 없애는 것은 불가능하다. 저들은 그 점을 노리는 것이다.

소혼은 잠시 갈등했다.

막대한 진기를 소모해서 저들을 치고 빠져야 하는가, 아니면 적절히 기회를 틈타 빠져나가야 하는가.

하지만 후자를 택하자니 자꾸 시간을 내주는 격이라서 소혼은 자꾸만 고립되는 처지가 되어버렸다.

'그렇다면 단숨에 뚫고 지나가는 방도밖에는 없는데. 하나, 그렇게 되면 공력이 평상시의 이 할밖에는 남지 않는다.'

남은 이 할로 저들을 뚫고 남직예까지 달릴 수 있을까 하는 생각이 들었다.

'하지만 나에게 가장 중요한 것은 시간이다. 시간을 오래 끌면 끌수록 적들의 숫자는 더욱 늘어날 것이다.'

그렇다면 방도는 하나뿐.

'뚫는다.'

쿵!

소혼은 발을 크게 굴렸다.

궁신탄영의 수로 몸이 튕기듯 앞으로 날아갔다. 동시에 분천도를 들고 있지 않은 왼손을 앞으로 쭉 내밀자 거대한 열기가 폭사되었다.

진기를 장심으로 끌어모아 열권풍을 장력으로 승화시키자 거대한 열풍이 앞으로 튕겨 나갔다.

쿠우웅!

폭음과 함께 붉은 화염 줄기가 전면을 휩쓸고 지나갔다.

수십 개의 꽃이 낙화(洛花)하는 순간이었다.

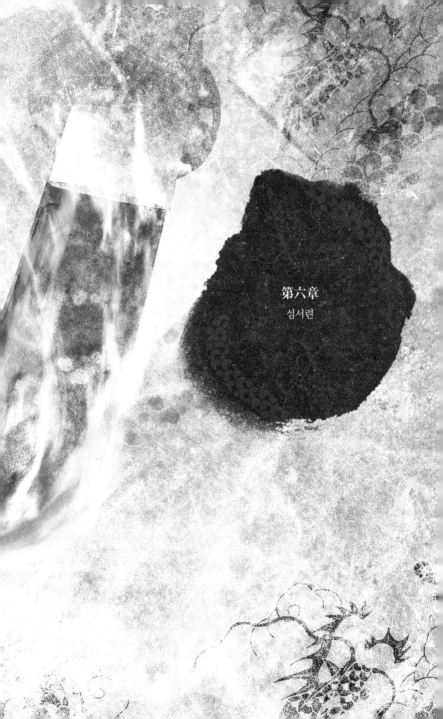

第六章
섬서련

神刀無雙
신도무쌍

쿵!

쌍룡포다.

염룡마후를 중첩시켜 위력을 배로 증가시키는 수법으로, 일격필살을 노릴 때를 대비해 만들어놓은 장공이었다.

"......!"

매화향연은 쌍룡포가 만화천검진을 격파시켰음을 나중에야 깨달았다. 순식간이었다, 삼분지 이라는 규모가 무너진 것은.

분명 약해졌다고 들었다. 그래도 전면전은 힘들 것 같아 차륜전으로 승부하고자 했다. 하지만 압도적인 소혼의 힘은 그 모두를 상쇄하고도 남았다.

"대화산이……!"

우학자는 손쓸 새도 없이 재가 되어 사라진 제자들을 바라보며 멍하니 중얼거렸다.

쌍룡포가 낳은 충격은 그만큼 컸다, 정신이 잠시 공황상태를 일으킬 만큼.

그리고,

"으아아아! 백염도, 네 이놈!!"

무능한 자신 때문에 제자들을 허망하게 보냈다는 생각에 우학자는 칼을 꼬나 쥐고 막무가내로 달려들었다. 살아남은 향연도들이 그를 말리려 했지만, 우학자는 이미 소혼에게 달려든 상태였다.

목숨과도 같은 자신의 선천지기를 모두 뽑아내자 강렬한 기파가 공간을 찢었다.

소혼은 무심한 표정으로 몸을 한 바퀴 회전하면서 분천도를 휘둘렀다.

퍽!

허무하리만치 쉽게 우학자의 머리가 터져 나가고, 핏물과 뇌수가 사방에 튀었다.

소혼은 강하게 발을 굴렀다. 쿵! 하는 소리와 함께 그의 신형은 궁신탄영의 수와 함께 위로 팅겨 올랐다.

팟!

소혼은 자신이 뚫은 길을 지나 비천행을 전개했다.

일차 천라지망이 깨진 순간이었다.

*   *   *

이패와 하아는 어느 이름 모를 산길을 걷고 있었다.

"하아, 너는 그들이 너의 부탁을 들어줄 것이라 생각하나?"

그녀의 짐작이 맞는다면 지금쯤 백염도는 제천궁과 한차례 격전을 벌이고 뒤이어 굉음벽도 팽무천을 지나, 천라지망과 맞닥뜨렸을 것이다.

"화 랑, 제가 지금 하려는 일이 어떤 거죠?"

이패는 잠시 자리에 서서 하아를 보았다.

하아의 머릿속에 있는 것. 사실 이패는 하아의 머릿속을 알수 없었다. 다만, 그녀가 원하고 바라는 길이기에 같이 따를 뿐이었다.

"사실대로 말하자면, 나는 네가 어떤 일을 원하는지에 대해서 관심없다."

십 년이나 함께한 세월이다. 그런데도 관심이 없다면 서운해질 법도 하다. 하지만 하아는 웃었다.

"역시 화 랑은 솔직해서 좋아요. 그래도 그 정도는 외워두라고요. 여자는 큰 것보다 사소한 것에서 감동을 얻는답니다."

하아가 빙긋 웃자 마치 한 송이 화사한 꽃이 된 것 같았다.

"제가 원하는 것은 바로 독보(獨步)예요."

"독보?"

"네, 홀로 걷는 것. 이 강호 위를 제 발로 직접 걷는 거예요. 물론, 그 옆에는 화 랑이 있어야 하고요."

"나는 여전히 그것이 무슨 뜻인지 모르겠다. 하지만 이제 하나는 알 것 같다."

"뭔데요?"

"백염도가 너의 이상향(理想鄕)을 세우는 데에 도움을 줄 것이란 의미겠지?"

"예. 그리고 그러기 위해서는 백염도에게는 미안하지만 그를 계속 다른 사람들과 충돌시킬 필요가 있어요."

이패는 고개를 저었다.

"백염도가 강하다는 것은 인정한다. 하지만 그뿐이다. 강호는 넓고 기인이사는 모래알처럼 숱하게 많다. 백염도가 자신보다 강한 상대를 만나면 어쩌려는 거지?"

"그렇다면 거기까지가 백염도의 한계인거죠."

지금 이 순간, 하아의 웃음은 더할 나위 없이 차가워 보였다.

"제가 원하는 건 그의 생사 여부 따위가 아니에요. 그가 얼마나 강호를 뒤흔들어 줄 수 있을지가 궁금할 뿐이죠. 제천궁에서도 어떤 움직임을 보이잖아요. 아마 백염도는 종착점인 남직예까지 최소 서너 번 정도는 절대고수들과 싸움을 벌여야 할 거예요."

머릿속에서 모든 상황 정리를 끝낸 이패는 쓰게 웃었다.

넝하에서 조용히 지내고 있는 백염도와 천시화를 찾아내 그의 위치를 군웅들에게 가르쳐 준 이가 바로 하아다.

굉음벽도를 보내고, 군웅들로 하여금 천라지망을 이루게 만들었다.

자신의 야망을 위해서 강호의 절반을 움직인 셈이었다.

"너를 적으로 만드는 사람은 절대 두 다리를 뻗고 자지 못하겠구나."

"당연하죠. 늘 말하지만, 저는 세상에서 두 가지가 제일 싫어요. 그중 첫 번째가 제 일을 방해하는 사람, 두 번째가 바로 저를 적으로 만드는 사람이에요."

무공 실력도 뛰어나지만 머리 또한 하늘에 닿아 있다.

사소한 것 하나하나까지 간파해 내며 커다란 계략을 꾸미는 이, 하아. 겉으로는 아름다울지 모르나, 안으로는 독을 품은 가시를 두르고 있는 흑장미다.

이패는 하아의 뒷모습을 보면서 생각했다.

'만약 내가 너의 적이 된다면… 그때에도 너는 아무렇지 않게 내칠 것이냐?'

늘 무표정이던 이패의 얼굴 위로 씁쓸함이 묻어났다.

*   *   *

쾅!

신기제갈(神機諸葛)이라는 호칭으로 더 유명한 제갈세가의 가주, 제갈고는 탁자를 내려쳤다.

'이게 대체 어떻게 된 일이지? 어째서 일이 이 지경이 된 걸까?'

비록 소유한 무공은 평범하기 이를 데 없으나, 지혜는 하늘에 닿았다고 전해져 천뇌(天腦)라고도 불리는 그였다. 하지만 근래에 벌어진 일들은 천뇌라는 별호를 무색하게 만들었다.

거기에 전서구를 타고 날아온 서신이 더욱 그의 화를 크게 만들었다.

녕하에서 백염도와 천라지망의 충돌.

그 와중에 공동파의 소양천리대가 궤멸.

공동파 장문인 허령운과 매화향연주 우학자 사(死).

화산파의 매화향연이 반파되었으며, 백염도는 그대로 섬서 쪽으로 달아나……

감숙에서의 패퇴.

천시와 함께 백염도라는 존재가 등장했을 때만 해도 제갈고는 크게 신경 쓰지 않았다.

감숙으로 모여든 이들의 숫자만 해도 일만 명이다.

개중에는 무당과 소림, 공동과 화산의 무인들은 물론이고, 사천의 삼문과도 가깝기 때문에 그런 존재쯤은 흔히 있는 마두의 등장이라고 여겼다.

하지만 백염도는 보란 듯이 제갈고의 예상을 희롱하고 질풍행로를 이끌었다.

'그래서 천라지망을 만들었지.'

제갈고는 그제야 위험을 깨달았다.

그는 머리를 빌려달라는 공동파 문주의 요청에 아직 힘을 소비하지 않은 화산과 공동파를 한데 규합시켜 천라지망을 만들게 했다.

비록 그는 호광성에 있지만 전서구를 주고받으면서 명을 내릴 수 있었다.

제갈고가 지시한 것은 되도록 전면전보다는 차륜전으로 승부하라는 것이었다. 상대가 만약 절대위의 고수라고 한다면 수천 명의 군웅이 덤벼도 꺾기 힘들다는 것을 잘 알고 있는 탓이었다.

하지만 생각으로 정황을 파악해 명을 내리는 것과 두 눈으로 직접 보며 명을 내리는 것에는 많은 차이가 있었다.

결과적으로 백염도는 천라지망을 뚫었다.

아니, 오히려 찢어놓았다는 말이 더 잘 어울렸다.

"칠현(七絃)! 칠현!"

"부르셨습니까?"

공간이 갈라지면서 검은 복면을 쓴 남자가 모습을 드러냈
다. 시조 무후 제갈량 때부터 신기제갈의 가주를 어둠 속에서
지켜왔던 십현(十絃)의 일인이었다.

"사천삼문(四川三門)의 움직임은 어떠하냐? 삼대문파의 주
요 전력이 백염도에 의해 분쇄되었는데, 그들에게서는 아직
도 움직임이 없느냐?"

사천삼문은 예부터 사천성을 지켜온 구파의 청성, 아미와
오가 중 하나인 당가를 통칭한 말이다.

그들은 천시쟁패가 벌어진 감숙과 비교적 거리가 가까우
면서도 아직 쟁패에 모습을 드러내지 않았다. 일만 무인과 삼
대문파도 모습을 드러냈는데도 말이다.

"사천삼문은 현재 섬서성으로 이동 중입니다. 아직 정확한
상황 판단은 내릴 수 없으나, 아마 그곳에서 화산의 잔여 세
력과 종남 등과 합세할 것 같습니다."

"종남, 화산과 합세한다면 구파 중 다섯 개가 합세한다는
의미인데……."

제갈고는 더 이상 정도맹의 책사가 아니다.

정마대전 때야 삼십 년 동안 줄곧 제갈세가가 강호의 정보
를 손에 쥐었다 해도 과언이 아니지만, 칠년지약이 발효된 지

금에는 그런 것이 불가능했다.

그래서 정보 습득도 이렇게 늦을 수밖에 없었다.

'으득, 그 소교주 녀석만 없었더라도 본가가 강호제일가로 우뚝 설 수 있었을 것을.'

제갈세가가 삼십 년 동안 깔아두었던 정보망은 강호를 암중에 장악할 정도도 대단했다.

하지만 정마대전 말엽, 마교의 소교주는 개방의 반파와 함께 정도맹의 정보망을 분쇄시키는 데 노력을 다했다. 이 때문에 제갈고는 졸지에 조부 때부터 차곡차곡 쌓아왔던 정보망 대부분을 잃고 말았다.

이렇게 칠현을 통해 사천삼문의 움직임을 읽어낼 수 있는 것도 그나마 정보망 한 줄을 남길 수 있어서였다.

'다시 정마대전이 일어난다면 지금의 치욕을 겪지 않으리라. 그리고 사도수, 그 자식을 내 손으로 직접 찢어놓고 말 것이다.'

마교의 전 소교주 사도수가 교주 대마종을 해하고 무간뇌옥에 갇혔다는 소식은 아직 중원에 알려지지 않은 상태였다.

여하튼 늦게나마 제갈고는 사천삼문과 섬서이파(陝西二派)의 움직임을 읽을 수 있었다.

'십오주(十五柱) 중 다섯 개가 뭉친다는 것은 기본 정도맹 세력의 삼분지 일이 뭉친다는 뜻.'

제갈고는 작게 중얼거렸다.

"련(聯)이 결성될 것인가……."

"이미 현무단과 백호단의 재활 가능성은 충분히 없잖아 있습니다."

"그렇겠지. 허! 공적 하나 잡자고 련이 결성될 정도라……."

"공적도 보통 공적이 아니지 않습니까? 이미 백염도를 삼대혈란과 같은 선상에 놓는 사람들도 있을 정도입니다. 거기다 그에게는 천시가 있으니."

제갈고는 고개를 끄덕였다.

천시는 기존 정도십오주─구파, 일방, 오가─도 관심을 가질 만큼 가치가 크다. 그만큼 일신이 강호에 드리운 그림자는 매우 컸다.

"섬서성으로 파발과 전서구를 띄워라."

"뭐라고 보낼까요?"

"본 가도 호광성을 떠나 천라지망을 구축하는 데 협조를 할 것이라 전해라."

"존명."

"이만 물러나고, 삼현(三絃)을 안으로 들여보내라."

칠현이 밖으로 나가고 얼마 지나지 않아 삼현이 안으로 들어왔다.

칠현과는 달리 검은 복면이 아닌 문사 차림을 하고 있는 그는 제갈고의 꾀주머니와도 같은 존재였다.

"부르셨습니까?"

"기문(奇門)과 진맥침(陣脈鍼)을 준비하라."

삼현의 눈동자가 흔들렸다.

"천뇌단을 움직이라는 뜻이십니까?"

"그렇다."

"어찌⋯⋯."

"천시쟁패에 본 가도 합류한다."

"하지만 천뇌단은⋯⋯."

일순, 제갈고의 눈빛이 차가워졌다.

"삼현."

"예."

"본 가의 가주가 누구냐?"

'제길.'

삼현은 속으로 이를 갈았다. 자신 역시 제갈 씨의 성을 타고났으나 방계의 인물이다. 가문을 이끄는 가주의 명을 따르지 않는다는 것은 명백한 하극상이었다.

하지만 천뇌단은 삼현이 심혈을 기울여 탄생시킨 정예단이었다. 그런 존재들을 이리 허무하게 빼앗길 줄이야.

'두고 보자, 제갈고. 네가 언제까지 그 가주 자리에서 오만하게 굴 수 있는지 내 두 눈으로 똑똑히 지켜볼 것이다!'

삼현은 머릿속의 생각을 밖으로 표출시킬 만큼 멍청한 인물이 아니었다. 무덤덤한 표정으로 고개를 푹 숙이며 답했다.

"명을 이행하겠나이다."

제갈고는 그제야 흡족한 미소를 띠었다.

"좋다. 지금 당장 이동할 수 있도록 준비하라."

"존명."

삼현, 제갈시양은 다시 한 번 이를 바득 갈았다.

섬서 성도, 서안(西安).

바람이 분다.

강풍이 부는 언덕배기에서 탁 하니 보이는 아래 광경은 장엄하기 이를 데가 없었다.

수십 개의 깃발이 바람에 펄럭인다.

기백에 이르는 사람들이 끝이 보이지 않는 저 평원 너머에서부터 줄지어 있다.

그리고 그보다 수백 배는 되는 숫자가 자장(子長)에서부터 시작되어 대로를 따라 낙천(洛川), 고릉(高陵), 위남(渭南)을 지나서 여산(驪山)을 넘어 이곳 서안에까지 이르고 있다.

동원된 무인들의 숫자만 해도 족히 이천에 다다를 터였다.

사천삼문의 청성, 아미, 당가와 섬서이파의 화산, 종남이 한데 뭉친 자리.

"가슴이 뻥 뚫리는군."

"섬서는 예부터 수많은 강들이 지나 절경을 이루기로 유명하지 않소? 그래서 그럴 것이오."

두 무인이 대화를 나눈다.

그들은 저 평원을 바라보고 있었다. 아니, 그것은 그들뿐만이 아니었다.

이곳 언덕에 있는 수뇌부들을 비롯해 저 아래를 지키고 있는 무인들 모두가 그러했다.

천라지망.

감숙에 이은 두 번째 천라지망이 결성되었다.

첫 번째 때와는 다르게 숫자도 배나 늘었으며, 이번에는 각 파의 효율을 극대화시키고 능률적인 움직임을 위해 수많은 준비도 마쳤다.

바로 그때였다.

약간이나마 뜨거운 열풍이 그들의 머리를 감싼 것은.

종남파 장문인 종남소검(終南笑劍) 유산월은 손으로 뺨을 쓰다듬으며 입을 열었다.

"왔군."

짧은 한마디였지만 그것으로도 충분했다.

백염도를 상징하는 열풍을 느낀 이들 모두가 저마다 애병의 손잡이를 꽉 쥐면서 경계 태세에 들어갔다.

녕하혈사(寧夏血史)라고 명명된 일차 천라지망 혈란이 벌어진 이후, 화산은 그들의 상징인 매화향연을 잃었고 공동파는 거의 멸문에 가까운 타격을 입고 말았다.

이 때문에 섬서이파와 사천삼문이 뭉치게 되었다.

하지만 이는 반대로 더 큰 위압감을 낳고 말았다.

각파의 수장들이 별다른 의견을 내지 못한 것이다.

감숙이 뚫렸으니 이곳 섬서에서 백염도의 발목을 묶겠다는 생각은 같으나, 각자가 저마다의 주장만을 내세우는 까닭에 진척을 이루지 못한 것이다.

이렇게…….

"놈이 온 듯한데, 종남은 이만 움직일까 하오. 같이 움직일 분 계시오?"

유산월의 물음에 모두가 약속이라도 한 듯이 입을 다물어 버렸다.

'답답하다. 어찌 이리도 꽉 막힐 수 있단 말인가!'

유산월의 얼굴이 잔뜩 일그러졌다.

기존 정도맹의 현무와 백호 세력이 규합했다고 하지만 지금은 정도맹 때처럼 일인체제를 이루지 못했다.

그것은 곧 혼란을 의미했다.

중구난방, 자신의 목소리만을 내는 혼란의 장.

"어렵게 생각할 것이 있겠소? 그저 자신들이 맡은 곳에서 최선을 다하여 잡으면 그만이지. 선두니 뭐니를 나누는 것도 웃긴 노릇 아니오?"

청성파를 상징하는 오검(五劍) 가운데 일검(一劍)을 맡고 있는 오현이 말하자, 화산파 장문인 우련자(羽蓮子)가 반박하고 나섰다.

"그리 쉬운 일이 아니라는 것을 이미 겪지 않았소?"

오현은 잠시 할 말을 잃었다.

잠시 잊고 있었단 사실이 떠오른 탓이었다.

매화백검수를 대신해 줄 것이라 명성이 자자하던 매화향연이 무참히 깨졌다는 사실이.

매화향연이 전날의 매화백검수를 대신할 수는 없겠지만, 그들은 삼대문파 중 한 곳인 화산이 낳은 무인들이다. 그런 이들이 깨졌다는 것은……

"정마대전 때처럼 보통 마두를 상대하는 것처럼 생각한다면 본 파의 꼴을 면치 못할 것이오."

우련자의 말에는 자학마저 담겨 있었다.

"헛험."

오현은 헛기침을 하면서 우련자의 시선을 피했다.

아미파의 장문인 일련 신니를 대신해 섬서에 온 이련 신니가 입을 열었다.

"아미타불. 이 이상 감숙에서의 일은 꺼내지 말도록 하지요. 우련자 시주께도 많이 가슴 아픈 일 아니겠습니까?"

똑, 톡. 데구르르.

목탁을 한 번 두들기자 기분 좋은 소리가 막사 안을 감싸 안았다.

"우선 우리에게 가장 중요한 것은 백염도라는 마군을 처리하는 것입니다. 부족하나마 본 파의 복호칠십니(伏虎七十尼)가 종남과 함께 앞을 맡겠습니다."

"오오."

"역시 아미파요. 진심으로 탄복하였소이다."

진심으로 탄복을 한 듯, 각파의 수장들이 아미를 칭송하고 나섰다.

천라지망의 앞에 선다는 것.

그것이 곧 가장 큰 피해를 입겠다는 말과 별반 다르지 않다는 것을 어찌 모르랴.

'결국 아미파 말고는 도와주겠다는 이들은 아무도 없구나.'

유산월은 쓴웃음을 지었다.

각파의 수장들은 아미파를 칭송하면서도 옆에서 같이 백염도를 쓰러뜨리겠다는 말을 추호도 하지 않았다. 이곳 서안에 뭉칠 때만 해도 자신들이 백염도를 잡아보겠다고 큰소리를 치던 이들이 말이다.

'언제부터였을까, 강호가 과거의 협의지도(俠義志道)를 잃고 이익만을 창출하는 소인배의 집단이 되어버린 것이.'

각파의 이익만을 추구한다는 것.

어쩌면 당연할 것일 수도 있다. 하지만 그 당연함 속에 당연히 있어야 할 정도의 정신은 이제 과거의 산물이 되어버렸다.

지금 이곳 회의장에 있는 수장들의 머릿속에 든 것은 단 두 가지.

어떻게 하면 백염도를 처치하여 그의 영광을 모두 가져올 수 있을까, 그리고 또 어떻게 하면 천시를 본 파의 품으로 끌어들일 수 있을까.

문파라는 것은 이익을 창출하는 무력 단체다.

강호의 정의? 협의 추구? 그것은 이미 옛말이 되어버렸다. 백 년이라는 세월이 흐르면서 강호의 문파들은 옛날의 의기를 잃어버리고 각파의 이익만을 추구하게 되었다.

이렇게 서안에 뭉치게 된 것도 자신들에게 이득이 된다고 여기기 때문에 모인 것일 뿐, 결코 공적을 처치하여 강호의 의기를 바로 세워야 한다는 생각은 추호도 없다.

'어찌하다 이리 되었는고. 슬프도다, 슬프도다.'

유산월은 가만히 눈을 감으며 도호를 읊었다.

'무량수불. 원시천존, 원시천존.'

"종남은 육합취회진(六合聚會陣)을 준비하였소."

"오오, 취회라면 비제(飛帝) 혼살(魂殺)을 쓰러뜨렸던 현무단의 보물이 아니오?"

육합취회진은 성란육제의 일인 혼살을 궁지로 몰아넣었던 종남의 절진이었다.

"혼살을 죽이지는 못했지요."

"하나 그때 혼살이 꽁무니가 빠져라 도망쳤던 기억은 아직도 잊지 못하고 있소. 핫핫! 그때 얼마나 가슴이 후련했던지."

오현의 말을 필두로 과거의 이야기가 하나둘씩 흘러나오기 시작했다.

정마대전 당시에는 빨리 끝났으면 하는 바람이 가득한 전쟁에 불과했지만, 세월이 흐른 지금에는 회상할 수 있는 과거에 지나지 않았다.

단 삼 년밖에 지나지 않았음에도 불구하고, 사람들은 그때의 악몽을 잊어버린 것이다.

"그러고 보니 제갈가에서도 서신을 보내왔소."

"호오, 문상께서?"

문상은 정도맹 때에 제갈고를 뜻하는 직위였다.

"제갈가도 참가의 뜻을 보내셨소이다. 기문과 진맥침을 가져온……."

말이 채 끝나기도 전에 바깥에서 커다란 폭음이 들렸다.

쿠쿠쿠쿵!

연달아 터지는 연쇄 반응.

일반 사람들보다 월등히 높은 시야 안으로 저 멀리 화마가 질주하는 것이 보였다.

수뇌부들은 그제야 백염도가 이곳까지 왔다는 것을 피부로 깨달을 수 있었다.

"소화산(小華山)의 방어선이 무너졌다는 뜻이 아니겠소? 어찌 되었든 우리도 움직입시다."

당가 제일대 대주 당염이 입을 열었다.

"그럼 잘 부탁드리겠습니다, 어르신."

떠나기 전, 섬서이파와 사천삼문의 사람들은 하나같이 뒤를 돌아보며 한 중년인에게 예를 올렸다.

"나 역시 잘 부탁드리오."

중년인이 흐릿한 미소를 지었다.

바로 검제 의검선이었다.

훗날, 녕하혈사에 이어 섬서혈전(陝西血戰)이라 불린 섬서련(陝西聯)과 백염도 소혼의 충돌은 그렇게 시작되었다.

*　　　　*　　　　*

광서성 남녕(南寧).

천장단애가 병풍처럼 둘러 있다.

수많은 절벽들이 산맥을 따라 줄지어 있는 모습은 과히 장관이라 해도 과언이 아니었다.

주위에는 오로지 산밖에 보이지 않는 이곳 남녕에는 예부터 수많은 소수 민족들이 모여 살기로 유명했다.

하지만 산맥을 따라 깊숙하게 들어가면 사람들의 숫자는

극히 적어진다. 깊은 산속에는 용이 산다는 전설이 있어 산을 터전으로 삼는 이들에게도 접근을 불허하기 때문이었다.

사람들의 숫자가 적다는 것은 어떤 이들이 그곳에 살아도 외부에 노출이 잘 되지 않는다는 것을 의미한다.

그런 면에서 이곳 산맥 대지는 희대의 마두들이 몸을 숨기기에 적당한 곳이었다.

"끼기긱! 급보다! 급보!"

늘 한산하기만 하던 산골짜기 안으로 한 노괴의 웃음소리가 울려 퍼졌다.

"잠 좀 자자, 새끼야! 네놈 때문에 하루가 멀다 하고 잠 설쳐서 죽겠다!"

"또 무슨 일이 생겼기에 설레발을 치는 거냐? 이번에도 별것 아니면 정말 너를 묻어버릴 거다."

"에잉, 성격 더러운 놈들 같으니라고."

그 어느 곳에서도 목소리의 주인공은 보이지 않았다.

하지만 그들은 서로 보이지 않는 먼 곳에서도 대화를 나눌 수 있을 만큼 심후한 공력을 지니고 있었다.

"네놈한테 성격 더럽다는 소리 듣기는 싫다. 대체 무슨 일이냐? 급보는 또 뭐고?"

"낄낄, 위에서 명령이 떨어졌다. 궁주의 명이야."

"호오?"

궁주라는 말이 들리자마자 여태까지 그들의 대화를 듣고

만 있던 이들도 하나둘씩 대화에 끼어들기 시작했다.

"궁주라니?"

"한 반년 가까이 조용하기만 하던 녀석이 왜?"

"드디어 강남 땅을 떠나는 건가?"

어수선하다. 족히 대여섯 명의 사람이 떠드는 것 같다. 모두의 궁금증이 극에 달할 무렵, 묵직한 중저음이 그들의 말을 갈라놓았다.

"무슨 일이지?"

"야! 합죽이도 관심을 가진다. 궁금해서 못 참겠으니까 빨리 씨부려 봐! 궁주의 명이라는 게 대체 뭐야?"

"아, 시팔. 뜸 좀 들이려니까 자꾸 지랄병이야, 지랄병이. 아무튼 네놈들한테는 무슨 자랑도 못하겠다. 그러니 허구한 날 이런 산골 오지에나 처박혀 있지. 쯧쯧."

"죽창 싸물고 말이나 해봐. 궁주 꼬맹이의 명이 대체 뭔데?"

급보를 가져왔다는 노괴의 웃음소리가 절벽을 따라 울렸다.

"쿠쿠쿡! 하루빨리 이곳을 떠나라는 명이시다."

"정말?"

"농 아니야?"

"정말로 이곳을 떠날 수 있는 거야?"

세 개의 반문이 떨어지자 노괴의 얼굴이 와락 일그러졌다.

"이것들이 달마도 아닌 것들이 만날 벽에다 똥만 처바르고 살더니 귀까지 썩어버렸네. 정말이야! 당장 사망곡을 떠나서 북쪽으로 진격하래. 장강을 건너라는데?"

"얏호!"

"만세다!"

"끌끌! 내가 이래서 궁주가 좋다니까!"

중저음의 목소리가 노괴에게 질문을 던졌다.

"목표는? 따로 공략해야 할 곳은 없나?"

그들이 알고 있는 궁주는 실력도 실력이지만 철두철미한 성격을 지닌 존재다. 커다란 야망을 품을 만한 그릇을 가지고 있기에 자존심이 하늘에 닿은 그들이 궁주를 주인으로 모실 수 있었다.

그런 궁주가 사망곡을 떠나라는 말을 했다면 구체적인 방도를 제시했을 터였다.

"아, 그것 말인데… 이왕이면 정도맹 놈을 중심으로 때리래. 산을 오르는 놈은 예뻐해 주겠다는데?"

"오! 그럼 청성파는 내가!"

"나는 아미파!"

"본좌는 제갈가로 해볼까?"

강호에 내로라하는 명문 무파와 세가들을 상대하겠다는 것이 우스울지 모르나, 그들을 아는 이들은 입을 모아 말한다.

이곳은 복마전, 강호가 모르는 비밀이 쌓여 있는 곳이라고.

"나는 무당파로 하겠다."

"낄낄, 다들 정한 건가? 에휴, 부러운 놈들. 나는 심심하게 남궁가나 때리고 있어야 하는데."

"우와, 정말 오(汚)라는 말이 어울릴 정도로 더럽고 치사하다. 볼것도 없는 놈들은 또 왜 족치려고 들어? 그만큼 괴롭혔으면 이제는 불쌍하지도 않냐?"

노괴가 짜증스러운 목소리로 말했다.

"이런 시팔! 이것으로도 부족하니까 남궁가를 완전히 뒤집어놓으라는데 나보고 어쩌라고? 궁주 애새끼가 남궁가라고 하면 이를 바득바득 가는데! 왜? 소(素), 네놈이 갈 테냐?"

소라고 불린 자가 곧 꼬리를 말았다.

"아니. 후후훗! 그냥 너 혼자 열심히 놀라고."

"쓰벌."

이윽고 다시 중저음의 목소리가 들렸다.

"다른 오사(五師)들은 어쩔 것인가?"

노괴는 새끼손가락으로 귀를 파며 말했다.

"그놈들이야 원체 궁주가 시키는 일이 많아서 뭐 빠지게 뛰어다니니까 내가 알 길이 있나. 아무튼 명도 떨어졌고 그동안 몸도 근질근질했으니 애새끼들 데리고 후딱 움직이자고."

"알았어."

"간만에 재밌게 놀 수 있겠어!"

"크크큭!"

"무당이라……."

"그럼 가자고! 히히히힛!"

세상 밖으로 다섯 마인이 튀어나오는 순간이었다.

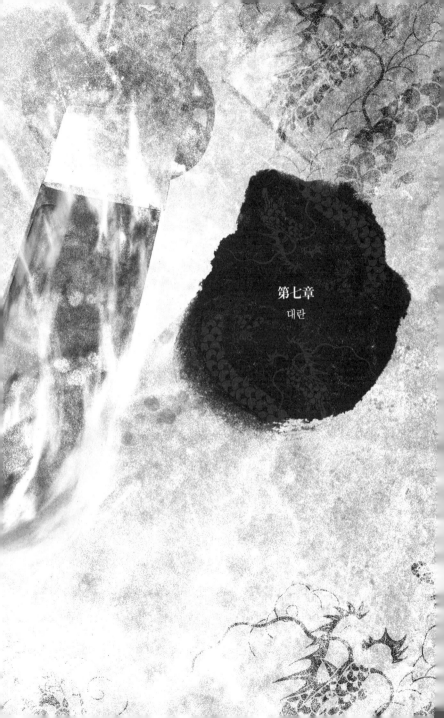

第七章
대란

神刀無雙
신도무쌍

小화산 일대를 돌파하면서 소혼이 떠올린 생각은 오직 하나였다.

'오지게도 많군.'

일반 무인들도 접근하기 꺼려한다는 북쪽 지대를 지나자 하나둘씩 나타나는 무인들.

대개가 보통 낭인이나 일반 문파들의 문도들 같아 보였지만, 개중에는 드문드문 구파의 인물들로 짐작되는 이들도 있었다.

'천라지망이라… 사도수 때도 겪지 못한 것을.'

소혼은 허탈하게 웃었다.

하늘과 땅에 그물을 던져 적을 잡는다는 수.

더 이상 강호무림에 있어서 백염도는 일신무총에 눈이 멀어 천시를 가진 강남제일미를 납치한 흉적(凶賊)이 아닌, 마땅히 강호 전체가 나서서 처치해야만 하는 공적(公敵)이었다.

그 공적이 일으킨 질풍은 이제 감숙을 넘어 섬서를 질타했다.

화르륵!

불꽃이 타오르며 붉은 혓바닥을 날름거린다.

소혼은 늘 그랬던 것처럼 질풍이 되어 그 불꽃 위를 달렸다.

"지치지… 않나요?"

등 뒤로 남궁린의 목소리가 들렸다.

"일어났나? 어지럽지는 않고?"

남궁린은 고개를 저었다. 녕하에서 극독에 중독된 이후 창백하기만 하던 그녀의 피부는 이제 어느 정도 혈색이 돌 정도로 건강해졌다.

소혼의 생각이 어느 정도 들어맞았던 것이다.

화륜진기가 내뿜는 극양지기가 천음절맥의 음한지기를 녹일 것이라는.

지금은 이렇게 직접 말을 할 수 있을 정도로 나았다.

"내 걱정은 그만하고… 소혼 말이에요, 정말 몸 괜찮아요?"

소흔은 고개를 끄덕였다.

"이 정도는 끄떡없다."

"거짓말 말아요."

남궁린의 눈가에 눈물이 살짝 맺혔다.

"벌써 보름이에요! 보름! 열닷새 동안 소흔은 몸 편하게 쉬거나 자지도 못했다고요! 보통 사람이라면 죽는다고요!"

"새외에서는 이보다 더한 일도 겪어봤다."

"그것도 보통 사람들이 아니잖아요? 정도십오주의 구대문파와 오대세가라고요! 그런데… 그런데……!"

자신 때문에 벌어진 일이다.

한낱 천시라는 물건 때문에 소흔이 이렇게 고생하는 것도 가슴이 아프고, 그런 그를 막아보고자 달려들다가 목숨을 잃는 이들 때문에 마음 아프다.

"미안해요. 나 때문……."

"또 자신을 자책하려거든 그만두어라."

"하지만!"

"말했지만 이 일은 내가 하고 싶어서 하는 것일 뿐이다. 의뢰를 받아들이는 것은 낭인의 몫. 나는 너를 안전하게 남직예까지 데려다 달라는 설파의 부탁을 받았다. 그러니 더 이상의 말은 듣지 않겠다."

아예 못을 박았다. 다시는 그런 말을 하지 말라고.

소흔은 화제를 돌렸다.

"몸은 괜찮나?"

"네. 많이 나아졌어요."

"다행이군."

정말로 다행이었다. 극양지기가 이렇게 도움이 될 줄은 정말 몰랐다.

'어렸을 적에 집어삼킨 만년화리 내단의 성질이 기운이 녹아 있어서 그런가?'

천음절맥을 치유하는 데에 만년화리의 내단이 큰 도움이 된다는 것을 어디선가 들은 적이 있는 것 같다. 아무래도 그 효과를 톡톡히 보고 있는 것 같았다.

"뭐지, 화륜심……."

"화륜심결 말인가?"

"예. 정말 화륜심결의 진기가 도움이 되었어요. 음한지기가 중화될 뿐만 아니라… 뭐랄까, 오히려 음한지기 자체가 사라지는 것 같다고 할까? 몸이 한결 가벼워졌어요."

소혼은 남궁린이 보이지 않게 흐릿하게 웃었다.

화륜진기는 분명 음한지기를 중화시키는 데에는 탁월하다. 하지만 기운은 중화만 가능할 뿐, 소거는 불가능하다.

그것은 곧 남궁린이 말한 '음한지기가 사라진 것 같다'는 말은 화륜진기의 힘이 아니라는 뜻이었다.

거기엔 남궁린이 모르는 비밀이 있었다.

'대법이 도움이 되었다. 다행이군.'

남궁린에게 쓴 것은 화륜심결의 극양지기뿐만이 아니었다. 다른 방도도 같이 시도되었다.

이른바 흡정대법(吸精大法)이라는 대법이.

정사마를 막론하고 익히게 되면 무림공적이 되어버린다는 제일의 적공(敵功)이자 화공(禍功). 하지만 한 번 익히게 되면 타인의 무공과 내공을 훔칠 수 있기에 누구나 간절히 원하고 바란다는 대법이자 무공이기도 했다.

마교의 서각에는 세상 그 어떤 무공도 다 보유하고 있다. 소혼 역시 그곳에서 흡정대법을 익혔다.

하지만 단 한 번도 시도해 본 적은 없었다.

분명 흡정대법은 타인이 수십 년간 공양해 쌓은 무공을 하나도 남김없이 빼앗아 올 수 있다. 하지만 그것은 곧 정양되지 않는 불순지기가 단전에 쌓이는 것을 의미한다.

정양되지 않은 불순지기는 진기, 마기를 막론하고 보다 높은 경지에 오를 수 있는 길을 막아버린다.

내공을 무한대로 쌓을 수 있음에도 불구하고 흡정대법을 여태껏 펼치지 않은 이유가 바로 그 때문이었다.

하지만 그때만큼은 정말 어쩔 수 없었다.

흡정대법으로 음한지기를 흡수하지 않았다면 남궁린은 정말 위험했다.

화륜진기로 음한지기를 중화시키는 데에는 한계가 있다. 그렇다면 남은 방법은 하나. 음한지기 자체를 소거시키는 것이다.

소혼은 그래서 화륜진기에게는 극독과도 같은 음한지기를 자신의 몸 안으로 흡수했다.

비혈구 하나를 비워 그곳에 음한지기를 밀어 넣긴 했지만, 언제라도 음한지기가 밖으로 튀어나온다면 화륜진기와 충돌해 언제 입마의 위험이 닥칠지도 몰랐다.

소혼은 위험한 폭탄을 가슴에 짊어지고 달리는 셈이었다.

'그래도 이 아이가 조금이라도 낫는 데 도움이 된다면……'

"그 외에 불편한 곳은 없나?"

남궁린은 고개를 끄덕였다.

"소혼이 좀 쉬었으면 하는 바람 외에는 없어요."

소혼은 피식 웃음을 터뜨렸다.

"나도 쉬고는 싶지만……."

철컥, 분천도의 순백색 도신이 서서히 세상 밖으로 모습을 드러내기 시작했다.

"하늘은 다시 나더러 달리라고 하는구나."

쿠쿠쿠쿠!

쉴 새 없이 허공에다 분천도를 휘두르자, 칼바람과 열기를 안은 도풍이 하늘 위를 날았다.

소혼은 의식은 안쪽으로 돌려 백팔십 화륜을 관(觀)했다.

맹렬하게 회전하는 백수십 개의 화륜과 기맥을 따라 힘차게 흐르는 기운이 보였다.

'그릇이 커졌다.'

여태껏 그조차 모르고 있던 사실이었다.

단전, 무인들이 말하는 단전이 커졌다. 하지만 소혼은 단전에 기를 축적하지 않으니 정확하게는 백팔십 요혈이 커졌다고 해야 옳았다.

그에 따라 녕하혈사 때 쌍룡포를 사용하고 난 이후에 급속도로 바닥을 보이던 내력도 배는 증진된 것 같았다.

'언제 이만큼 그릇이 커진 거지?'

소혼은 의아함이 들었다.

깨달음 하나하나에 전과는 몰라보게 달라지는 경지라고 하지만, 근래 들어 소혼은 명상이나 참회 같은 것을 가질 시간이 없었다. 그래서 절혼령의 성취도 근래 들어 더 이상 늘지 않았다.

그런데도 지금 몸 안을 감도는 공력은 늘어났고, 그릇은 몇 배나 커졌다. 절혼령의 팔성이 임박한 것일까.

이리저리 생각을 해보아도 소혼은 이렇다 할 확실한 답변을 내리지 못했다. 다만, 한 가지 짐작 가는 점은 있었다.

'흡정대법으로 빨아들인 린의 음한지기와 관련이 있을 것이다.'

양의심공으로 기해혈 한 켠에 따로 공간을 내어 묻어둔 음한지기. 그것이 떠오르는 이유는 무엇인지.

사실 이것은 반은 맞고, 반은 틀린 소리였다.

소혼의 예상대로 그는 흡정대법으로 음한지기를 빨아들이면서 그릇이 커졌다. 흡정대법은 타인의 공력을 갈취하는 능력뿐만 아니라 갈취한 공력을 보관할 수 있는 그릇도 만들어주었다.

소혼은 봇물처럼 흘러나오는 음한지기를 흡정대법으로 쉴 새 없이 빨아들였다. 그러다 보니 흡정대법에 대한 깨달음과 성취가 절로 깊어지면서 그릇도 점차 커지게 되었다.

여기서 소혼은 생각지도 못한 기연을 맞게 되었다.

그냥 그릇만 커졌다면 사공(邪功)의 영향으로 인해 그의 몸은 상승 경지로 갈 수 있는 길이 막혔을 터였다.

하지만 소혼은 흡정대법으로 음한지기를 흡수하면서도, 다른 한편으로는 부족한 공력을 채우기 위해 연신 화륜심결을 읊었다.

동공으로도 운기행공이 가능한 화륜심결이기에 백팔십 요혈은 무의식적으로 계속 자연지기를 끌어들였고, 그에 따라 자꾸만 커져 가는 그릇에 맞춰 백팔십 요혈도 성장해 갔다.

자고로 그릇이란 모두 비워졌을 때에 더 크게 확장할 수 있는 법.

소혼은 감숙에서부터 질풍행로를 해오면서 진기를 계속 소모했고, 화륜은 이를 채우기 위해 계속 유동되었다.

거기다 비혈구는 진기를 순수지기로 바꿔주는 기능을 가지고 있다. 음한지기가 비혈구를 한 번씩 거치고 조금씩 기해혈에 쌓이니 공력과 그릇이 자꾸만 커질 수밖에.

절혼령은 단전의 경계를 헐고 자타(自他)의 구분을 없애는 데 중점을 두는 이능(異能)의 무학(武學).

그러한 발전은 그동안 둑처럼 막히기만 했던 절혼령의 벽을 조금씩 허무는 계기가 되었다.

'남직예까지 공력이 부족하지 않을까 걱정했었거늘, 다행히 당분간은 걱정없겠어.'

소혼은 도파를 쥐는 손에 힘을 실었다.

생각을 정리하던 도중 저 멀리 일련의 무리들이 보였다.

소화산에서 충돌했던 이들과는 비교도 할 수 없는 기파를 자랑하는 이들.

숫자만 해도 물경 삼백에 가깝다. 거기다 하나하나의 실력이 명문정파의 인물들이 분명했다.

종남을 상징하는 쇄월검호(碎月劍豪) 이백 명이 삼십 리를 뒤덮고 있고, 그 거대한 절진 안으로 가사를 입은 칠십 명의 비구니가 한 손에 염주와 다른 한 손에는 검을 들고 서 있었다.

한때 육제의 혼살을 거의 죽일 뻔했던 육합취회진이 거대한 위용을 드러내고, 호랑이를 꿇게 만든다는 뜻을 지닌 아미파의 복호칠십니가 잔뜩 기운을 풀어헤치고 있었다.

보는 것만으로도 엄청난 압박감이 느껴짐에도 백염도는 이곳을 지나칠 생각을 하지 않는 것 같았다.

아니, 지나치지 못한다는 말이 옳으리라.

섬서의 종남과 사천의 아미가 보이는 위용. 그것은 천지 어디에도 닿지 않는 곳이 없기에.

"오는구려."

"아미타불 관세음보살."

유산월의 말에 이련 신니는 한 번 염주를 굴리더니 이내 약한 모습을 벗어던지고, 파사검니(破邪劍尼)의 모습을 비추었다.

"오늘, 본승들은 살계를 연다!"

처처처척!

이련 신니의 말이 떨어지자마자 비구니들은 일제히 염주를 검중(劍中 : 검신과 검파의 중간)에 걸었다.

드러나는 기세가 과히 복호, 호랑이를 꿇게 만드는 패력이 숨어 있었다. 도저히 가련한 비구니들이 내뿜는 기세라고는 믿기 힘든 모습이었다.

이에 질세라 유산월도 우렁찬 목소리로 제자들에게 명을 내렸다.

"개진!"

츠츠츠츠!

소림의 백팔나한진과 더불어 강호의 제일진이라 평가 받은 육합취회진이 열렸다.

도가와 불가를 막론하고 마를 척살하겠다는 의념만이 담긴 항마의 기운이 세상천지를 가득 메우기 시작했다.

섬서련과 백염도의 첫 충돌이었다.

*   *   *

"드디어 온 것인가……."

한 중년인이 있었다.

저 멀리 삼백에 가까운 군웅들이 내뿜는 항마의 기운과 거리가 제법 떨어진 이곳까지 느껴지는 열풍을 발산하는 자의 충돌을 보는 중년인.

감숙에서 이곳으로 오면서 수많은 죽음을 보았다. 시체를 보았고, 핏물을 보았다.

이제는 끝났다고 생각했던 삼십 년 정마대전이 재림한 것 같아 가슴이 서늘했다.

다시는 그런 마인이 이 금수강산 중원의 대지 위에 발을 내딛지 않게 하겠다고 다짐했건만.

"벨 것이다."

의검선 호진자는 다짐했다. 참마(斬魔), 마를 베겠다고.

감숙에서 있었던 천시쟁패에서 대제자 하우가 죽임을 당

한 사건. 그 이후로 의검선은 천시쟁패에서 살아남은 태청백호검 오십인과 함께 걸음을 옮겼다.

그리고 이곳 섬서에서 백염도의 목을 벨 것이라 다짐했다.

참마행.

무당 본산의 해검지와 함께 일약 무당을 상징하는 것이 되어버린 행로다.

그 기원은 언제부터인지 정확하게 알 수 없으나, 다만, 천중전란 초기에 무당의 대제자였던 자가 사제의 죽음에 복수를 하기 위해 다른 사제 세 명과 함께 산을 내려와 강호를 종횡했던 것이 참마행의 시초라는 것이 일반 정설이었다.

초기 참마행은 행로를 주관하는 사람이 원한을 진 자와 대화를 나누고 그 이유가 마땅하다 싶으면 용서를 해주고, 그렇지 않으면 일대일 결투를 벌였다.

다소 주관적인 행위지만 당시만 해도 무당파는 정도를 지키는 것이 일반적이어서 후에 참마행이 중단된 적도 몇 번씩 있었다.

어디까지나 참마행은 원한자의 죄 여부를 판단하기 위한 행로였지, 복수를 위한 행로가 아니었기에.

하지만 세월이 흐름에 따라 무당파도 점차 커져 가고 참마행의 본래 의도도 조금씩 틀어져 지금은 일종의 복수행이 되어버렸다.

무당파의 제자를 해한 자는 마(魔)다. 그러니 마땅히 베어야 한다. 그래서 참마행이다, 라는.

의검선 역시 이를 잘 알고 있었다.

자신이 행하려는 참마행이 본래의 취지와 많이 변질되었다는 것을…….

하지만 아무렴 어떤가. 상대는 분명 수백 명의 무인을 죽인 대마두였고, 자신은 마땅히 그 대마두를 베기 위해 움직일 뿐이었다.

"사숙."

이제자, 아니, 이제는 대제자가 된 하성이 가만히 의검선을 불렀다.

"왜 그러느냐?"

"저희도 사숙의 뒤를 따를 수 있도록 윤허해 주십시오."

"너희들이?"

의검선은 가만히 하성과 제자들을 둘러보았다.

그들의 눈은 한없이 진지했다.

"위험하다."

"위험해도 괜찮습니다. 저희들은 참마행을, 사형의 원수의 죽음을 확인하기 위해 이곳에 왔습니다. 윤허해 주십시오."

허락을 해주지 않겠다면 기사멸조의 죄를 짓더라도 강제로 따르겠다는 눈빛이었다. 결국 의검선은 허락할 수밖에 없었다.

"알겠다. 하지만 이후의 일은 너희들이 직접 챙겨야 할 것이야."

"고맙습니다."

의검선은 가만히 눈을 감았다.

*　　　*　　　*

사천성 관현.

그곳에는 구파의 일파인 청성파가 있는 청성산이 있다.

하지만 지금 청성산에는 평상시 활달하던 청성파 제자들의 목소리가 들리지 않았다. 땀을 흘리는 무인들의 기합 소리도, 아이들의 까르르 웃는 소리도 없었다.

오로지 까마귀의 울음소리만이 있었다.

까아악, 까아악.

먹이를 찾아 헤매는 까마귀들은 간만에 늘어난 풍족한 식사에 기쁨의 울음소리를 터뜨렸다.

하지만 그것은 까마귀들에게만 기쁠 뿐, 갑작스런 적의 침입에 시체가 되어버린 이들에게는 전혀 그렇지 않았다.

"어찌하여……."

"어째서 청성파를 공격했냐고?"

다 죽어가는 남자가 있었다. 그는 본래 자랑스러운 청성파의 제자였던 듯, 청색 무복을 입고 있었다. 하지만 그 무복은 더 이상 청색이라 할 수 없었다. 갈라진 상처 틈으로 흘러나온 피에 젖어 붉은 무복이 된 지 오래였다.

수많은 이들이 죽고 까마귀들만이 짖어대는 청성산에서 짤따란 키를 자랑하는 노인이 겨우나마 목숨이 붙어 있는 남자를 보며 입을 열었다.

"글쎄다, 왜 청성파를 공격했을까?"

난쟁이 노인은 싱글벙글 웃고 있었다. 그에게는 지금 이곳 청성산의 모든 것이 다 재밌었다.

시체, 시체, 시체.

피, 피, 피.

붉고 희멀건 것들만이 가득한 세상. 이 얼마나 아름다운 광경이란 말인가.

"그냥 재미 때문이라고 해두자. 어때? 좋은 대답이지?"

싱글벙글 웃는 노인을 보며 남자는 마지막 남은 힘을 다해 욕설을 내뱉었다.

"당신은… 미쳤어!"

"알아, 내가 미친 거. 오죽하면 친구들이 광사(狂師)라고 부를까?"

"미친…… 놈!"

"에이, 시끄러. 오래 살았지? 그러니까 이만 죽어."

난쟁이 노인, 광사는 히죽 웃으면서 손을 내려쳤다.

퍽!

화르르륵!

청성산 위로 거대한 불길이 올랐다.

화마는 청성파가 있던 흔적을 모두 불사르며 활활 타올랐다.

활활, 활활……

그리고 이러한 대란(大亂)은 장강 지역 곳곳에서 벌어지고 있었다.

"흠, 신기제갈이라고 하기에 잔뜩 기대했건만. 별것 없구먼. 아무튼 이름만 번지르르해요, 쯧쯧."

호북성 융중산.

과거 삼국시대 때 촉(蜀)의 재상을 지냈던 제갈무후(諸葛武侯)가 와룡(臥龍)으로서 은거했다 알려진 융중산. 촉의 멸망 이후, 제갈무후의 후손들이 선조를 기리며 터를 잡았던 것이 제갈세가의 시초라 한다.

신기제갈(神機諸葛)이나 천지뇌가(天智腦家)라고도 불리던 제갈세가였건만, 오늘 이후로는 더 이상 세가(世家)는 될 수 있되, 세가(勢家)라고는 불릴 수 없게 되어버렸다.

시커먼 연기가 수십 개의 고루거각 위로 치솟았다.

화마가 치솟음에도 그 누구도 불길을 끌 생각을 하지 않았다. 너무나 조용했다. 아무도 존재하지 않는 것처럼. 혹은 살아 있는 사람이 아무도 없는 것처럼.

그러한 제갈가를 보며 한 노인이 혀를 끌끌 차고 있었다.

무엇이 그리도 마음에 들지 않는지, 그는 계속 제갈가에 대한 미련을 버리지 못하고 있었다.

"아무리 진돌배기들이 다 빠져나갔다고 하지만 이렇게 약하다는 것이 말이나 되냐고? 하긴, 환술과 요술도 구분하지 못하는 놈들에게 무슨 말을 할꼬. 쯧쯧."

노인, 그가 속한 단체에서는 환사(幻師)라 불리는 이가 북쪽으로 시선을 돌렸다.

"그 북쪽으로 제갈가의 가주가 가져갔다는 기환(奇幻)은 본좌의 요환타계(妖幻他界)를 이길 수 있으려나? 껄껄!"

같은 시각, 호광성 균현.

북에 소림이 있다면, 남에는 무당이 있다.

연왕 주체가 영락제에 오르고 난 이후, 무당파는 엄청난 규모로 크기를 더해가더니 언제부터인가 그들은 구파를 대표하는 대문파가 되어 있었다.

특히나 반드시 검을 풀고 입산해야 한다는 해검지(解劍池)에 얽힌 전설은 아직도 호사가들의 입에 오르내리는 주요 단골 소재였다.

하지만 지금, 몇십 년 만에 해검지 근처에서 검을 풀지 않는 일이 발생했다. 정확하게는 검이 아닌 수투(手套)였지만 그것은 아무래도 좋았다.

지금 무당을 방문한 자가 절대 좋지 않은 의도로 산을 올랐다는 것이 중요했으니.

쿠르르릉!

강렬한 기파가 산 전체를 뒤덮었다.

이미 수없이 터져 나간 폭음은 아름다운 무당파의 산문을 헤집는 것으로도 모자라, 전각 여러 채를 뒤집어놓고도 남음이었다.

수십 명이 곤죽이 되어 쓰러졌다.

피바다가 되어버린 산문은 더 이상 원무신을 찾는 도인들의 성지가 아니었다.

사지(死地).

죽은 이들의 땅이 되어버렸다.

난데없이 펼쳐진 괴수의 악랄한 독수에 처음에는 멍하게 있던 무당파 도인들도 어느덧 칼 한 자루를 차고서 괴한을 둘러쌌다.

하지만 수백 명이 내뿜는 기파는 괴한 한 명을 감당하지 못했다.

그만큼 강호에서 고수가 대접을 받는 이유가 이곳에 있었다.

내딛은 경지가 어디냐에 따라 때로는 수백 명의 군웅들을 압도하는 위용도 자랑할 수 있는 것이다. 거기다 주요 전력이 다 빠져나간 현 무당의 상황임에야.

"당신은… 누구시오?"

현재 대무당파를 책임지고 있는 호성 진인이 괴한을 보며 물었다.

이미 그의 한쪽 팔은 괴한이 내뿜는 충격파를 이기지 못해 날아간 상태. 이미 수십 명의 제자가 죽은 이때 더 이상의 제자들을 희생시킬 순 없었다.

"대답하시오! 당신은 무슨 억하심정이 있기에 본 파를 공격하였소이까!"

괴한은 전형적인 무거움을 주는 사람이었다.

칙칙한 검은 무복도 그렇거니와, 굳게 다문 입술과 산발이 된 머리카락 사이로 흘러나오는 눈빛은 야수의 그것을 닮아 있었다.

"남쪽에서 왔다."

마치 야수가 으르렁거리는 듯한 느낌. 짧은 그 한마디가 사람으로 하여금 오싹함이 들도록 만들었다.

호성 진인은 그제야 괴한의 정체를 깨달을 수 있었다.

"제천궁에서 오셨소?"

"그렇다."

"지난 삼 년 세월, 남쪽에만 있던 이들이 어찌 장강을 건넜단 말이오!"

물론, 제천궁이 강남 정벌에만 모든 것을 건 것은 아니었다. 그들이 호시탐탐 장강을 건널 기회만을 노리고 있다는 것을 모르고 있었던 것은 아니다.

하지만 시기가 문제였다. 왜 하필 지금이란 말인가. 천시 쟁패를 위해 무당제일검 의검선과 대제자 하우, 그리고 태청 백호검이 모두 사라진, 빈집이라 할 수 있는 지금 찾아온 것일까.

"천하 제패."

괴한은 이번에도 짧게 답했다. 하지만 의미는 쉽게 깨달을 수 있었다. '천하 제패의 야욕을 위해 고수들이 사라진 무당을 노린 것이다' 라는 뜻이었다.

"그렇다면 천시쟁패에 참가한 문파들을 모두 노린다는 뜻이오? 그래서 그 시발탄으로 본 문을 공격한 것이고?"

괴한은 가만히 고개를 끄덕였다.

호성 진인은 몸을 부르르 떨었다. 고수들이 모두 감숙이나 섬서로 이동한 이때에 제천궁이 장강을 넘어온다면, 장강 가까이 있는 문파들은 속수무책으로 당할 수밖에 없었다.

알려야만 했다. 이 사실을, 제천궁의 야욕을 강호인들에게 알려야만 했다.

하지만,

"많은 것을 알았으니, 이만 죽어줘야겠다."

괴한이 보보를 내딛었다.

쿵!

거친 진각과 함께 산문 전체가 흔들렸다. 다시 한 번 충격파를 날리려 하자, 몇몇 제자들이 소리쳤다.

"장문인을 호위하라!"

"진을 펼쳐라! 놈이 장문인을 노린다!"

괴한의 목표를 알아챈 제자들이 일사불란하게 움직였다. 자신들의 목숨마저 아끼지 않으며 괴한의 독수를 막으려 했다.

츠츠츠츳!

어느새 진이 구축되었다. 비록 태청백호검이 만들어내는 것만큼의 위력은 없었으나, 수백 명의 제자가 한마음 한뜻이 되어 펼치는 절진은 강했다.

"허튼 짓."

하지만 괴한은 무당파 제자들의 노력을 헛수고로 치부했다.

쿵!

다시 한 번 진각을 내딛자 강렬한 기파가 절진 전체를 뒤흔들었다.

기의 흐름이 깨지자 피를 토하면서 쓰러지는 제자들이 하나둘씩 속출하기 시작했다.

쿵! 쿵! 쿵!

여러 번의 진각이 계속 터지니, 절진의 흐름은 결국 계속 헝클어져 돌이킬 수 없는 상태에까지 몰렸다. 하지만 제자들은 괴한이 장문인에게 다가갈 수 없도록 최선에 최선을 다했다.

"장문인, 일단 피하시지요."

"제자들을 두고 어찌 내가 자리를 벗어난단 말이냐!"

"어찌 제자들의 마음을 이리도 모르십니까! 지금 이곳을 벗어나지 않으신다면 오히려 제자들의 희생을 수포로 만드는 것입니다!"

호성 진인은 계속 제자들과 함께하려 했지만, 결국 장로와 원로들의 충심 어린 외침에 자리를 피하지 않을 수 없었다.

"내… 반드시 지금의 일을 잊지 않을 것이다!"

비록 주요 전력들이 모두 사라졌다고 하나, 이백 년의 역사를 자랑하는 무당파가 단 한 명에게 이토록 밀렸다는 것은 대무당의 수치일 수밖에 없었다.

호성 진인은 피눈물을 흘리면서 오늘 희생된 제자들 모두를 가슴에 담았다. 와신상담(臥薪嘗膽)의 자세를 잊지 않겠다고 다짐하는 순간이었다.

"미리 말했지만, 너는 많은 것을 들었다. 그러니 절대 살려보낼 수 없다."

괴한은 강하게 땅을 한 번 구르더니 강하게 몸을 돌렸다. 권을 펼치는 자들이라면 누구나 다다르고 싶어한다는 전사경(轉絲勁)의 묘수(妙手)였다.

휘리릭!

전사경에서 발출된 암경(暗勁)은 격공의 수를 통해 공간을 뛰어넘어 호성 진인의 머리를 훑고 지나갔다.

퍽!

결국 호성 진인은 이렇다 할 반항도 하지 못한 채로 목숨을 잃고 말았다.

"장문이이이인!"

모두의 절규가 산봉우리를 타고 메아리가 되어 울려 퍼지는 그때, 괴한이 가만히 입을 열었다.

"나는 곤사(崑師). 오늘로 강호에서 무당의 이름을 지우고, 오로지 강호에 곤륜만이 최고임을 알리리라."

혈풍이… 불어닥쳤다.

*   *   *

"이건……!"

종남파 장문인 유산월은 익히 들은 바가 있었다.

감숙에서 백염도가 백팔나한진을 깨뜨렸다고. 하지만 유산월은 백염도가 나한승들이 진을 갖추기 전에 깨뜨린 것이라 생각했었다.

육합취회진은 익히 혼살을 죽음 직전까지 몰아넣었던 진법. 그러니 제아무리 천하의 백염도라 하더라도 궁지에 몰릴 수밖에 없다고 판단했다.

하지만 그것은 오판이었다.

제아무리 단단한 벽이라 하더라도 바람을 막을 수 없었다. 보통 바람이 아닌 질풍이라면 더더욱.

와르르르!

거친 칼바람과 열풍이 종남파 제자들의 허리를 훑고 지나가고, 불꽃에 휩싸인 조각달이 유성우처럼 땅바닥에 수없이 내리꽂혔다.

횡, 횡, 칼이 공중을 스치는 소리가 들릴 때는 수많은 목이 하늘 위로 튀어 올랐다.

"제자들이……!"

유산월은 몸을 부르르 떨었다.

우후죽순으로 쓰러지는 제자들을 보고 있노라면 피가 거꾸로 치솟는 느낌이었다.

더욱 고통스러운 점은 제자들을 대신해 백염도를 베고 싶어도 그럴 힘이 남아 있지 않다는 점이었다.

한쪽 팔을 잃은 채로 백염도를 바라보는 그.

이미 복호칠십니의 수장인 이런 신니는 수많은 종남, 아미 제자들과 함께 차가운 주검이 되어 땅바닥에 쓰러져 있었다.

휘이이잉!

바람이 불었다.

"으아아아아!"

비릿한 피 내음이 가득한 전장에는 오로지 그의 절규만이 울릴 뿐이었다.

퍼퍼펑!

강렬한 폭발. 후끈한 열기가 안면을 휩쓴다.

시체와 병장기가 나뒹구는 전장 위에서 사천당가 제삼대(第三隊)의 대주(隊主) 당일산은 신음을 흘렸다.

이미 자신을 따르던 수하들 중 절반에 가까운 인원이 섬서 어느 이름 모를 땅에 묻히고 말았다.

"질풍행로……."

언제부터 시작된 것일까, 끝을 모르는 바람의 행진은.

수많은 싸움이 있었다. 휘말린 당가의 인원만 해도 족히 일백. 격전을 꿈꾸었으나, 몰살만 당한 셈이었다.

상대가 열양공을 익힌 무인이니 독으로는 상대가 되지 않을 것 같아서 당문십기(唐門十機)에 해당하는 폭우이화침(暴雨梨花針)이나 천뢰구(天雷球)도 동원했다.

모두 화약에 근본을 두는 물건들이라 사용하게 되면 당연히 관부의 조사가 뒤따를 터였지만, 그만큼 당가가 질풍행로에 느낀 압박은 대단했다.

하지만 놈은 보란 듯이 폭화를 뚫고 유유히 모습을 감췄다.

종남과 아미가 전력을 다해 펼쳤다는 육합취회진이 왜 깨졌는지를 이제야 알 것 같았다.

"피해는 어느 정도인가?"

"그것이……."

당일산의 물음에 수하 당고는 대답하기를 꺼려했다.

기품이 호방하고 술을 좋아하여 늘 입가에 웃음과 자신감이 떠나지 않던 녀석이 지금은 왜 이리 약해 보이는지. 검게 그을린 얼굴과 걸레가 되어버린 옷이 당가가 겪은 힘겨움을 대신 말해주는 듯했다.

"괜찮다. 말해보거라. 내 너에게 책임을 묻지 않을 것이다. 모두가 힘든 시기가 아니냐?"

당일산이 사람 좋은 미소를 짓자, 그제야 당고는 피해 보고를 읊기 시작했다.

"칠채(七彩)의 백환(百環)이 부서졌습니다. 그리고 제육대가 궤멸에 가까운 직격타를 입었습니다."

"칠채백환뿐만 아니라 제육대가 궤멸?"

칠채백환은 천뢰구와 함께 역시나 당문십기로 꼽히는 물건 중 하나였다.

"그렇… 습니다."

"허! 당환, 그 친구가 당할 줄이야……."

실력만으로는 당가 내에서도 능히 열 손가락 안에 꼽힌다는 암우환(暗雨桓) 당환은 제육대를 당가제일부대로 만든 사람이었다.

어쩌면 방계라는 제약을 벗어던지고 차기 가주가 될지도 몰랐던 녀석이다. 그런 녀석이 이끄는 제육대가 무너졌다고 한다. 허탈해서 헛웃음만이 흘러나왔다.

당고는 당일산을 보며 조심스레 말을 꺼냈다.

"거기다 이번에 피해를 입은 것은 비단 본 가뿐만 아니라 다른 곳들도 마찬가지인 것 같습니다."

"다른 곳 역시?"

"예……."

"그럴지도 모르는 일이지. 본 가의 암폭제연을 무너뜨리던 녀석을 상상하면 불가능한 일도 아니다."

섬서혈전.

바람을 옭아매려는 섬서련의 천라지망과 그물을 찢으려는 백염도의 질풍행로를 가리키는 말이다.

당가와 함께 사천을 건너왔던 청성과 아미는 물론, 감숙의 명문 공동파와 섬서의 화산, 종남 등의 사파(四派)와 근래에 호광을 떠나 련에 가담한 제갈가를 포함한 이가(二家).

기천이 넘는 이들이 만들어낸 그물.

삼 년 전 마교와 칠년지약을 체결한 이후에 단 한 번도 모이지 않았던 강호가 다시 련(聯)을 결성했다고 봐도 과언이 아니었건만.

하나, 그물은 바람을 잡아둘 수 없었다.

당고의 말은 계속되었다.

"본 가의 암폭제연(暗爆諸宴)뿐만이 아니라, 제갈가가 자랑하는 기문진식(奇門陣式)이나 화산의 매화향연도 깨지고 말았다 합니다."

"뭐? 화산이?"

"그렇습니다."

이미 한 번 백염도에 의해 매화향연은 큰 화를 입었다. 그리고 설욕을 위해 다시 이곳에 왔다고 알고 있건만. 다시 깨져 버렸다면 이는 곧 돌이킬 수 없는 직격타를 맞았다는 소리였다.

"허! 오백 년의 역사를 자랑하는 화산파가 잘못하면 여기서 종지부를 찍을지도 모르겠구나. 그 정도라면 반파(半破)라고 해도 과언이 아닐 텐데."

당가만 이런 피해를 입은 게 아니었다.

"백염도… 백염도… 그의 힘은 대체 어디까지란 말인가?"

놈은 질풍행로를 행하면서 무수히 많은 적들을 상대로 하면서도 절대 무릎 꿇지 않았다. 아니, 오히려 더 빠르게 달렸다.

정도의 대표로 대두되는 당금 강호의 실세들 대부분이 자리에서 일어났다.

하지만 제아무리 질긴 그물도 바람은 잡지 못함인지.

질풍행로라 불리는 행보를 보이는 백염도. 그는 수없이 겹겹이 쌓아놓은 그물들을 모두 찢거나, 유유히 피해갔다.

상황이 이렇게 되니 '바람이 부는 곳에는 항시 피 냄새가 흐른다[出風居所 血香恒流]'라는 웃지 못할 이야기까지 들릴 정도였다.

하나 당고의 이야기는 아직 끝나지 않았다.

"그리고……."

"또 있는가?"

"정도맹이 규합될 조짐이 보이는 듯합니다."

당일산은 눈을 부릅떴다. 백염도의 질풍행로가 낳은 피해도 놀라울 일이건만, 이 사건과는 비교도 할 수 없었다.

정도맹이 규합한다는 것. 삼십 년 정마대전 이후 단 한 번도 결합하지 않았던 중원무림이 다시 묶인다는 것은 절대 그냥 넘어갈 소리가 아니었다.

"허!"

"확실하게 밝혀진 것은 아니나… 이미 무사들 사이에는 그러한 소문이 파다하게 퍼져 있습니다. 감숙의 돈황에서 있었던 혈겁 이후 벌써 세 번째입니다. 하지만 그동안 섬서련은 계속 큰 피해만 속출하였기에 결국 정식으로 정도맹이 결성될 듯합니다."

"그렇다면 백염도를 강호공적으로 선포하고 그의 목에 막대한 상금을 걸겠구먼?"

"그렇게… 되겠지요."

여태껏 강호 역사에 정도맹 같은 무림맹이 결성된 예는 몇 번씩 있었다.

가까운 예로 팔황새의 천중전란이나, 마교의 정마대전 때도 무림맹이 만들어지지 않았던가.

하지만 단 한 명의 인물 때문에 강호가 하나로 규합된 예는 단 세 번밖에는 없었다.

첫 번째가 천 년 전에 벌어져 이제는 사실 관계도 명확하지 않은 천마(天魔)의 겁(劫)이며, 두 번째가 백 년 전에 벌어진 괴검(魁劍)의 앙(殃), 세 번째가 칠십 년 전의 독보천하를 외쳤던 건패(乾霸)의 재(災)다.

"질풍행로를 삼대혈란(三大血亂)과 동격으로 취급한다?"

"또한 백염도를 잡는 자에게는 천시에 대한 소유권까지 인정해 주겠다고 합니다."

당일산은 씁쓸하게 웃고 말았다.

"백염도를 잡는다는 사람에게 막대한 부와 고금제일의 무공을 준다는 것이나 마찬가지인데… 하지만 내 눈에는 더 많은 사람들을 죽음으로 몰아넣는 것으로밖에는 보이지 않는구면."

당일산의 말대로 백염도에 의해 삼 년 동안 정체되었던 강호는 다시 돌아가기 시작했다.

이미 정도맹에서는 본격적인 백염도 척살을 위해 그동안 세속의 일을 잊고 은거를 하고 있던 기인들에게 그를 잡아달라는 부탁을 하거나, 직접 문파의 모든 문도들을 이끌고 천라지망에 가담했다.

감숙에서부터 시작되었던 미풍(微風)은, 이제 질풍(疾風)을 넘어, 폭풍(暴風)이 되어 강호를 떨치려 하고 있다.

눈치가 빠른 자들 중 몇몇은 바람이 남궁가가 있는 남직예로 향함을 깨닫고 그곳 방향으로 이동하는 것 같았다.

어쩌면 십 년 동안 모습을 보이지 않았던 소림의 망아 성승까지 자리를 털고 일어날지도 모른다.

"바람이 불겠어, 바람이. 피 비린내가 진동하는 그런 바람이……."

당일산의 혼잣말이 바람에 휩쓸려 사라졌다.

불화살이 하늘을 붉게 물들인다.

마치 노을이라도 진 것 같은 착각이 일었다.

'나에게는 너무나 익숙해져 버렸지만.'

화살비에 드문드문 철시가 섞여 있는 것도 소혼에게는 더 이상 새롭지 못했다.

간간이 극독이 발린 철시가 위험이 될까, 화살 따위는 그에게 위협도 되지 못했다.

까가가가강!

소혼은 비천행을 펼치면서 호신강기와 반탄강기를 몸 주위에 둘렀다.

그러자 그의 몸 위로 마기가 커다란 구체를 형상하며 겹겹이 쌓였다. 그렇게 탄생된 강기벽이 모두 세 개였다.

'이 정도쯤은······.'

생각대로 화살들은 소혼에게 다가와도 어느 이상의 거리를 접근하지 못했다.

회색 빛깔이 도는 마벽(魔壁)에 의해 모두 튕겨 버린 까닭이었다. 마혼삼벽(魔魂三壁)이라는 이름을 가진 무공이었다.

자신을 보호하고자 만들어진 호신강기를 이용한 무공으로, 적은 공력으로도 뛰어난 방어력을 자랑했다.

일성으로 시작했던 마혼삼벽이 벌써 팔성을 넘어 구성에 다다랐다. 이제 화살 따위는 물론, 간간이 강기마저 튕겨낼 정도로 뛰어난 공능까지 지니게 되었다.

파앗!

소혼은 남궁린을 꼭 업으며 하늘을 질주했다.

그 어느 누구도 잡을 수도, 막을 수도 없는 질풍.

쉬익!

하늘을 질주한다.

물속을 노니는 물고기처럼 자유롭게 유영하는 그를 잡기 위해 몰래 몸을 숨기고 있던 이들도 하나둘씩 튀어나와 그를 노렸다.

"죽어라, 악적!"

"강호 동도들의 목숨을 빼앗은 대가, 너의 목으로 받아가겠다!"

팟!

팟!

"조심해요! 좌측 둘! 우측 셋!"

적들의 움직임을 읽은 남궁린의 목소리가 들렸다.

소혼은 분천도에 공력을 불어넣었다. 불꽃이 일었다. 웅혼한 내력에 걸맞게 광염이 더욱 진해진 열기를 자랑했다.

"청성의 무사들이로군."

'청(靑)'이라는 글자가 수놓인 도복을 입은 것으로 보아 사천성의 명문 무파, 청성파의 도인들인 것 같았다.

송풍백검대(松風百劍隊)가 산을 내려왔다더니, 그곳 소속의 인물인 듯싶었다.

'베고 지나간다.'

생각을 정리함과 동시에 분천도가 불을 뿜었다.

파바밧!

백색 불꽃, 광염과 함께 조각달이 하늘에 수를 놓았다. 화편월을 실은 도풍은 좌측의 인물 하나와 우측 둘의 검을 단숨에 분지르고 목숨까지 앗아갔다.

퍼퍼퍽!

"진월아! 사월아!"

"이놈이, 감히!!"

사형제들의 죽음에 놈들은 분기를 토하며 검진을 갖추고서 달려들었다. 하지만 강호에서 만용은 곧 죽음으로 귀결되는 법이었다.

팟!

소혼은 묵묵히 비천행을 고수하며 칼을 한차례 휘둘렀다. 일도참, 단순히 내리긋는 행위밖에 되지 않았지만 분천도는 동시에 그들의 몸뚱어리를 베고 지나갔다.

촤아악!

"위에 아직 다섯이 더 있어요!"

남궁린의 외침과 함께 소혼의 몸뚱어리가 위로 솟구친다.

획!

칠보환천을 가볍게 밟자 그의 신형이 살짝 뒤틀린다. 공간을 격(隔)하는 수(繡). 마치 시공을 접듯이 날아가 분천도를 한차례 더 휘둘렀다.

휘잉!

분천도가 크게 호를 그리자, 동시에 다섯 개의 시체가 갈가리 찢겨져 비가 되어 땅 아래로 떨어졌다.

사도수 때 일도일살(一刀一殺)이라 불리며 흉명을 더했다는데, 지금은 그보다 더한 학살극을 보여주고 있었다.

"이놈! 감히 본 파의 제자들에게 살수를 감행하다니!"

그 순간, 풀숲 위로 중년인 한 명이 튀어나오면서 칼을 휘둘렀다. 뿜어지는 기도로 보아서는 절정 이상이었다. 장로 중 한 명인 듯했다.

무차별적으로 살육당하는 제자들을 보며 분을 참지 못하

고 튀어나온 모양이었다.

"덤비지 않았다면 베지도 않았다."

"감히! 지금 그것을 말이라고 하느냐!"

까가가강!

중년인은 소혼의 몇 수를 능히 받을 정도는 되는 듯싶었다. 거기다 가진 무위보다 더 큰 실력을 보이는 것이, 선천진기까지 끌어댔을 것이 분명했다.

제자들의 죽음이 그리도 원통했던 것일까. 그는 오로지 소혼을 죽이겠다는 일념 하나만으로 검을 휘둘렀다. 눈가에 도는 핏발은 괴기함까지 더했다.

소혼은 누구보다 이런 사람들에 대해서 잘 알고 있었다.

원한이 머리끝까지 치민 자. 이런 자들과는 결코 관계가 개선될 수 없다. 아니, 오히려 나중에 더 큰 독이 되어 돌아올지도 몰랐다.

"상대방이 듣지 않는 주장을 외쳐 봤자 답은 나오지 않아."

횡!

소혼은 짧은 중얼거림과 함께 일도참을 휘둘렀다.

퍽!

청성의 제자들을 사랑했고, 오로지 일생을 제자들을 위해 살아왔던 청성일검 오현의 일생은 그렇게 너무나 허망하게 마무리되었다.

이리 쓰러진 이들의 숫자만 해도 벌써 셀 수 없을 정도였다.

섬서련의 수뇌부에 해당하는 이들의 반수 이상이 목숨을 잃거나 당분간 무공을 펼칠 수 없을 만큼 과한 중상을 입었다.

이미 수도 없이 많은 사람들을 베었다.

칠 년 동안 정마대전에 참가하며 벤 무인의 숫자와 비교해도 절대 적지 않은 숫자였다.

그렇게 잠시도 쉬지 않고 칼을 놀려댔으면서도 소혼은 쓰러지지 않았다.

물론, 그가 지칠 줄 모르는 체력을 지녔다거나 휴식이 필요 없을 정도로 강하다는 뜻은 아니었다.

겉으로 내색하지 않을 뿐, 소혼은 이미 시체나 다름없었다.

체력은 이미 고갈된 지 오래고, 흡정대법을 통해 늘어난 공력도 이미 바닥을 보이기 시작했다. 기혈이 뜨겁게 달아오르며 백팔십 개에 해당하는 비혈구들이 진기를 달라며 아우성쳤다.

심장이 계속 맥박질 쳤다. 지친 숨결이 목을 뜨겁게 달구고 있었다.

"후욱, 후욱."

'소혼⋯⋯.'

그런 그를 안타깝게 바라보는 남궁린이었다.

벌써 한 달 가깝게 이어진 천라지망과의 싸움. 그것은 끝을 보이지 않고 있었다.

섬서련이야 자기들의 피해가 크다고 하겠지만, 소혼은 잠시간도 가만히 두지 않고 벌 떼처럼 달려드는 무인들 때문에 정신을 차리지 못할 지경이었다.

'이대로 감당하기 힘든 고수가 나타난다면?'

불현듯 그런 생각이 떠올랐다.

일반 무인들이야 고수라 하더라도 소혼을 이기기는 힘들다. 하지만 상대가 보통 고수가 아니라면? 지금의 상황에서 초절정고수인 신주삼십이객 중 한 명만 와도 소혼은 위험했다.

그만큼 누군가를 지키면서 기천에 달하는 이들을 상대한다는 것은 힘든 일이다.

보통 이들이라면 골백번 죽어도 죽었을 만큼 혈로와 사선을 뛰어넘어 온 셈이었다.

자신도 몸을 가늠하기 힘들 정도로 지쳤으면서,

"린, 어디 다친 곳은 없나?"

소혼은 이렇게 남궁린을 먼저 챙겼다.

"다친 곳 없어요."

"다행이군."

그녀의 말은 거짓말이었다. 청성일검 오현은 죽기 전에 검기를 쏘아 그녀를 해하고자 했다. 분천도가 이를 튕겨냈으나,

잔여 기파가 허리춤을 약간 긁고 지나갔다.

하지만 남궁린은 이를 말하지 않았다.

'이 정도도 참지 못한다면, 나는 인간도 아니다.'

남궁린은 이를 악물었다. 손을 혈에 가져가 지혈시키고 마혈을 살짝 건드리자 아픔이 어느 정도 가셨다.

소혼도, 남궁린도, 보이지 않는 싸움을 하면서 소혼의 신형은 여전히 앞으로 자꾸 쭉쭉 미끄러졌다.

쉬이이익!

비천행을 전개하던 도중 소혼은 땅을 강하게 밟으면서 위로 튕겨 올라야 했다.

퍼퍼펑!

강렬한 기파가 소혼이 있던 자리를 한차례 휩쓸고 지나갔다.

남궁린은 한 자락 검기가 만들어낸 그 힘에 눈을 동그랗게 떴다.

'안 돼, 고수야! 그것도 상상하기 힘든!'

우려했던 일이 터지고야 말았다.

고수가 나타난 것이다, 그것도 강기에 버금가는 파괴력을 지닌 검기를 뿌리는 초절정 이상의 고수가. 보통 때라면 모르지만… 과연 이길 수 있을까? 지금의 힘으로?

남궁린은 소리치고 싶었다. 이대로 도망쳐야만 한다고.

하지만 소혼은 남궁린이 무어라 말을 하기 전에 자신이 먼저 입을 열었다.

"이미 포위되었다. 이곳에서 도망칠 곳은 없어."

"소혼, 그게 무슨……?"

"전날에는 내가 사냥꾼이었는데, 지금은 내가 사냥감이 되고 말았다. 전과 입장이 확 달라졌군."

분천도의 도파를 쥔 소혼의 눈동자는 차분했다. 어떠한 상황에도 흔들리지 않는 부동심. 그것이 소혼이 지닌 무기 중 가장 무서운 무기였다.

"모습을 드러내는 것이 어떤가?"

소혼의 말이 떨어지자마자 사방에서 도인들이 하나둘씩 모습을 드러내기 시작했다.

이전에 소혼도 만난 적이 있던 무당의 태청백호검 생존자 오십인이었다.

그들의 수장, 하성이 차가운 눈길로 소혼을 바라보았다.

"백염도……!"

으르렁거리는 하성의 모습에서는 진득한 살의마저 묻어났다. 소혼은 그들을 한차례 훑어보더니 한마디 내뱉었다.

"붙을 텐가?"

"못할 것도 없지!"

소혼은 고개를 저었다.

"지금 나의 상대는 네가 아니다."

"이놈!"

하성을 비롯한 태청백호검 오십인이 일제히 검을 뽑아 들었다. 그들에게는 이제는 전날처럼 허무하게 당하지 않겠다는 의지가 묻어 있었다.

소혼은 그들의 살기를 전면으로 받아들이면서도 아무렇지 않은 듯했다. 이미 심의상형(心意象形)의 경지에 접어든 그에게는 이깟 살기는 별 위협이 되지 못했다. 다만, 그의 얼굴은 다른 곳을 향했는데, 그것이 마치 건을 뚫고 시선을 던지는 것 같은 모양새였다.

"이만 나오시는 것이 어떻소?"

태청백호검 오십인을 가르며 한 사람이 등장했다.

의검선 호진자였다.

그는 검을 손에 쥐고 있었는데, 검은 날을 숨겨주던 검갑을 가지고 있지 않았다. 상대를 격살하기 전까지는 검을 거두지 않겠다는 의지가 묻어난 행위였다.

"자네가 백염도라는 아이인가?"

"그렇소. 당신이 의검선이겠구려. 참마행을 하고 있다는 소식을 들었소."

"그럼 그 참마행의 종착점이 자네라는 것도 알겠군?"

소혼은 아무 대답 없이 그저 고개만 끄덕였다.

"본래 대결에 앞서 자네에게 기운을 비축하고 충분히 휴식 시간도 주어야 하는 것이 옳겠지만, 그러지 못함을 이해해 주게나."

그 말이 끝남과 동시에 의검선의 신형이 사라졌다.

휭!

"나는 자네의 목을 베어야 한다네."

거친 일보, 현천보(玄天步)와 함께 의검선은 앞으로 쭉 미끄러지듯이 튕겨 나가 검을 휘둘렀다.

채채챙!

소혼은 분천도로 검을 튕겨내면서 의검선의 빈틈을 노렸다.

'단숨에 베고 지나간다!'

지구전으로 승부를 겨루면 십중팔구 패배다. 소혼은 초반단 몇 번의 충돌만이 자신이 이길 수 있는 길이라 여겼다. 그리고 그 기회에는 공력 사용을 아까워하지 않을 심산이었다.

얼마 남지 않은 공력이라 할지라도 살아 있어야만 필요치 않겠는가. 소혼은 단전에 얼마 남아 있지 않은 공력을 이 일도에 모두 담았다.

쉭!

분천일도 일도참이었다. 단순한 횡 가르기에 지나지 않았지만, 그 속도는 능히 빛마저 쫓을 정도라 달리 능광도섬(凌光刀閃)이라는 이름도 지닌 한 수였다.

"제법이구나. 하지만 이것으로는 모자람이니."

단 일 초에 적을 일곱 개로 베어버리는 공격이었지만, 의검선의 목을 베기엔 역부족이었다.

의검선은 철판교의 수로 허리를 뒤로 눕히면서 분천도의 공격을 쉽게 피해냈다. 동시에 운룡번신의 수로 몸을 세차게 돌리면서 검을 쥐지 않은 왼손을 앞으로 강하게 내밀었다.

쾅앙!

면장(綿掌)이 소혼의 왼쪽 아랫배, 단전 부근을 두들겼다.

"커헉!"

第八章

남직예

神刀無雙
신도무쌍

*강*렬한 충격파가 배를 두들겼다.

무당의 칠장권법(七掌拳法) 중 하나인 무당면장의 위력은 엄청났다. 수십 개의 선을 중첩시켜 만들어낸 면을 두들기는 수는 격공보다 한 단계의 위에 위치한 수법이었다.

소혼의 몸뚱어리는 충격파를 이기지 못하고 뒤로 몇 장이나 튕겨 나가고 말았다.

연처럼 훨훨 날아 뒤에 있던 나무 여러 개를 분지르고도 남을 만큼의 위력이었다.

더구나 내가중수법(內家重手法)이 가미되어 기혈과 내장 모두를 뒤흔들어 놓은 상황. 머리가 핑 돌아 정신을 차리기가 힘들었다.

"꺄아아악!"

귓가를 찢는 비명 소리에 소혼은 곧 자신의 등에 남궁린이 있음을 깨달았다. 자신이 다치는 것은 상관없다. 하지만 이대로 무너지면 남궁린이 다치게 된다.

한 번 지키기로 마음먹은 이상 그 약속에 어긋나는 일은 없어야 하지 않을까.

하지만 이미 능광도섬을 펼친다고 있는 공력 없는 공력 모두를 소비한 상황이었다. 더 이상 짜낼 기력도 없었다. 체력도 모두 바닥난 상황이지 않은가.

'방법이… 방도가 없을까……?'

소혼은 점차 꺼져 가는 의식을 부여잡으면서 계속 머리를 굴렸다.

그러다 문득 기해혈 한편에 흡정대법으로 고이 모아두었던 음한지기가 떠올랐다. 아니, 정확하게는 비혈구를 거쳐 극음지기에 가까운 순수지기라 할 수 있는 기운이.

이것을 사용할 수 있다면 도움이 되지 않을까 하는 생각이 들었다.

하지만 화륜심결은 극양을 표방하는 열양공이다. 제아무리 순수지기가 되었다고 하지만 과연 화륜이 극음지기를 다룰 수 있을까? 자칫 잘못 운용이라도 한다면 주화입마에 걸릴지도 모르는 상황이었다.

'위험하더라도… 한다.'

소혼은 걱정을 벗어던졌다. 지금은 그깟 입마에 신경 쓸 겨를이 없다. 이 상황을 타개할 방법이 필요했다. 의검선과 태청백호검 오십인을 쓰러뜨릴 수 있는 방도가.

결정이 끝나자마자 소혼은 극음지기를 가두고 있던 기막을 거두어들였다. 그러자 그동안 얼음처럼 응고되어 있던 극음지기가 빠른 속도로 기맥 곳곳에 퍼져 나갔다.

'크윽!'

열양공에 몸이 익숙한데다가 내가중수법으로 인해 기혈이 헝클어진 상황이라, 지금 소혼에게 극음지기는 고통, 아니, 고문과도 같았다. 하지만 혈괴장을 들이켜면서 겪었던 고통과는 비교할 수 없을 터였다.

착.

파앗!

소혼은 운룡번신의 수로 몸을 돌리며 근처에 있는 나무를 박차며 날았다. 궁신탄영의 수를 가미하여 빠른 속도로 팅겨 오르는 모습을 보며 의검선은 침음성을 흘렸다.

"분명 단전을 파훼했거늘!"

의검선은 다시는 백염도가 칼을 휘두르지 못하게 하기 위해 내가중수법을 실어 그의 단전을 부수고자 했다. 그런데도 녀석은 아무렇지 않게 몸을 던지고 있는 것이다.

그가 사도수 때에 이미 단전을 잃었다는 사실을 모르는 데서 생긴 착각인 셈이었다.

쉐에에엑!

소혼이 차가운 얼굴로 분천도를 휘둘렀다.

의검선은 극청검으로 일약 자신을 절대고수로 만들어준 구궁연환검(九宮連環劍)을 전개했다.

따다다다당!

분천도와 극청검이 쉴 새 없이 공중에서 격돌했다. 강기와 기파가 수없이 사방으로 튕기면서 요란한 울림 소리를 냈다.

쿠쿠쿠쿵!

기파와 기파가 충돌하는 곳에서 의검선은 여태껏 백염도에게서 생각지도 못한 기파를 느꼈다.

'한기(寒氣)?'

의검선의 생각이 채 끝나기도 전에 분천도에서 차가운 기운이 일어나기 시작했다. 여태껏 백염도가 내뿜던 열기와는 전혀 상극의 기운이었다.

순백색 도신에 어울리는 한기와 냉기였다.

의검선의 극청검과 부딪치는 순간 얼음 조각이 튀어 올랐다. 동시에 수백 개의 얼음 조각이 그들의 머리 위로 치솟으며 아래로 떨어졌다.

채채채챙!

의검선은 검을 한차례 회전시켜 얼음 조각들을 튕겨냈다.

'어떻게 된 일인가! 백염도가 음한공을 다루다니? 음양인이라도 된다는 뜻인가?

열양공을 익힌 사람은 음한공을, 음한공을 익힌 사람은 열양공을 다루지 못하는 것은 당연한 자연의 진리다. 그런데도 이 두 가지를 모두 다룬다면 그것은 곧 자연의 길을 벗어났다는 것을 의미한다.

스스로 남성의 상징을 없앴거나, 혹은 남자와 여자의 생식기를 모두 가지고 태어난 음양인이라거나. 백염도라는 자는 그 두 가지 중 한 가지에 해당하는 것일까?

한편, 전자도 후자도 아닌 소혼은 전신이 타들어가는 고통에도 이를 악물고 극음지기를 계속 끌어올렸다.

'참는다!'

위이이잉!

화륜심결이 소혼의 고통을 덜어주기 위해 자연지기를 계속 끌어들여 화륜진기로 바꾸어놓았다. 극음과 극양의 만남. 그것은 더 큰 파괴력을 낳았다.

차차차차창!

쉴 새 없이 휘둘러지는 분천도. 칼이 한 번 그어질 때마다 수십 개의 얼음 조각이 사방에 튀었다.

눈이 따가워도, 팔이 무거워도 소혼은 접신에 든 사람처럼 의검선을 밀어붙였다.

타다다다당!

극양과 극음의 기운을 번갈아 맞는 의검선으로서는 계속

밀릴 수밖에 없었다.

'어찌 이런 일이 벌어질 수 있단 말인가! 이 아이는 정녕 한계를 모른단 말인가!'

한 달에 가까운 시간 동안 강호 전체를 상대로 싸움을 벌여 왔으면서도 지치기는커녕 오히려 자신을 압도하는 모습이라니.

'비록 희대의 대마두라 하지만 그 정신력만큼은 인정해 줄 수밖에 없겠구나. 하지만 그뿐이다. 너의 잘못이 있다면 마두로 태어났다는 것.'

쉬이이잉!

의검선은 분천도를 크게 튕겨내면서 몸을 세차게 돌렸다. 호선과 함께 검이 한 차례, 두 차례 중첩되기 시작했다.

그렇게 아홉 차례까지 중첩되자 강기가 요란한 광채를 띠기 시작했다. 구궁첩환(九宮疊環)이라는 이름을 가진 초식이었다.

소혼은 극양과 극음의 기운을 분천도에 한가득 실으면서 일보를 내디뎠다.

쿵!

진각과 함께 의검선은 순간 소혼의 몸뚱어리가 몇 배는 커졌다는 착각에 빠졌다. 마치 소혼의 등 뒤로 거대한 무언가가 나타난 것 같았다.

쿠우우우!

그 거대한 무언가는 소혼과 함께 발을 굴리면서 사방을 압도하는 패기와 마기를 내뱉고 있었다.

천마신교의 교주 무공, 천마군림보(天魔君臨步)였다.

팟!

천마의 허상이 일도양단의 자세로 도를 아래로 내려뜨렸다. 얼음의 기운이 튀어 오르고, 불꽃의 기운이 아래를 휘감았다.

칠류빙마검의 마지막 절초 빙혼참(氷魂斬)과 구류화마도의 비기 염룡노호(炎龍怒號). 그 두 가지를 분천칠도에 맞게끔 섞어낸 절초, 벽천화(劈天花)였다.

하늘을 찢는 굉음은 구궁첩환을 뒤흔들어 놓으면서 같이 분쇄되었다.

"컥!"

"으윽!"

소혼과 의검선의 몸뚱어리는 충격파를 이기지 못하고 동시에 뒤로 밀려나고 말았다.

의검선은 자신의 비기가 막혔다는 것에 큰 충격을 먹은 듯했다. 하지만 그것은 소혼 역시 마찬가지였다.

'분천육도가 막힐 줄이야!'

분천육도 벽천화. 지금 소혼의 성취로는 꿈도 꾸지 못하는 절초다. 그럼에도 무리를 하면서 펼친 것은 이것이라면 의검선을 벨 수 있다 여겼기 때문이다.

하지만 오랜 싸움으로 인한 피로와 공력의 고갈 등이 문제였다. 천중팔좌의 구양 능윤해도 이긴 소혼이건만. 하지만 피로와 잘 닦이지 않은 극음지기의 사용은 오히려 본래 벽천화의 위력의 일 할밖에 나타나지 못하게 했다.

"이놈! 백염도!"

쉽게 이기지는 못하더라도 백염도를 이길 것이라 믿어 의심치 않았던 의검선은 몇 번이고 밀리는 자신을 보면서 노기를 터뜨렸다.

팟!

의검선은 제운종과 함께 몸을 던지면서 다시 극청검을 휘둘렀다. 이번에는 반드시 소혼을 꺾고야 말겠다는 의지가 느껴졌다.

휘이이잉!

채챙!

소혼은 분천도를 들어 올려 가까스로 극청검을 막아냈다.

"컥!"

소혼은 핏물을 토했다. 붉은색 선혈이 입가를 따라 번졌다.

이미 남궁린에게서 흡수한 극음지기마저 모두 소진한 상태. 내가중수법과 무리한 공력의 사용으로 인해 곤죽이 되어버린 몸으로 의검선의 검을 막아낸다는 것 자체가 대단한 일이었다.

그런 소혼의 상태를 읽어낸 의검선은 왼손을 앞으로 내밀며 손날을 그렸다.

휘잉!

"본 파의 삼대절공(三大絶功) 중 하나인 십단금(十段錦)이다. 너의 마지막에 어울릴 절기지."

십단금이라 한다면 그 파괴력이 너무나 대단해 무당의 유한 무공과는 어울리지 않는다던 무공이었다. 그러한 절공을 맞는다면 결코 살아 돌아올 수 없을 터였다.

"안 돼!"

남궁린의 비명 소리가 하늘을 가를 무렵, 소혼이 희미한 미소를 지으면서 그녀에게 말했다.

"린, 잠시 아프더라도 참아다오."

남궁린은 무어라 말을 하려는 찰나, 자신의 몸에서 무언가가 빠져나가는 듯한 느낌에 빠졌다.

'음한지기가 사라지고 있어!'

소혼은 흡정대법으로 빨아들인 남궁린의 기운을 곧바로 분천도에 불어넣었다. 비혈구를 타고 지나가지 않았기에 순수지기가 아닌 천음절맥의 음한지기였다.

쿠르르릉!

거친 폭음과 함께 분천도가 도명을 터뜨렸다.

쩌엉!

그와 함께 번쩍이는 섬광.

쿵!

분천도는 능광도섬의 길을 따라 의검선의 머리를 한차례 훑고 지나갔다.

퍽!

음한지기는 의검선의 머리를 말끔하게 베어놓았다. 핏물과 뇌수도 얼릴 정도의 한기와 냉기가 의검선의 시체를 꽁꽁 얼려놓았다.

휭!

동시에 분천도는 언제 그랬냐는 듯 본래의 열기를 되찾으며 다시 회선을 그렸다. 백색 불길, 광염은 의검선의 시체를 흔적도 없이 집어삼켰다.

십단금이 닿기도 전에 펼쳐진 쾌도(快刀). 섬광이 한 번 번쩍이는 착각과 함께 의검선은 세상에서 자취를 감추었다.

"사수우우욱!"

당연히 의검선의 승리를 예측했던 태청백호검 오십인의 절규가 전장을 감도는 가운데, 하성이 울부짖었다.

"이놈! 대사형에 이어 이번엔 사숙까지! 네놈을 절대 살려 보내지 않을 것이야!"

소혼은 도파를 꽉 쥐었다.

"소혼… 괜찮아요?"

남궁린의 나지막한 물음에 소혼은 고개를 끄덕였다.

"이 정도는… 후욱, 아무렇지 않다."

몇 번이고 묻고, 몇 번이고 답하는 그들의 대화.

하지만 남궁린은 직감적으로 깨달았다.

지금 소혼은, 정신력으로 버티고 있다는 것을.

그런데 그 순간, 다른 일이 터지고 말았다.

"여기에 백염도가 있다!"

"백염도가 많이 지쳤다!"

다른 군웅들도 하나둘씩 집결하기 시작했다. 모두가 하나같이 소혼에 의해 동료나 가족을 잃은 이들이었다. 그들의 눈빛은 드디어 백염도를 죽일 수 있다는 살기와 함께 천시를 쟁취할 수 있다는 탐욕으로 번뜩였다.

그렇게 모인 이들의 숫자만 족히 사백.

당가, 청성, 아미 등등. 사천삼문과 섬서이파의 이들도 조금씩 모습을 비추었다.

사방을 압도하는 살기에 소혼은 가만히 분천도를 쥐었다. 이대로 밀릴 수 없는 노릇이었다.

"린."

"네?"

"잠시 너의 기운을 빌리마."

"네. 얼마든지."

남궁린은 소혼이 부족한 진기를 자신에게서 가져간다는 것을 깨달았다. 그것이 열양공을 익힌 그에게 독이 된다는 것을 알면서도 말리지 못했다.

위이이잉—

백팔십 개의 륜이 톱니바퀴처럼 굴러가면서 자연의 기운과 남궁린의 음한지기를 빨아들이기 시작했다.

많은 양은 아니었지만 어느 정도 기운이 차오르기 시작했다. 음한지기는 한 번 비혈구를 거쳐야 했기에 쌓이는 속도가 느렸지만, 그럭저럭 몇 번 칼을 휘두를 수 있는 양은 되었다.

'하지만… 과연 이 몸으로 몇 각이나 버틸 수 있을까?'

바닥난 체력은 물론, 그렇지 않아도 좋지 않았던 몸은 한 번 거르지 않았던 음한지기를 사용하면서 더 큰 내상을 낳았다.

'차라리 의검선의 기운을 흡수하였다면 나았을지도 모르지.'

소혼은 분천도의 도파를 강하게 쥐었다.

천음절맥의 기운을 마구 끌어올리니 평상시 공력의 이 할 정도는 차올랐다. 하지만 내상이 다 나았다거나, 피로가 달아났다는 의미는 아니었다. 또한, 잡다한 기운을 끌어모아 이 할을 채웠다 하더라도 화륜진기로만 채워진 이 할과는 하늘과 땅 차이였다.

"백염도! 네놈의 죄를 네가 알렷다?"

어느덧 군웅들은 오백여 명으로 불어났다.

하성은 이 정도라면 지금의 백염도를 쓰러뜨릴 수 있을 거라 생각하면서 소리쳤다.

소혼은 무덤덤한 목소리로 입을 열었다.

"너희들은 그저 린이 가진 천시에 눈이 멀었을 뿐, 나에게 죄가 있다면 너희들에게서 린을 지킨 것뿐이다."

"그런 식으로 자신의 잘못을 덮으려 드는구나! 좋다. 내 오늘 강호의 정의가 살아 있다는 것을 가르쳐 주겠다."

하성의 외침과 함께 태청백호검과 다른 군웅들도 하나 같이 살기를 흘렸다.

그렇게 포위망이 조금씩 좁혀질 무렵이었다.

끼이이익!

갑자기 하늘 위로 수십 마리의 새가 하늘을 배회하고 있었다.

새들은 대개 전서를 주고받을 때 쓰이는 비둘기나 매였는데, 전서구와 전서응들은 하나같이 각파 수뇌부들의 팔에 안착했다.

개중 한 마리가 태청백호검의 일인 하운(夏雲)의 팔에 안착했다.

하운은 전서응의 다리에 묶인 전통을 열어 서신을 꺼내 읽었다. 그런데 글을 읽어 내려갈 때마다 그의 얼굴 표정이 시시각각 하얗게 질려갔다.

"무슨 일이냐?"

심상치 않은 기운을 읽은 하성의 물음에 하운이 몸을 부르르 떨었다.

"사, 사, 사형……! 본 파가……! 본 파가……!"

"무당에 무슨 일이 있느냐? 뜸 들이지 말고 빨리 말……!"

하성의 꾸짖음이 끝을 맺기도 전에 주위에서 온갖 비명 소리와 절규가 터져 나오기 시작했다.

"마, 말도 안 돼!"

"어찌하여 이런 일이!"

모두 하나같이 사색이 된 것이 하운과 비슷한 소식을 전해받은 것 같았다.

결국 하성은 참다 말고 하운의 서신을 빼앗아 읽었다.

이 서신을 보는 즉시 제자들을 이끌고 본산으로 돌아오거라. 제천궁의 마인들이 본 파를 희롱하고 있다…….

"이, 이게 대체 무슨……!"

하성은 눈을 부릅떴다.

"당장 돌아갈 채비를 갖춰라!"

"본가로 돌아간다! 어찌 이런 일이 발생할 수 있단 말인가!"

"제천궁이라니! 제천궁이라니……!"

백염도를 둘러싸고 있던 군웅들 사이로 일대 혼란이 지나갔다. 개중 몇몇은 본 파로 돌아갈 채비를 갖추고 있었다.

하성은 쥐고 있던 서신을 와락 구기며 외쳤다.

"하지만 이곳에 백염도가 있지 않소! 동료들의 원한이 가슴에 사무치지도 않소?"

"유소검께는 미안한 일이외만, 복수보다도 우리들에게는 본 파의 안위가 더 중요하오!"

"제천궁이 북진을 하고 있다 하오. 하루라도 바삐 돌아가야만 하오!"

하성의 얼굴이 와락 일그러졌다.

"모두가 달려든다면 백염도도 처치할……."

"우리 역시 백염도에 대한 원한이 사무치오! 하지만 만약 저자가 다치지 않았다면? 우리 모두를 베고도 남을 만큼의 힘을 아직 가지고 있다면? 싸우다 죽는 것은 상관없소만, 본 파도 지키지 못한 상황에서 개죽음을 당할 수는 없는 일이오!"

의검선과의 싸움으로 많이 지쳐 있다 생각했던 소혼은 요지부동의 자세로 서 있었다. 숨소리 하나 흐트러지지 않고 있다.

저 모습이 격장지계라면 모르되, 진짜 그들을 베고도 남을 힘이 남아 있다면 상황은 달라진다.

동료들의 복수를 갚기 위해 죽는 것은 상관없지만, 제천궁에 의해 아무 힘 없이 당하고 있을 사문을 생각한다면 이곳에서 죽을 수 없는 것이다.

막상 일이 이렇게 돌아가자 사람들은 하나둘씩 이곳을 떠나기 시작했다.

　마지막에 남은 것은 무당파의 하성과 태청백호검뿐.

　"정녕 떠나야 하는 수밖엔 없단 말인가? 원수를 바로 앞에
두고서?"

　대사형과 의검선의 원수를 두고 이렇게 떠나야 하는 건가?
이렇게? 허무하게? 다 같이 덤빈다면 이길 수 있는 상대를 앞
에 두고서?

　하지만 하성은 섣불리 사제들에게 공격 명령을 내리지 못
했다. 그 역시 미련은 남아 있으나, 서신에 적혀 있던 내용이
머릿속을 떠나지 않았기 때문이다. 복수도 중요했지만, 그들
에게는 사문이 더 중요했다.

　"사형……. 군자의 기다림은 십 년도 오래지 않다[君子不久
十年]고 하였습니다. 다음… 다음을……."

　그들 역시 어찌 슬프지 않을까. 하지만 사람에게는 때가 있
는 법. 원수가 바로 앞에 있다 하여도 돌아갈 때는 돌아가야
만 한다.

　"돌아… 간다."

　하성은 몸을 돌리며 떠나기 전 소혼에게 차갑게 일변했다.

　"다음에는 네놈을 기필코 죽이고 말 것이다."

　그렇게 모두가 떠나고.

　천라지망이 거두어진 이곳 땅에는 소혼과 남궁린만이 남
아 있었다.

"크허억!"

기감에 모두가 사라졌다는 것을 확인한 후, 소혼은 한쪽 무릎을 꿇으면서 피를 토했다.

한 사발이나 되는 양의 피가 쏟아졌다.

"소혼? 소혼!"

남궁린이 깜짝 놀라 소리쳤다.

소혼은 그 뒤로도 몇 번이고 핏물을 토해냈다. 검은색의 울혈이 아닌 붉은색의 생혈이었다.

계속된 싸움, 음한지기의 사용, 내가중수법에 의한 피해까지. 보통 사람이라면 이미 몇십 번이고 죽어도 할 말이 없는 피해였다.

숨을 몰아쉬고 싶었다. 심장이 뛰었다. 다리가 흔들렸다.

하지만 그 모두를 참고 버텼다. 단 이 할밖에 차지 않은 공력을 내뿜으면서 적들을 상대하고자 했다. 만약 저들에게 일이 발생하지 않았더라면 지금쯤 소혼은 그들과 함께 차가운 주검이 되어 바닥에 쓰러져 있을 터였다.

'기혈이 많이 헝클어졌군. 좋지… 않아.'

이 정도의 내상이라면 족히 일 년은 한산한 곳에서 은거를 해야만 모든 치유가 가능하다.

하지만 지금은 적들에게 언제 쫓길지 모르는 상황이지 않은가. 몸을 요양할 수 있을 리 만무하다.

그럼에도 지금만큼은, 잠시간만이라도 좋으니 잠시 쉬고

싶었다. 적들이 모두 물러난 지금이라면 잠시나마 쉴 수 있지 않을까.

"린."

"왜… 요?"

남궁린의 눈가에는 눈물이 글썽이고 있었다. 몇 번 보여준 울음인지. 저러다가 또 자신을 버려두고 도망치라고 말할 터였다.

"지금이라도 좋으니……."

"몇 번이고 같은 말을 하게 하지 마라."

"……."

"그보다 잠시 부축해 다오."

남궁린은 가만히 소혼에게 다가가 그를 부축했다.

향긋한 꽃 내음이 코를 찔렀다. 소혼은 흐릿하게 웃으며 가만히 눈을 감았다.

"어머."

스르륵, 소혼이 의식을 잃고 쓰러지자 남궁린은 깜짝 놀라 소혼의 맥을 짚었다. 다행히 의식을 잃은 것뿐이었다.

"정말 당신은 사람을 여러 번 놀라게 하네요."

남궁린은 소혼의 머리를 가만히 쓰다듬으며 중얼거렸다.

"그런데 소혼을 데리고 어떻게 남직예까지 가지?"

가만히 혼잣말을 내뱉고 있을 무렵, 남궁린과 소혼의 머리 위로 두 개의 그림자가 드리웠다.

"내가 도와줄까, 아가씨? 끌끌!"

　　　　　*　　　　　*　　　　　*

호흡을 한다.

숨을 쉰다.

가만히 무의식의 수면, 심연 속으로 빠져든다.

나[自]가 있음을 알고, 남[他]이 있음을 안다.

하지만 그 자타(自他)의 구분이 허황된 것임은 알지 못한다.

그저 식(識)이라는 이름을 지닌 경계선이 그어져 나뉜 것뿐인데, 사람들은 이를 두고 이 경계선을 넘지 못해 아등바등거리고 치열하게 살다가 바람에 묻혀 사라진다.

의(意)를 표출해 내 안으로 스며들고자 하는 얼[魂]과 신(身)에 깃들어 밖을 나아가고자 하는 넋[魄]. 이 둘도 그러하다. 영(靈)이라는 것도 이렇다 단정하기 어려운 것일진대, 어찌 얼[魂]과 넋[魄]이 있다 하고 그것의 특징을 규정지을 수 있단 말인가.

그냥 내버려 두면 된다.

있음[有]을 안다면 없음[無]이 있다는 것을 알지 않은가?

그리고 유무(有無)의 존재를 안다면, 이 상반된 것들이 태극 음양처럼 결국 본래 하나임을 알지 않는가.

신화(神化)라는 것은 다른 게 아니다.

그저 유무의 존재도 잊고[忘], 경계선조차 없다고[却] 하면 그만인 것이다.

육신이란 게 무엇인가? 영혼이라는 건 또 무엇인가?

결국 자신이 그어놓은 한정선에 머무는 망자(亡者)에 지나지 않는다.

하지만 사람들은 밖으로 나가는 것을 본능적으로 두려워하기에 평생 밖을 보지 못하고 살아간다.

무를 익히는 수많은 무인들이 '깃털이 되어 저 하늘로 올라가는[羽化登仙]' 경지를 꿈꾸면서도 이루지 못하는 것은 그 밖으로 나가기가 선뜻 해내기가 어렵기 때문이다.

소혼도 사람들이 말하는 우화등선의 경지, 신화(神化)를 넘어선 무혼(無魂)에 대해서 '그러하겠다' 또는 '이러할 것 같다' 짐작만 할 뿐이다.

이제 사람이라는 한계를 조금 넘어선[超人] 입신(入神)의 그가 그것을 어찌 알겠는가.

하지만 소혼은 언제부터인가 '나'라는 한계선을 어렴풋이나마 느낄 수 있었다.

천마의 무학, 절혼령은 말 그대로 혼령(魂靈)을 벤[切]다는 것을 의미한다.

그것은 곧 '나'라는 것을 규정하고 한계 짓는 선을 자르라는 것을 말한다.

수많은 무인들이 절혼령에 도전을 하고도 모두 실패하고 고전을 면치 못한 것은 '나'라는 존재를 던지지 못했기 때문이다.

소혼이 절혼령을 처음 익힐 때, 그는 순수지기에 가까운 자연지기를 흡수해 요혈에 저장시켰다.

자연지기를 끌어온다는 것은 '나'라는 규정을 짓는 안[內]과 '자연'이라는 밖[外]에 통로를 만든다는 것.

그것은 즉, 절혼령은 자타의 경계선을 조금씩 허물어 최후에는 우화등선까지 꿈꾸게 만드는 꿈의 무공이라 할 수 있다.

현재 소혼이 딛고 있는 경지는 절혼령 칠성 극.

자그마한 단계만 넘는다면 칠성을 완성하고 팔성에 입할 수 있을 것이다.

입신은 곧 더욱 크게 될 테니.

만약 절혼령을 극성(極成)하여 이를 넘어 끝내 대성(大成)하게 된다면? 완성(完成)을 이루게 되면?

'나라는 존재는 사라지지 않을까?'

소혼은 가만히 숨을 내쉬었다.

들이쉬고, 내쉬고, 들이쉬고, 내쉬고…….

심신이 안정되면서 백팔십 요혈의 비혈구도 점차 그 경계선을 잃어가고 있었다.

우우우우우.

백팔십 화륜이 조금씩 기운들을 화륜진기로 바꾸어가고

있었다.

  "음……."
  작게 신음한다.
  달그락달그락.
  위아래로 흔들리는 마차의 느낌에 소혼은 살짝 몸을 뒤척였다.
  히히히힝.
  '말 소리가 들리는군. …말 소리?'
  소혼은 깜짝 놀라 자리에서 일어났다.
  하지만 곧 몸을 엄습하는 고통에 인상을 찌푸렸다. 손을 갈비뼈에 가져다 댔다. 의검선의 면장에 가격되었던 곳이었다. 아직도 얼얼한 것이 아픔이 덜 가신 것 같았다.
  소혼은 몸을 바로 일으키며 주위를 훑어보았다. 자신은 침상처럼 푹신한 솜이 깔린 의자에 앉아 있었다. 문 너머 밖으로 마차를 몰고 있는 말이 보였다.
  "일어나셨어요?"
  목소리가 들린 쪽으로 고개를 돌렸다.
  맑은 미소가 인상적인 여인이었다. 남궁린보다 약간 부족하지만, 역시나 탄성이 절로 나오는 미모를 지닌 여인이었다. 하지만 미추 여부를 판별하지 못하는 소혼에게는 별 감흥을 가져다주지 못했다. 다만, 어디선가 만난 적이 있는 것 같은 친숙한 느낌이었다.

"저 몰라보시겠어요?"

소혼은 살짝 아미를 찌푸렸다. 분명 그녀의 말대로 어디선가 만난 적이 있었다. 하지만 쉽게 떠오르지 않았다.

"기억을 잘 못하시나 보네요. 그때 할아버지와 충돌 하실 때 옆에 있었는데."

"할아버지? 아!"

소혼은 뒤늦게야 여인의 정체를 깨달았다. 바로 굉음벽도 팽무천과 같이 있던 여인, 도미화 팽시영이 분명했다.

"당신이 어찌하여……?"

"어째서 이곳에 있느냐고요?"

소혼은 대답 대신 고개를 끄덕였다.

팽시영은 웃음로 화답했다.

"격전 후에 쓰러진 당신을 구해준 사람이 바로 저와 할아버지니까요."

"……!"

소혼은 그제야 자신이 남궁린이 품에서 쓰러졌다는 것을 깨달았다. 하지만 팽시영은 이번에도 다 알고 있다는 식으로 웃으며 말했다.

"남궁가의 아가씨는 잠시 뒤편에서 잠을 청하고 있어요. 보름 내내 당신 병간호만 했으니까요."

"보름?"

소혼의 반문에 팽시영은 고개를 끄덕였다.

"당신은 쓰러지고 나서 보름 만에 깨어난 거예요."

"……!"

소혼의 눈동자가 부릅떠졌다.

팽시영은 늘 무뚝뚝하고 차갑게만 비쳐지던 백염도가 저렇게 감정이 풍부했었냐는 듯 살짝 웃으면서 창을 위로 젖혔다.

밖으로 수많은 초목과 바위들이 스쳐 지나갔다. 그리고 그 너머로 바다만큼이나 넓은 호수가 보였다. 호광성에 있다는 동정호에 비할 바는 아니겠지만 역시나 끝을 짐작하기 힘들 정도로 컸다.

"저 호수가 뭔지 아세요? 바로 홍택호(洪澤湖)예요."

홍택호는 장강에서 분리되어 만들어진 것으로, 수나라 양제 때에 만들어진 운하와 연결되어 있기도 했다.

"그렇다면……?"

소혼의 물음에 팽시영은 고개를 끄덕였다.

"네. 이곳은 남직예. 바로 의천검세 남궁세가가 위치한 안휘와 강소의 대지랍니다."

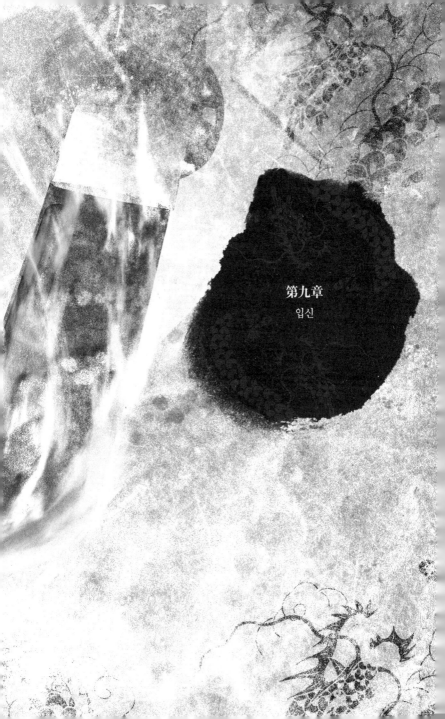

第九章

입신

神刀無雙
신도무쌍

"이곳이 정녕 남직예란 말이오?"

소혼은 도저히 못 믿겠다는 투로 반문했다.

그가 마지막으로 칼을 휘둘렀던 곳이 섬서다. 섬서에서 남직예까지의 거리만 해도 족히 수천 리는 될 터였다. 북에서 남으로 갔다면 산서나 북직예를 지났을 터고, 남쪽으로 곧 바로 이동했다 하더라도 호광성을 지났을 것이다.

그 말은 곧 족히 구파의 우두머리라 할 수 있는 소림이나 무당의 영역권을 지났다는 말일 텐데. 그 수없이 많은 길을 지나왔다는 게 도저히 믿어지지 않았다.

하지만 마냥 팽시영의 말을 믿지 않을 수도 없었다.

"지금 구파와 오가는 천시 쪽으로 눈을 돌릴 때가 되지 못해요."

백염도라는 말만 들리면 이를 가는 이들이 정도십오주일 텐데 그들이 자신을 노릴 때가 아니라고? 소혼은 여전히 의미를 알 수 없는 소리에 살짝 인상을 찌푸렸다.

"대체 그게 무슨 뜻이오?"

"아! 제가 앞뒤 다 자르고 결론만 얘기했군요. 죄송해요."

팽시영은 선뜻 쉽게 사과를 하면서 이야기 했다.

"음, 어디서부터 이야기해야 할까? 섬서이파와 사천삼문의 연합 세력이 당……."

"소혼이오."

"좋은 이름이군요. 여하튼 섬서련이 그때 소 소협과 더 이상 싸우지 않고 물러난 것은 장강대란(長江大亂)이 일어났기 때문이에요."

"장강대란?"

"여태껏 남쪽에만 머무르고 있던 제천궁이 북진을 시작했어요. 그 때문에 장강의 오랜 세력가였던 장강수로채의 칠십이채 중 흑룡채(黑龍寨)를 비롯한 절반이 박살나고, 장강을 토대로 상권을 갖고 있던 여러 문파가 부서졌죠. 그 와중에 무당, 청성, 제갈가가 큰 화를 입었고요."

소혼은 팽시영에게서 몇 마디를 더 듣고 나서야 현 강호의 정세를 파악할 수 있었다.

쉽게 말하자면, 섬서련의 결성으로 올라온 문파 몇 개가 제천궁에 의해 빈집털이를 당했다는 의미였다. 그 때문에 강호의 호사가들은 이를 장강대란이라 통칭하고 있는 것이고.

이 때문에 작은 정도맹이라 할 수 있었던 섬서련은 더 이상 소혼을 추격하지 못하고 본 파로 돌아가 제천궁의 북진을 막을 수밖에 없었다고 한다.

"하지만 그러하여도 세력에 속하지 않는 낭인들은 천시를 노렸을 것 아니오?"

강호에는 문파에 몸을 담은 이들보다 유랑을 즐기는 낭인들의 숫자가 더욱 많았다. 특히나 사도삼세가 사라진 지금에 와서는 낭인들의 숫자가 배나 늘어난 상황.

낭인들을 제하더라도 정사지간에 속하는 문파들이 추격을 해올 수도 있는 일이다. 십오주가 관여하지 않는 이상 천시를 노리는 일은 그들에게 매혹적일 테니까.

"소 소협은 여전히 상황 판단이 늦으시는 것 같아요."

"무슨 뜻이오?"

"저의 할아버지가 누구신지 벌써 잊으셨나요?"

"……!"

"소협이 잠이 드신 동안에 소협과 린을 지킨 것은 저와 할아버지예요. 덕분에 강호에는 '하북팽가가 천시를 쟁취했다'라는 소문이 허다하게 퍼졌죠. 이제 어느 정도 아시겠어요?"

소혼은 잠시 침묵에 잠겼다. 달리 할 말이 없는 까닭이었다.

그때 앞쪽 마부석과 연결된 앞쪽 창이 위로 젖혀지면서 예의 소혼에게도 익숙한 팽무천이 불쑥 얼굴을 내밀었다.

"왜 이리 귀가 가렵지? 혹시 내 욕이라도 했느냐?"

팽시영이 고개를 끄덕였다.

"소 소협이 깨어나셨어요."

팽무천은 그제야 소혼을 발견했다.

"오! 일어났느냐! 껄껄, 늦잠꾸러기 같으니라고. 벌써 보름이나 지났다. 그동안 노부가 얼마나 고생했는지 아느냐?"

소혼은 팽무천에게 읍을 올렸다.

"어르신의 도움에 감사의 뜻을 드립니다."

"껄껄, 말하지 않았더냐. 나는 그저 너와 일도를 견주고 싶었을 뿐이야. 내가 네 녀석 보호하느라고 고생했다는 것만 알아주면 된단다. 음핫핫핫!"

팽무천이 호탕하게 웃어젖히자 팽시영이 가당치도 않는다는 표정으로 자신의 조부를 바라보았다.

"힘들긴 뭐가 힘들었어요?"

"잉?"

"진각 한 번 크게 구르며 살기란 살기는 있는 대로 다 뿌려놓고서 '덤비면 다 뒈질 줄 알아!'라고 외쳤잖아요? 그거 두어 번 하니까 더 이상 아무도 쫓지 않더만."

"…그 살기 뿌리는 행동이 힘들었단다. 이 할애비는 허리가 휘는 줄 알았어요."

"칫, 거짓말 말아요. 이미 입신경에 올랐다는 사람이 그깟 것으로 엄살 부리면 다른 사람들 욕해요."

"내가 언제 엄살을 부렸다고 그러느냐!"

"늘."

"헐! 네 녀석은 뒤에 빠졌기에 몰라서 그렇지 내 살기 한 방이면 제아무리 절정고수라도 벌벌……."

"아, 네. 잘나셨어요. 여하튼 소 소협께서는 할아버지와 제가 보름 동안 옆에서 지켜주었다는 것을 알아주셨으면 해요."

소혼은 고개를 끄덕였다.

"나는 절대 은혜를 잊지 않소."

"그럼 되었어요."

팽무천이 앓는 소리를 냈다.

"일을 한 건 나인데 왜 생색은 저 녀석이 내는 거지……."

강호에 나와 이리저리 사고만 치던 팽무천을 다스리는 법을 가문 식솔 최초로 터득한 팽시영이었다.

"그나저나 보름 동안이나 정신을 차리지 못하더니, 지금은 몸이 괜찮으냐?"

소혼은 쓴웃음을 지었다.

아직도 속이 메스껍고 머리가 살짝 어지러운 것이 내상이 덜 나은 것 같았다.

'이 정도의 내상이라면 물 좋고 공기 좋은 한적한 곳에서 일 년 동안 요양을 해야 거의 완치가…… 이, 이것은?'

자신의 몸을 관조해 보던 소혼은 그의 성격에 어울리지 않게 크게 놀라고 말았다.

기맥, 혈맥, 세맥 모두가 치유되어 있었다.

그뿐만이 아니었다. 기와 피가 흐르는 기맥이며 혈관 모두가 전과 달랐다. 족히 배는 커지고 탄탄해진 것 같았다. 몸에 감도는 공력도 정확하게 판별하기는 힘들지만 얼추 족히 평상시의 세 배는 되는 것 같았다.

'입신(入神) 초(初)를 넘어 진(眞)에 다다른 것인가?'

그것은 곧 한 가지를 의미한다.

절혼령이 칠성의 벽을 뛰어넘고 팔성에 다다랐다는 뜻이다.

'어떻게 이런 일이 가능한 거지?'

소혼은 흡정대법을 사용한 이후로 더 이상 상승 경지로 나아가는 것에 대해 회의감을 가졌다. 거기다 화륜심결과는 어울리지 않는 극음지기까지 다루면서 돌이킬 수 없는 내상까지 입었다.

그 이후 소혼의 몸뚱어리에는 진기가 아닌 수십 개의 잡기가 난마처럼 헝클어져 있었다.

의검선이 내가중수법으로 심었던 경력, 남궁린에게서 빨

아들였던 극음지기, 화륜심결이 축적하다 만 자연지기까지······.

결코 하나가 될 수 없는 것들이 하나가 되었다. 그리고 그 양은 전과도 비교도 할 수 없을 정도였고, 그 정순함 역시 전보다 몇 배는 깨끗했다.

이는 그가 보름간의 생사지경 동안 절혼령의 요결 중 하나인 '식(識)'의 단계를 깨달으면서 상단전이 더욱 활짝 열려 자연과의 감응이 비약적인 발전을 이루면서 생긴 결과물이었다.

"괜찮··· 소."

괜찮은 정도가 아니라 배나 진보한 상태였다.

"다행이군. 드디어 노부가 고대하던 일전을 겨룰 수 있게 되었으니까! 껄껄!"

정말 소혼과 일도를 나누고 싶은 욕구 하나 때문에 이렇게 위험을 무릅쓰고―자칫 강호공적이 될지도 모르는―도움을 주는 것은 아닐 터였다.

사실 팽무천은 현 강호에 대해서 많은 불만을 가지고 있었다. 특히나 자신이 정파의 인물이면서 위선에 가득 찬 정파의 행태를 싫어했다. 이번 천시쟁패의 일 역시 저들이 백염도가 강호공적이니 뭐니 떠들어대도 삐딱한 팽무천의 눈에는 한 여인을 위한 한 남자의 지고지순한 사랑으로밖에 비치지 않았다.

'젊었을 때 나는 하지 못했던… 그래서 나는…….'

어쩌면 그 이유 때문에 더더욱 소혼에게 호의를 가지고 행동했는지도 모른다.

팽무천은 이제 추억이 되어버린 과거를 떨쳐 내면서 짐짓 웃으며 말했다.

"여하튼 이제 웅천부에 다 와간다. 이만 린아를 깨우는 것이 어떠냐?"

남궁린은 귓가를 간질이는 한 남자의 목소리에 잠에서 깼다.

"린."

'누구지?'

"린."

'소… 혼?'

눈을 살짝 뜨자 밝은 햇볕과 함께 한 남자의 얼굴이 비쳤다. 한 달 가까이 그녀를 지켜주었던 수호령이었다. 하지만 그는 여전히 정신을 차리지 못하고 있을 텐데?

"린."

그제야 남궁린은 자신의 이름을 부르는 목소리의 주인공이 그 수호령의 것임을 깨달았다.

"혼! 일어났군요!"

남궁린은 벌떡 자리에서 일어나 소혼을 껴안았다.

소혼이 생사지경을 헤매고 있던 지난 보름 동안 남궁린은 먹을 것 제대로 먹지 못하고 잘 것 제대로 자지 못하면서 소혼의 병간호를 해주었다.

섬서를 떠나 호광성을 지나고, 드디어 고대하던 남직예까지. 그 오랜 시간 동안 소혼은 일어날 생각을 하지 못했고, 남궁린은 급기야 소혼을 세가로 데려와 가문에서 치유시킬 생각이었다. 그런데 이렇게 갑자기 일어나다니.

소혼은 코를 찌르는 남궁린의 향기에 푸근한 마음이 들어 자신도 모르게 남궁린을 껴안았다.

"헛험."

이를 보던 팽무천이 헛기침을 냈다.

그제야 소혼과 남궁린은 자신들의 행동을 깨닫고 얼굴을 붉힌 채 멀찍이 떨어졌다.

"아무리 혈기가 들끓어도 때와 장소를 가려야 하는 게야. 뭐, 이 늙은이가 정 방해가 된다면 자리를 비켜줄 용의는 있네만."

"그, 그런 것 아녜요, 무천 할아버지!"

지난 보름 동안 남궁린은 팽시영과는 친구가, 팽무천과는 의손이 되었다.

"린, 이해해 줘. 늘 할머께 잡혀 사시는 분이라서 그런 닭살 행각은 꿈도 꾸지 못하고 사셨거든. 괜히 젊은 사람들 부러워서 저러시는 거야."

"이놈아! 누가 부러워한단 것이냐!"

"여하튼 이제 웅천부에 다 왔어. 이만 잠에서 깨어나."

"벌써 웅천부에?"

남궁린은 깜짝 놀라 창을 활짝 열었다.

저 멀리 너머로 너무나 익숙한 집이 보였다.

무늬 양각이 뛰어난 기와가 오른 기와집 수십 채가 보이고, 그런 기와집을 둘러싼 거대한 성벽 또한 보인다. 그것은 한 개의 성(城)이었으며, 또한 요새였다.

비록 지금은 겉보기와 달리 살고 있는 이의 숫자가 채 백 명도 되지 않는다고 하지만, 불과 오십 년 전까지만 해도 천하제일가(天下第一家)라 불리던 가문이었다.

남궁린은 우수에 젖은 눈동자로 성의 앞에 붙어 있는 글자를 읽었다.

의천검세(義天劍世).

대남궁가를 상징하는 네 글자가 가슴에 박힌다.

마차는 다그닥다그닥, 천하제일가의 앞에 섰다.

남궁린은 작게 중얼거렸다.

"…다녀왔어요."

정확히 일 년하고도 칠 개월 만의 귀가였다.

＊　　　　＊　　　　＊

"하아……."

햇볕이 밝게 드리운 대지 위로 고풍스런 양식의 집이 보인다. 한평생 이 집의 식솔로 살아온 노파는 마루에 앉아 긴 한숨을 내쉬고 있었다. 바람에 흩날려 오른쪽 소매가 힘없이 펄럭였다.

"왜 그리도 한숨을 내쉬는 겁니까, 설파?"

설영이 가만히 고개를 돌려 목소리의 주인공, 호린대주 남선을 보았다. 설파의 입가에 씁쓸함이 걸렸다.

"이유야 자네가 더 잘 알지 않는가?"

"아가씨를 생각하고 계시는군요."

설파는 고개를 끄덕였다.

"그가 잘 데려오지 않겠습니까?"

"그래. 그라면 믿을 만하지. 하지만 요즘 세월이 좀 싱숭생숭해야 말이지. 얼마 전에는 사천에서 삼문이 백호단(白虎團)을 임시 결성하고 좌고(左鼓)와의 전면전에 들어갔다 하지 않는가."

"그것은 사천의 일일 뿐입니다. 아가씨를 호위하는 사람이 누굽니까? 천하의 백염도가 아닙니까? 저는 처음에 섬서런 발촉과 함께 백염도가 천라지망과 충돌을 벌였다는 소리에 가슴이 덜컹 내려앉는 줄 알았습니다."

"후우, 백염도라… 여하튼 나는 그런 것 다 필요없고, 아가씨가 몸 건강히 돌아오셨으면 한다네."

설파가 흐릿한 미소를 띠고 있을 무렵, 갑자기 대문 쪽에서 와당탕탕 요란한 소리가 들렸다.

"무슨 일이냐?"

남선이 짐짓 노한 자세로 묻자, 가문의 문지기를 맡고 있는 이가 허겁지겁 남선에게 달려왔다.

"바, 밖에……!"

"무슨 일이 터진 것이냐? 아니면 제천궁이 또?"

남궁세가는 제천궁의 발촉과 함께 삼 년 동안 제천궁에게 알게 모르게 수많은 압박을 당해왔다.

장강 하나를 두고 서로 마주 보고 있는 탓이었는데, 북진을 추진하고 있는 근래에 들어서는 아예 대놓고 노골적인 압박을 받고 있어 가주 남궁정천의 고생이 이만저만이 아니었다.

다행히 제천궁과는 관련이 없는 듯했다.

"아닙니다."

"그럼 무슨 일이냐?"

"아가씨가……!"

"혹여 아가씨에게 일이 터진 것이냐?!"

남선과 설파의 얼굴이 모두 하얗게 질릴 무렵, 문지기는 고개를 마구 젓더니 눈물을 펑펑 쏟아내며—기쁨에 찬 얼굴로—외쳤다.

"아가씨께서 돌아오셨습니다!"

제천궁의 노골적인 압박, 의천검세 제일가의 명예 실추, 딸의 생사지로(生死之路) 등 근 몇 년간 쉴 틈 없이 일을 해오며 인상을 펼 날이 없던 남궁정천의 얼굴에 오늘 한가닥 기분 좋은 미소가 번졌다.

"딸아!"

"아빠!"

남궁정천은 이제 어엿한 여인이 되어버린 딸을 품에 안았다. 만으로는 일 년 칠 개월, 햇수로는 이 년이라는 세월이었다. 그동안 얼마나 이 아이를 보고 싶어했던가.

설영과 남선은 옆에서 눈시울을 붉히며 부녀의 상봉을 지켜보았다.

"다친 곳은 없느냐? 피부가 많이 상했구나! 강남제일미라 불리던 미모는 온데간데없고 곰보만이 남았구나!"

남궁린은 눈가에 눈물을 머금고도 샐쭉한 표정으로 입술을 삐죽 내밀었다.

"이 년 만에 딸을 만나고 하는 소리가 그런 거예요? 고생 많았다, 수고했다, 이런 말은 못해요?"

"허허! 그래. 내가 잘못했다. 수고 많았다. 고생했다, 내 딸아."

남궁정천은 눈물을 펑펑 쏟으며 남궁린을 더욱 품 안쪽으로 끌어안았다.

약 일각 후에야 남궁린은 아버지의 품에서 나와 일행들을 소개했다.

"이분들은 제가 집에 무사히 돌아올 수 있도록 도와주신 분들이에요."

"남궁세가의 가주께 소녀 팽시영이 인사를 올립니다."

"오랜만일세, 정천."

팽무천의 인사에 남궁정천은 포권을 취했다.

"팽 어르신, 고맙습니다."

친분이 두터운 구대문파 사이와는 다르게 이익 집단 특성이 강한 오대세가 사이에서는 줄곧 보이지 않는 세력 싸움이 있어왔다.

특히나 검을 숭상하는 남궁가와 도를 추구하는 팽가의 충돌이 가장 거셌는데, 세월이 지나 팽무천으로 하여금 제일가로 우뚝 올라선 팽가는 지난 세월을 보상받으려는 듯 강호에서 남궁가의 이름자를 서서히 잠식해 나가는 상태였다.

직접적인 이익 침탈을 하는 것은 아니었지만 본래 남궁가가 차지했던 자리를 팽가가 차지하고 있는 것이 샘나거나 배알이 꼴리거나 할 법한데도 남궁정천은 팽무천에게 예를 올리고 있었다.

딸에 대한 고마움도 그렇거니와, 남궁정천은 강호의 생리를 누구보다 잘 알고 있기에 부러워할 망정 시기하거나 하는 마음은 가지고 있지 않았다.

"내가 도와주면 얼마나 도와주었다고 그러는가. 자네의 딸을 위험에서 구출하고 천하를 상대로 싸웠던 것은 이 아이이니, 고마워하려거든 이 아이에게나 하게나."

졸지에 떠밀려 버린 소혼은 얼떨결에 남궁정천에게 예를 올렸다.

"소혼이라 합니다."

소혼은 남궁정천에게 하오체를 쓰지 않았다. 팽무천에게도 아무렇지 않게 쓰던 하오체였지만, 어렸을 적 추억을 주었던 남궁정천에게까지 딱딱한 말투를 쓰고 싶지 않았다.

남궁정천은 가만히 소혼을 보더니 갑자기 몸을 바짝 숙였다. 오체투지였다.

"가주님!"

"아빠!"

"가주!"

갑작스런 남궁정천의 행동에 모두가 깜짝 놀라 그를 일으키려는 순간, 남궁정천이 버럭 소리를 질렀다.

"나에게 일체 손대지 말라! 나는 지금 본가의 은인에게 예를 올리는 것이니!"

모두가 망부석이 되어 우두커니 서버렸다.

남궁정천은 머리를 폭 숙이면서 말했다.

"고맙소! 고맙소! 정말 고맙소! 딸아이를 구해주어서 너무,

너무, 고맙소이다!"

남궁정천은 울음을 터뜨리고 있었다.

"못난 아비를 둔 아이요. 멍청하게 하나둘씩 가문의 식솔
들을 떠나보내어 결국 가문을 쓰러뜨린 못난 가주를 둔 가문
의 아이요. 그런 아이를 구해주어서… 고맙소이다!"

가슴이 찡했다.

딸, 아니, 자식을 걱정하는 부모의 마음이 저러한 것일까.

가슴속에 묻어두었던 가족들이 하나둘씩 떠올랐다. 할아
버지, 할머니, 부모님, 그리고 친구와 같았던 사촌들.

소혼은 남궁정천을 일으키려 했다. 하지만 남궁정천은 여
전히 요지부동으로 더욱 바닥에 납작 엎드렸다. 결국 소혼은
공력을 사용해서야 남궁정천을 일으킬 수 있었다.

"이런 식의 행동은 저에게 부담이 될 뿐입니다. 그리고 저
는 설영에게 의뢰를 받은 것뿐이니 이리 고마워하지 않아도
됩니다."

"설영이?"

설영은 설파의 과거 이름이자 별호다. 남궁정천이 뒤돌아
서 설파를 바라보자, 설파는 흐릿한 미소를 지으며 남궁정천
에게 귓속말을 했다.

그리고 그 귓속말이 끝난 후, 남궁정천의 눈동자는 동그랗
게 떠졌다.

"자네가 혹시……?"

남궁정천의 목소리가 떨리기 시작했다.

처음에는 깨닫지 못했으나 지금은 보였다, 소혼의 얼굴 위로 한 친우의 얼굴이 겹쳐지는 것이.

소혼은 가만히 미소를 지으며 읍을 올렸다.

"소가장의 후예, 소비연이 남궁 숙부께 인사를 올립니다."

＊　　　＊　　　＊

남궁가를 주시하는 한 그림자가 있었다.

절대감각을 지닌 소혼의 이목마저 쉽게 속일 정도로 뛰어난 은신술을 지닌 그림자가 살짝 중얼거렸다.

"소가장이라……."

'소가장' 이라는 말을 연신 되뇌던 그림자의 입가에 어느덧 미소가 맺혔다.

"재밌겠어."

슉—

그 말을 끝으로 그림자는 다시 어둠 속에 녹아들었다.

＊　　　＊　　　＊

사흘이라는 시간이 흘렀다.

소혼은 전각 하나를 통째로 빌렸다.

가솔이 백 명도 채 남아 있지 않은 지금 남아도는 전각이 족히 열 개는 된다고 했던가.

누구의 방해없이 간만에 휴식을 취할 수 있었다.

그 사흘이라는 시간 동안 그동안 깨달았던 묘리를 되짚어 보기도 하고, 구양, 의검선과의 피 말리던 결투를 되짚어보기도 했다.

나중에 명상마저 지겨워졌을 때에 소혼은 침상에 누운 채 가만히 추억을 회상했다.

'남궁세가라… 몇 년 만인가. 이십 년 만이었던가?'

세월이 두 번 바뀌고도 남을 시간이 흐르는 동안 나는 무얼 하고 있었던가. 소혼은 고향이 얼마 떨어지지 않은 이곳에서 가만히 추억에 잠겨 있었다.

"헤헤, 오라버니. 오라버니는 어떤 꽃을 좋아해요?"

당차고 자기주장이 강했던 꼬마 남궁린은 늘 소가육아, 특히, 소혼을 잘 따랐고 또한 짓궂게 대했다.

"칫! 자꾸 그러면 이제 오라버니랑은 다시는 안 놀 거예요!"

이제는 과거가 되어버린 이야기.

비록 그녀는 기억해 주지 못하나, 나는 기억하고 있다. 그

때의 추억은 이 가슴속에 살아 있었다.

"잠시 들어가도 되겠나?"

문지방 너머로 설파의 목소리가 들렸다.

"들어오시오."

소혼의 허락이 떨어지자 설파가 방 안으로 들어왔다. 그녀는 한 손에 입을 즐겁게 할 다과와 차를 가지고 있었다.

"잘 쉬고 있나 걱정이 되어 들렀다네."

"걱정할 것도 많소."

"그래도 아가씨가 자꾸 자네를 챙기라는데 내가 어쩌겠나? 하라면 해야지."

하지만 입가에 미소를 짓고 있는 것이 딱히 싫지는 않는 듯했다. 어쨌거나 소혼은 그들의 은인이었다.

"무슨 생각을 하고 있었나?"

설파는 다과와 차를 한쪽 탁자에 내려놓으며 물었다.

"과거를 회상하고 있었소."

"소가장이 있었을 때?"

소혼은 고개를 끄덕였다.

"비록 앞은 보지 못하지만, 이십 년 전 그때의 향기는 남아 있구려. 세월이 흘러도 변하지 않는 것이 있어서 기쁠 따름이오."

"아가씨를 좋아했나?"

설영의 짓궂은 물음에 소혼은 쓰게 웃었다.

"좋아한다라……. 열 살도 되지 못했던 꼬마 아이들이 남녀 관계에 대해서 알면 무얼 알겠소만, 따져 본다면 아마 그랬던 것 같소."

"본 가로 오지 그랬었나?"

'소가장이 무너졌을 때'라는 말이 생략됨은 물론이다.

"그때만 해도 본 가는 명실상부한 제일가였다네. 자네 하나 정도 거둬들이는 것은 힘들지 않……."

소혼은 씁쓸하게 웃었다.

"사정이 있었다고 알아주면 안 되겠소? 한데, 이곳엔 어인 일이시오?"

설파는 더 무어라 말을 이으려 했지만 곧 입을 꾹 다물었다. 소혼이 더 이상 그때의 일을 떠올리기를 원치 않음을 알아챈 탓이었다.

"자네 마음이 그러하다면 어쩔 수 없지. 아, 가주께서 자네를 찾으시네. 피곤하다면 이곳에 계속 있어도 좋다네. 갈 텐가?"

"숙부께서?"

"아무래도 이십 년 넘게 가슴에 사무쳤던 친우의 행방이… 이리 나타났으니."

소혼은 가만히 고개를 위로 젖혔다.

문득 삼 년 넘게 잃었던 하늘을 되찾고 싶다는 생각이 들었다. 푸른 하늘을 본다면 이 가슴에 쌓인 답답한 무언가가, 체

중과도 같은 것이 내려갈 수 있을까.

소혼은 살짝 한숨을 내쉬며 설파에게 부탁했다.

"가주전으로 안내해 주시겠소?"

소혼은 설파의 안내에 가주전으로 이동했다.

가주실 안에는 남궁정천과 팽무천, 팽시영이 오란도란 이야기를 나누고 있었다. 소혼을 발견한 남궁린이 먼저 손을 흔들었다.

"어서 오게. 이제 몸은 좀 괜찮은가?"

"사흘 내리 잠만 잔 탓에 이제 몸은 쌩쌩합니다."

처음 마차에서 정신 차렸을 때에 머리가 어지럽고 속이 이상했던 것은 갑자기 급격하게 늘어난 공력을 육체가 적응하지 못했기 때문이다.

사흘이라는 시간이 지난 지금은 새로운 단계의 절혼령에 많이 익숙해졌다. 여전히 현기증이 남아 있었지만 칼을 휘두른다면 전날의 백염도 때보다 더 큰 힘을 보일 자신도 있었다.

탁자는 둥근 모양이었는데, 소혼은 남궁정천의 맞은편에 앉았다. 팽무천과는 옆 좌석이었다.

"끌! 그렇게 자고도 또 잠이 오던가?"

"피곤함은 어쩔 수 없나 보오."

팽무천과 소혼이 가벼운 농을 주고받는 동안, 남궁정천은 소혼의 잔에 차를 따라 주었다.

차에 대해서는 잘 알지 못하지만, 풍기는 향만으로도 범상치 않은 차임을 알 수 있었다.

"차향이 좋군요."

"그런가? 허헛, 다행이군. 동정호에나 난다는 벽라춘(碧羅春)이라네. 이렇게 귀중한 손님이 오실 때를 위해 구비해 놓았지."

남궁정천은 차를 옆에 두었다.

"나는 차를 좋아하지. 하지만 다도를 즐기기엔 돈이 너무 많이 들어서 현재 본 가의 재정으로는 터무니없는 취미가 되어버렸다네. 내가 멍청한 탓이지. 언제부터였을까, 본 가가 이리된 것은."

남궁정천은 벽라춘을 살짝 입에 물면서 과거사를 말하기 시작했다.

이십 년 전에 소가장이 생존할 당시만 해도 남궁세가는 이렇게 기울지 않았다. 그때만 해도 남궁세가는 도제가 있는 팽가를 제치고 여전히 제일가의 위세를 자랑했다.

그런 세가가 왜 망했는지는 아무도 알지 못한다.

혹자는 남궁정천이 가문을 잘 돌보지 않아서라고도 하고, 또 혹자는 정마대전이 제일가를 망가뜨렸다고 했다. 반란이 일어나서 종가와 분가로 쪼개졌다고도 하고, 갑자기 자고 일어났더니 가문의 고수 대부분이 사라졌다고도 한다.

하지만 이 중에서 답은 하나도 없다.

남궁정천은 신주삼십이객에 해당하는 초절정고수. 그런 그가 가문이 망하도록 내버려 둘 리도 없고, 그 어떤 가문보다 종가와 분가의 개념이 탄탄한 남궁가가 두 쪽으로 갈라질 일도 없었다. 고수가 사라졌다거나, 정마대전 때문이라는 말도 다 거짓이었다.

정확한 이유라면…… 그것은 남궁정천도 모른다.

그냥 어느 날부터였다.

정말 그냥 어느 날부터 남궁세가는 하나둘씩 무너지기 시작했다.

어느 날에는 분가의 표국이, 또 어느 날에는 세가가 운영하고 있는 전장이 무너졌다. 남궁정천이 이를 깨닫고 수습하려 했을 때는 이미 상권과 고수 대부분을 잃은 후였다. 그리고 남궁가는 제일가라는 칭호를 잃었다.

"넷이나 되던 부인들도 하나같이 죽거나 처가로 돌아가고 나에게 남은 재산은 이제 이 아이밖에는 없네."

그런 아이가 가문을 살려보겠다고 저 먼 서장에까지 가려 했으니 오죽 속이 탔을까.

"그래도 이렇게 돌아왔잖아요."

남궁린이 미소를 짓자 남궁정천은 고개를 끄덕였다.

"그래서 너무 고맙고 또한 나는 네가 자랑스럽단다."

남궁정천과 남궁린이 흐뭇한 미소를 주고받는 동안, 팽무천이 짐짓 진지한 자세로 남궁정천에게 물었다.

"내 자네에게 한 가지만 물어도 되겠는가?"

"네. 여쭤십시오."

"천시. 어떻게 할 요량인가?"

남궁정천의 인상이 살짝 차가워졌다.

"어르신도 일신의 무공이 탐이 나신 겁니까?"

"나는 지금의 무공으로도 충분히 감당이 안 되네. 일신의 무공? 탐이 안 난다면 거짓말이겠지. 하지만 나는 팽가의 무공이 천하제일이라 믿고 있네. 그런데 왜 일신의 무공을 탐낸단 말인가?"

어느덧 남궁정천의 입가에 쓴웃음이 걸렸다.

"저도… 그렇게 생각할 수 있으면 좋겠습니다. 하지만 저는……."

"제왕검형(帝王劍形)은 어찌하고?"

남궁세가를 상징하는 제왕의 검술. 그것은 능히 산악을 떨치는 위세를 지니고 있다고 한다.

"제왕검형이 있다면… 이러지도 않겠지요."

"설마?"

"네, 잃어버렸습니다. 대부분의 무공을……. 남은 것이라고는 창천무애와 대연신공뿐. 가문의 무공을 아무렇게나 다룬 제 탓 아니겠습니까?"

무공이라는 것은 고수를 만들어주는 일종의 도인(導引) 역할도 하지만, 또한, 가문과 문파의 역사를 말해주는 전승(傳承)이기도 했다.

그런 무공을 잃었다는 것은 남궁세가 천 년의 역사를 잃었다는 것과 같은 뜻.

남궁정천은 남궁린의 머리를 쓰다듬으면서 말했다.

"마음 같아서는 딸아이를 고생하게 만든 천시를 당장에라도 내던지고 싶지만, 하늘은 저로 하여금 새로운 선택을 하라고 하더군요."

그 말은 곧 일신무총을 열겠다는 뜻.

팽무천이 무겁게 입을 열었다.

"피바람이 불 것이네."

"이미 강호 전역에 천시에 대한 소문이 퍼진 뒤부터 각오하고 있었습니다. 어르신께서는 린아가 천시를 가졌다는 소문이 퍼졌음에도 어째서 본 가가 아무런 피해를 입지 않은지 아십니까?"

팽무천은 당연히 모르기에 고개를 저었다.

"그 이유는 바로 제천궁 때문입니다."

"제천궁?"

"예. 강남을 석권하고 명실상부한 강호제일세로 거듭난 제천궁이 본래 본 가의 영역이었던 남직예를 차지하고 있습니다. 그 때문에 강호는 본 가를 손대지 못하고 있지요. 제천궁역시 반대의 이유 때문에 압박만 가할 뿐, 섣불리 손을 대지 못하고 있고요."

일종의 완충 지대라는 소리다.

"제천궁이 북진을, 아니, 남북대전(南北大戰)이 벌어지려 하고 있는 지금이야말로 일신무총을 열 기회입니다. 저는 이 것으로 대연(大宴)을 열 생각입니다."

일순, 가주실 안이 정숙에 잠겼다.

지금 남궁정천이 내뱉은 말이 어쩌면 강호에 커다란 충격파를 몰고 올지도 모르는 일이기 때문이었다.

무림대연(武林大宴).

강호 전역에 흩어진 정사마를 막론하고, 그 어느 누구도 가리지 않고 받아들인다는 무인들의 대축제.

만약 남궁정천의 말대로 남궁세가의 주최하에 무림대연이 성공적으로 개최된다면 남궁가는 다시 제일가로 올라설 발판을 마련할 수 있을 터다.

하지만 만약 실패한다면…….

"아예 이 강호상에서 남궁가의 이름자 자체가 지워질 수 있음에도 말인가?"

남궁정천은 고개를 끄덕였다.

"그것이 곧 저의 생각이자, 이 아이가 내놓은 의견입니다."

남궁린이 고개를 끄덕였다.

팽무천은 가만히 눈을 감았다. 팽시영 역시 '무림대연'이라는 네 글자가 잊혀지지 않는 듯 멍한 표정이었다.

"그래서 외람된 말씀이지만, 팽 어르신께 부탁이 있습니다. 조… 카에게도 부탁이 있다네."

아직 '조카' 라는 단어가 익숙지 않은지 남궁정천은 살짝 헛기침을 하며 말을 이었다.

"무림대연의 봉공(奉公)이 되어주지 않겠습니까? 조카, 부탁하네."

팽무천은 가만히 생각에 잠겼다.

남궁정천이 자신과 소혼에게 봉공을 부탁하는 이유는 그들이 가진 명성 때문일 것이다.

굉음벽도와 신흥 절대고수 백염도가 봉공으로 있는 무림대연이라.

웬만한 문파는 제지를 걸 엄두도 내지 못할 터였다.

정사마 무인들의 대축제라는 무림대연. 그것을 옆에서 같이 열게 된다면 팽가 역시 큰 명성을 얻을 터다. 어쩌면 구파의 명성을 짓누를 수 있을지도 모른다.

하지만,

'무언가가 있다, 내가 알지 못하는 무언가가……'

여태껏 아무 말 없이 남궁정천의 대화를 듣고 있던 팽시영이 입을 열었다.

"갑작스런 제안이라 할아버지께서도 쉽게 결정을 내리시기 힘드세요. 그렇죠?"

"음? 아, 그래. 영아의 말이 맞네. 조금만 시간을 주게나, 곰곰이 생각을 해볼 시간을. 가주와도 상의해 봐야 하지 않겠는가?"

남궁정천은 살짝 안타까웠지만 내색하지 않았다.

"중요한 일이니 당연하지요. 하지만 되도록 적은 사람이 알아야 합니다. 이 일은… 본 가의 마지막 사활이 담긴 문제이니……."

같은 오대세가면서도 숙적이라 할 수 있는 팽가의 사람에게 이런 말을 하는 것 자체가 대단하다 할 수 있는 일. 결국 팽무천은 약속해 줄 수밖에 없었다.

"알았네. 내 가주에게만 말하겠네."

"고맙습니다. 조카, 자네는 어떠한가……?"

소혼은 남궁정천의 시선을 느꼈다.

열의로 가득 찬 눈빛. 무언가를 갈망하는, 비상하겠다는 탐욕이 어린 시선이었다.

남궁린도 자신을 보고 있었다.

'도와주실 거죠?' 라고.

길다면 길고 짧다면 짧다고 할 수 있는 시간 동안 소혼과 남궁린은 남녀지정(男女之情)이라는 애정(愛情)의 감정을 갖게 되었다.

하지만 소혼에게는 그런 바람과 같은 감정보다 해야 할 일이 있었다.

소혼은 포권을 취하면서 말했다.

"죄송합니다. 그 부탁은 들어드리지 못할 것 같습니다."

어째서 그런 말을 내뱉었는지.

하지만 한 가지만은 확실했다.

소혼, 그에게는 해야 할 일이 있다.

그를 믿고 따르던 수하들을 죽이고 자신을 바닥으로 밀어넣은 이들에 대한 복수를 이루어야 하고, 어느 날 갑자기 사라져 버린 가문에 대한 숙원도 풀어야 한다.

가슴속에 쌓인 한(限)을 풀지 못하고서 누구를 돕고 누구를 사랑할 수 있단 말인가.

소혼은 그래서 부탁을 거절할 수밖에 없었다.

어렸을 때는 숙부라고 불렀지만, 지금은 남보다 더 멀다고 느껴지는 사람에게.

본능과 이성, 모두가 그렇게 하라고 말하고 있었다.

소혼은 전각으로 돌아와 짐을 싸기 시작했다.

처음부터 챙겨온 것이 별로 없었던 탓에 여장을 갖추는 것은 어렵지 않았다.

'주산군도로 간다.'

이미 갈 목적지도 정해놓은 상황이었다.

감숙 기련산에서 얻었던 정보. 그곳엔 유현이 동남쪽으로 이동했음을 알려주었다. 소혼은 배를 타고 바다를 건너가 검각을 방문할 예정이었다.

갑자기 늘어난 공력에 몸도 어느 정도 익숙해졌으니 칼을 휘두르는 것도 부담스럽지 않았다. 아니, 오히려 더 자신이 얼마나 강해졌는지 궁금할 지경이었다.

칠성으로도 정파의 천라지망을 찢을 정도였는데, 팔성에 오른 지금은? 상상만 해도 몸이 부르르 떨렸다.

소혼은 최대한 아무도 모르게 조용히 이곳을 떠날 속셈이었다. 남궁린의 얼굴을 보며 작별 인사를 할 자신이 없었다.

작별을 알리는 서신을 고이 접어 침상 위에 올려두었다.

'이미 몸에 독이 되는 음한지기는 내가 모두 흡정대법으로 흡수했으니 이제 더 이상 시한부 인생을 살지 않을 것이다. 부디 행복하게 지내거라.'

그렇게 작게 발을 굴리며 떠나려는 순간, 누군가의 목소리가 소혼의 발목을 잡았다.

"떠나려고?"

팽무천이었다.

"이미 내가 해줄 일은 다 해주었소."

"그래도 이리 말없이 떠나면 린아가 슬퍼할 게 아니냐?"

"떠나는 것은 마음먹은 후에 바로 이루어지는 게 낫소. 괜히 얼굴을 보고 작별 인사를 하면 미련만 남을 뿐이오."

"너는 앞을 못 보니 괜찮겠구나!"

"……."

"아씨, 재미없으면 그냥 재미없다고 말하거라. 나만 뭐해지지 않느냐. 미안하다. 여하튼 이대로 떠날 것이면 같이 가자구나."

소혼은 고개를 저었다.

"나는 나 나름대로 할 일이 있소. 개인적인 은원이 얽힌 일이오. 비무 때문에 따라오는 것이라면 내 따로 팽가에 찾아갈 테니 걱정 마시구려."

"에잉, 그것 때문에 그러는 것이 아니잖으냐? 그냥 나는 네놈을 따라가고 싶어."

"왜요?"

"뭐?"

"만난 적 몇 번 없는 나를 이렇게 도와주고 호의를 베푸는 연유가 무엇인지 묻는 것이오."

팽무천은 머리를 긁적였다.

"글쎄다."

그러더니 궁여지책—이라고도 할 수 없을—으로 한 가지 말을 떠올렸다.

"그냥 그러고 싶어서랄까? 에잉, 그냥 하고 싶다는데 무슨 말이 많아. 나는 너 따라갈 거다. 그러니까 나 떼어놓을 생각은 마."

소혼은 피식 웃음을 터뜨렸다.

"어쩔 수 없구려. 하지만 나는 곧 떠날 생각인데 어르신은 어찌……."

"아, 짐 챙기는 거라면 걱정 말게. 크큭!"

팽무천은 짐짓 장난꾸러기 아이와 같은 미소를 지으며 창문을 활짝 열었다. 바깥에는 일행이 남직예까지 타고 왔던 마차가 있었다.

마부석에서 팽시영이 고삐를 쥔 채로 소혼에게 손을 흔들며 인사했다.

"어떠하냐? 기발하지?"

소혼은 혀를 내둘렀다.

"내가 졌소."

그렇게 새롭게 펼쳐질 행로에 새로운 동료 두 명이 가담하게 되었다.

훗날, 폭풍행로(暴風行路)라 불리게 될 여행길의 시작이었다.

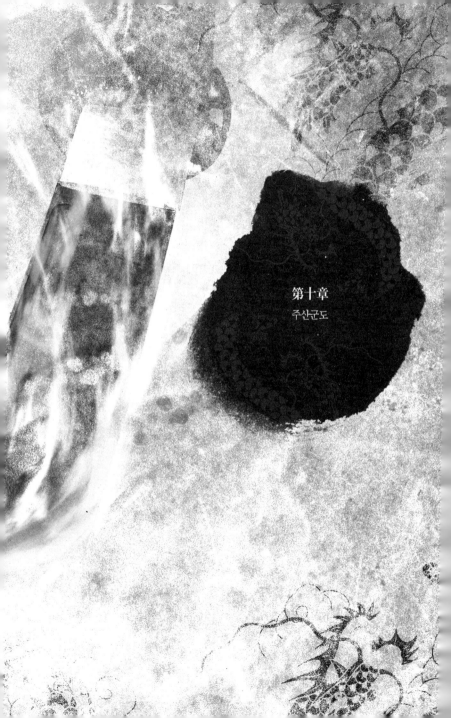

第十章
주산군도

神刀無雙
신도무쌍

*처*얼썩. 처얼썩.

끝이 보이지 않을 정도로 넓게 펼쳐진 망망대해(茫茫大海).
그러한 바다를 처음 보든 매일 보든 간에 바다를 보게 되면
드는 마음은 하나다. 바로 가슴이 뻥 뚫린다는 점이다.

이십 년 만에 바다를 만난 소혼 역시 그러했다. 아니, 오히
려 그만큼 오랜 세월이 흐른 뒤에 보았기 때문에 더욱 그러했
는지도 모르겠다.

가슴속에 수없이 탑을 쌓았던 한과 답답함이 지금 이 순간
만큼은 사라지고 없었다. 바람에 묻어나는 소금기가 기분 좋
았고, 끼룩끼룩 울부짖는 갈매기 울음소리가 좋았다.

소혼은 바다 위를 가로지르는 배의 갑판 위에서 가만히 눈을 감은 채 바다의 맛을 맛보고 있었다.

"여기서 무엇 하는가? 추억을 회상하는 사람처럼 해서는."

소혼은 뒤돌아보지 않고 입을 열었다.

"오랜만에 바다를 보아서 그런지 기분이 좋아서 그렇소."

소혼에게 말을 걸어온 인물은 다름 아닌 팽무천이었다.

소혼과 팽무천 일행은 남직예를 떠나 마차를 타고 여동(如東)에 도착했다. 항구에서 배로 갈아타 바다로 나아가기 위함이었다. 마차를 팔아 생긴 비용 중 일부로 배편을 구했다. 그리고 사흘이 지난 지금, 그들은 망망대해 위에 있었다.

"바다를 본 적이 있느냐?"

팽무천은 소혼의 옆에 나란히 앉아 바다를 바라보았다. 하늘이 드높아 웅지(雄志)를 심어준다면, 바다는 드넓어 평안(平安)을 가져다주었다. 마치 어머니 뱃속에 있던 때로 돌아가는 듯한 아늑함이 느껴졌다.

"어렸을 적, 바다를 벗하면서 살았소."

내륙에 사는 사람들 중에는 한평생 바다 한 번 보지 못하고 살아가는 사람들도 많다. 각자 자신이 사는 곳에서 먹고살기 바쁘기 때문에 생긴 일이었다.

그것은 강호인들도 예외는 아니었기에 팽무천은 소혼이 바다를 본 적이 있다는 소리에 살짝 놀랐다. 분명 그가 오랫동안 새외에서 생활을 했다고 남궁린에게 들은 탓이었다.

"본래 내 고향은 절강성 항주(杭州)라오."

"호오."

미인이 많다고 알려진 항주가 고향이라… 왠지 이 녀석과는 잘 어울릴 것 같다는 생각이 들었다. 그러다 문득 의문 한 가지가 들었다.

"항주가 고향이라면 바다 편이 아니라 운하 편을 이용하는 것이 좋지 않으냐?"

남직예에서 절강으로 이어지는 운하를 말함이다.

소혼은 심안으로 바다를 바라보면서 생각했다. 미추를 판별하지 못하는 심안이 아닌, 형상을 바라볼 수 있는 실제 두 눈이 있다면 얼마나 좋을까 하는 생각이 문득 들었다.

"나에게는 남들에게 딱히 보여주고 싶지 않은 은원이 있다 하지 않았소?"

팽무천은 씩 미소를 지었다.

"검각(劍閣)과 은원이 있느냐?"

소혼은 잠시 입을 다물다가 입을 열었다.

"그렇다면?"

"재미 찾으려고 시작한 강호행이 고생길로 변해 버리는 거지."

정사지간에 속해 있어 삼십 년 정마대전 동안 단 한 번도 얼굴을 비추지 않았던 곳. 하지만 그만큼 검각이 가지고 있는 힘은 큰 것이기에 그 누구도 그들을 함부로 할 수 없었다.

대대로 검군(劍君)을 탄생시킨 검보(劍堡)와 함께 검가제일(劍家第一)이라는 칭호를 받는 그들. 강호는 항시 그들의 행방을 주시해 왔다. 그리고 그 누구도 검각과 은원을 맺고 싶어하지 않았다.

만약 검각과 원한을 맺는다면? 아마 그 사람은 차라리 당가와 원한을 맺는 것이 낫다는 생각이 들 정도의 고통을 겪게 될 터였다. 그것이 검각의 전통이자 강호의 불문율이었다.

하지만 싱글싱글 웃는 팽무천의 모습으로 보아서는 딱히 무서워하는 것 같지는 않아 보였다.

그도 그럴 것이, 그는 이미 강호에 널린 은원의 사슬을 단칼에 부숴 버릴 만한 능력을 가지고 있었다. 그것은 소혼 역시 마찬가지였기에 팽무천은 이렇게 농을 던질 수 있는 것이었다.

"나는 분명히 말했소. 날 따라오면 고달픈 여행이 될 것이라고."

"에잉, 정말 며칠씩이나 이야기를 나누어보았지만 네놈만큼 앞뒤가 꽉 막힌 놈은 내 인생에 처음이다, 이놈아."

"그렇소?"

"좀 웃기도 하고 농담도 던질 줄 알아야지. 사람이 늘 냉막한 인상만 구가하고서 어찌 살아가누? 린아 앞에서는 잘도 너스레를 떨던 녀석이."

계속된 팽무천의 타박에 소혼은 무심코 웃음을 흘리고 말았다. 문득 깜깜한 동굴에 있을 누군가가 떠올랐다.

"어? 이제는 웃네? 거봐라. 웃으니까 얼마나 보기 좋으냐."

소혼은 결국 미소를 지우지 못했다.

"어르신을 보고 있으니 누가 떠올라서 말이오."

"음? 누구? 나도 아는 인물이냐?"

"나에게 의부가 되시는 분이오."

"……?"

팽무천은 고개를 갸웃거리면서 이것이 과연 좋은 소리일까 아닐까 하고 고민에 잠겼다. 그러다 아버지처럼 느껴진다는 소리겠거니 여기며 함박웃음을 터뜨렸다.

사실은 이리저리 남의 일 간섭하기 좋아하는 오지랖 넓은 모습에 빗대어서 한 소리였지만 말이다.

그때 두 노소의 등 뒤로 팽시영의 목소리가 들렸다.

"여기에… 계셨어요?"

말을 거는 팽시영은 평상시의 그녀가 아니었다. 몇 날 며칠을 굶은 사람마냥 볼이 핼쑥해진 것이, 오랫동안 마음고생을 모질게 한 병자처럼 보였다.

"껄껄, 소혼 녀석과 이런저런 이야기를 나누고 있었다. 그래, 이제 속은 좀 어떠하냐?"

팽시영은 배를 탄 뒤부터 꽤 모진 고생을 했다.

뱃멀미를 했던 것이다.

소혼과 팽무천이야 잠깐 정신이 어지럽더라도 내기를 한

번 돌려주면 머리와 속이 말끔해지는 까닭에 괜찮았지만, 아
직 내력 수발이 자유롭지 못하고 오랫동안 육지생활을 해왔
던 팽시영에게는 생고생이나 다름없었다.

그 때문에 남직예를 떠나 사흘이 지난 지금까지도 팽시영
은 멀미를 이기지 못하고 이리 고생을 하고 있었다.

"여전히… 좋지 않…… 우욱!"

팽시영은 난간을 부여잡으며 밖으로 얼굴을 내밀었다. 이
미 속은 비워질 대로 비워져서 쏟아낼 것도 없어 헛구역질만
연신 해댔다.

팽무천은 이를 도와줄 생각은 하지 않고 뭐가 그리 좋은지
낄낄 웃기만 했다. 결국 보다 못한 소혼이 나섰다. 팽시영의
등에 손을 얹고서 기운을 불어넣었다.

따스함, 그 자체라 할 수 있는 화륜진기가 기맥을 따라 흐
르자 팽시영의 안색도 곧 평온해졌다.

"왜 나왔소? 그냥 방에서 편히 지내는 것이 좋았을 텐데."

"그래도 하루 종일 잠만 자려니 답답해서… 이제 좀 괜찮
겠거니 해서 바람도 쐴 겸해서 나온 것인데. 후우, 정말 멀미
라는 것, 괴롭기만 하네요. 누구 씨는 깔깔 웃기만 하고."

팽시영은 조부를 있는 힘껏 째려보았다. 팽무천은 휙 고개
를 돌리고서 못 본 척 딴짓을 했다.

"그런데 목적지까지는 얼마나 남았어요?"

검각이 위치한 곳은 주산군도. 수십 개의 섬이 밀집해 있기

에 군도(群島)다. 그중 주산도(舟山島)가 바로 그들의 목적지였다.

"이제 얼마 남지 않았소. 아까 보니 육지가 언뜻 비치는 것 같던데."

"후우, 다행이네요."

바로 그때였다.

뿌우우우.

물소의 뿔로 만든 각적(角笛)이 긴 울음소리를 토해냈다. 목적지인 주산도가 얼마 남지 않았음을 알려주는 소리였다.

"다 왔나 보구려."

팽시영의 안색이 보기 좋게 밝게 활짝 피었다. 드디어 이 보이지 않는 적과의 사투가 종막에 이르게 된 것이다.

많이 핼쑥해지긴 했어도 본래의 미모가 뛰어나서 그런지 미소를 짓고 있는 지금은 보호 본능을 일으키는 가녀린 여인의 모습이었다.

하지만 그 화사한 미소도 얼마 가지 못했으니.

"그런데 어쩌나? 주산도에 도착하고 나서도 보타산도(普陀山島)에 가려면 다른 배편을 이용해야 하는데?"

일순, 팽시영의 얼굴이 더욱 야위어 버렸다.

낄낄 웃는 팽무천의 웃음소리가 바람을 타고 바다 너머 섬에 당도했다.

　　　　*　　　　*　　　　*

　같은 시각, 남궁세가.

　남궁린은 소혼이 머물던 방에서 눈물을 흘리고 있었다. 서신을 들고 있는 손이 부르르 떨렸다. 한두 방울의 눈물이 서신 위로 떨어져 먹물이 옆으로 번지고 있었다.

　이렇게 아무런 말도 없이 떠나게 되어서 미안하다.

　하지만 너에게는 네가 해야 할 일이 있고, 나에게는 내가 해야 할 일이 있지 않느냐.

　너의 수명을 갉아먹던 음한지기의 대부분은 내가 없앴다. 그러니 이제 갑자기 피곤해지거나 몸이 아플 정도로 차가워지는 등의 이상 현상은 생기지 않을 것이다. 다시 무공도 익힐 수 있을 것이다. 물론, 요정을 건드린 것은 아니니 천시는 멀쩡하다.

　그동안 내가 너에게 모진 고생을 시킨 것이 아닌가 싶다. 그리고 이렇게 또 말없이 떠나는 것 역시 그러하고.

　하지만 부디 마음을 추스르고 네가 걷고자 하는 길, 그리고 네가 성취하고자 하는 소망을 반드시 이루길 바란다.

　몸 건강히 지내어라.

　언젠가 인연이 된다면 그때 다시 만나자꾸나.

　"바보……."

남궁린은 결국 서신을 품에 끌어안았다.

비록 한 달밖에는 되지 않는 짧은 시간이었지만.

그렇지만… 그 한 달 동안 그녀는 한평생 모든 것을 다 바쳐도 얻지 못할 것을 받았다. 은혜와 목숨은 둘째다. 그녀가 받은 것 중 가장 소중한 것은…….

일각 후, 남궁린은 울음을 멈추고서 서신을 보았다.

정성을 들여 쓴 흔적이 보였다. 앞이 보이지 않는다는 사람이 글은 어떻게 쓴 것인지. 정말 신기한 노릇이었다. 비록 그녀의 눈물에 젖어 일부가 알아보기 힘들게 흐려지긴 했으나, 그녀에게는 둘도 없을 보물이나 진배없었다.

"누가 부나, 어둠 속의 옥피리 소리……."

누가 부나 어둠 속의 옥피리 소리
춘풍 타고 낙양성을 가득 채우네.
이 밤 따라 이별의 곡 읊조리니
뉘라 하여 향수 아니 일겠는가.

誰家玉笛暗飛聲
散入春風滿洛城
此夜曲中聞折柳
何人不起故園情

춘야낙성문적(春夜洛城聞笛)을 읊으며 남궁린은 가만히 눈을 감았다.

"당신의 말대로… 인연이 닿는다면 다음에 만나요, 소혼."

남궁가의 가주, 남궁정천은 일 년 칠 개월 만에 딸이 돌아왔어도 여전히 안절부절못하고 무언가에 정신이 홀린 사람처럼 자꾸 가주전 안을 방황했다.

"소가의 아들이 사라졌다고?"

그가 이렇게 안절부절못하게 된 것은 정확히 사흘 전 아침에 소혼이 팽무천, 팽시영과 함께 서신 하나만 달랑 남겨놓고서 사라졌다는 소식을 들은 뒤부터였다.

팽무천과 팽시영이 사라졌다는 소식은 그에게 아무런 감흥도 가져다주지 못했다. 무림대연을 열며 봉공을 맡아달라는 부탁은 팽가로서는 결코 거절하지 못할 낚싯대의 미끼였으니까.

하지만 정작 걱정되는 것은 바로 백염도라는 아이였다. 감숙에서부터 천시에 눈먼 군웅들로부터 딸아이를 구해주고 지켜주었다는 이. 어쩌면 그런 절대고수가 딸아이와 이어질지도 모른다는 생각에 남궁정천은 내심 기뻤다.

제아무리 시골의 삼류 가문에 지나지 않는다 하더라도 사위가 의검선도 꺾은 절대고수라 한다면 한순간에 대문파로 거듭나기 때문이었다.

그래서 백염도를 가문의 품 안으로 끌어들이면서 동시에 무림대연을 열어 남궁세가를 다시 제일가의 반석 위에 올려 두려 했다.

그런데,

"소가라니…… 절강소가… 그곳의 자식이라니. 그곳에 있는 아이들은 모두 죽은 것이 아니었나?"

남궁정천은 몸을 부르르 떨었다.

세상 누구도 모르고 있었지만, 절강에서 제법 유명했던 소가장을 하룻밤 만에 잿더미로 만든 이들 중 그도 적극 가담했었다. 그곳의 장주가 그와 호형호제를 하는 친구였지만 전혀 신경 쓰지 않았다.

천시의 위치가 그려진 장보도를 얻은 것도 바로 그때였다. 소가장을 습격한 이들 모두가 그 이유 때문이었다. 장보도. 그깟 그림 그려진 종이 하나 때문에.

"분명 내가 죽였다. 내 손으로 직접. 그런데? 어떻게 살아 있는 거지?"

당시 갓 가주 자리에 올랐던 남궁정천은 젊은 나이에 어울리지 않게 강호의 은원에 대해서 누구보다 잘 아는 능구렁이였다.

지금은 비록 보잘것없는 꼬마 아이들일지 모르나, 이 여섯 아이들 중 누구 한 명에게라도 기연 혹은 그 비슷한 것이라도 닿는다면 남궁정천의 목숨은, 혹은, 남궁세가의 안위는 어찌 될지 모르는 것이다.

그래서 죽였다. 열 살도 채 되지 않은 꼬마 아이들이었지만 직접 죽였다. 살을 베는 감촉이 있었고, 피가 흘렀다. 여섯 아이 모두가 몸뚱어리에서 목이 떨어졌다.

그런데 소가장의 후신이라 주장하는 이가 나타났다.

자신더러 숙부라고 한다.

그때는 정말 몸뚱어리가 찌르르 울리는 기분이었다.

나를 죽이려고 온 것일까? 희망에 부풀리게 했다가 한순간에 나락으로 떨어뜨리려고 한 것일까? 수많은 상념들이 머릿속을 스쳐 지나갔다.

독을 사용하거나 살수를 고용해 볼까 하는 생각도 들었지만 이내 포기했다. 상대는 백염도다. 강호 전체를 농락한 백염도. 그런 절대고수를 상대로 암수를 벌인다? 그냥 죽여 달라고 발악하는 것과 진배없었다.

한데, 독특한 것이 있었다.

백염도가 세가에 머무르는 사흘 동안 아무런 일도 발생하지 않았다.

아니, 하루 종일 전각에 박혀 머무르고 있다 하기에 무슨 일을 꾸미는가 싶었지만 아니었다. 녀석은 그 후로도 남궁린과 줄곧 잘 이야기했다.

거기에서 남궁정천은 한 가지를 깨달았다.

'녀석은 분명 내가 원수라는 것을 알지 못한다. 그렇다면?'

백염도는 그날 밤의 일을 벌인 흉수들에 대한 것을 알지 못하는 것 같았다. 그렇다면 이야기가 달라진다.

　과거는 과거, 현재는 현재. 가문 내에서 그때의 일을 기억하는 이는 이제 자신밖에 없다. 그렇다면 남궁정천, 그 자신만이 입을 다물고 있으면 그날 밤의 일은 없는 일이 될 터였다.

　그런 생각이 들자 다시 욕심이 들었다. 처음에 들었던 욕심. 절대고수를 사위로 맞을 수 있지 않을까 하는 생각이 들었다.

　그래서 가문과 한데 묶기 위해서 팽무천과 녀석을 한 자리에 불러놓고 무림대연에 관한 이야기를 꺼냈다. 봉공을 맡아달라고. 이런 조건이라면 그 누구도 거절하지 못할 것이란 판단이었다.

　한데,

　"아무 말도 없이 떠나? 백염도, 대체 너의 정체는 뭐지? 대체 어디까지 알고 있는 것이냐?"

　남궁정천은 이를 바득 갈았다.

　만약 백염도가 모든 사실을 알고 자신을 희롱하는 것이라면, 그렇다면 그는 속수무책으로 당할 수밖에 없었다.

　"으아아아!"

　쾅! 쾅! 쾅!

　결국 남궁정천은 화를 참지 못하고 탁자를 연신 내려쳤다.

딸아이와 천시를 동시에 잃을지도 모르는 위험이 닥쳤을 때도 보이지 않았던 화가 몸 전체를 엄습했다.

"가주! 무슨 일 있으십니까?"

밖에서 가주실을 지키고 있던 수하 막위가 문을 벌컥 열고 허겁지겁 안으로 들어왔다.

남궁정천은 그제야 자신답지 못하게 흥분했다는 것을 깨닫고 화를 삭였다.

"아니다. 잠시 고민할 것이 있어서 그랬다. 별일 아니니 너는 네 볼일을 보거라."

"예."

막위는 여전히 걱정 어린 얼굴을 했지만 이내 문을 닫고 가주실을 나갔다.

기감에서 막위가 멀찍이 떨어진 것을 확인한 후에 남궁정천은 이를 바득 갈았다.

"그 녀석… 정녕 정체가 뭐지?"

바로 그때였다.

귓속말 하나가 남궁정천의 귓가를 간질인 것은.

"당연히 소가장의 아이겠지."

"누구냐!"

남궁정천은 재빨리 벽에 걸려 있던 검갑을 회수해 검을 뽑아 들었다. 남궁세가 역사 대대로 내려오는 가보(家寶) 창천검(蒼天劍)이었다.

하늘처럼 청광이 넘실거리는 창천검은 그 자체만으로도 하나의 예술품이라 할 수 있을 정도로 아름다웠다. 하지만 그 것은 분명 무쇠도 쉽게 잘라내는 예기를 지닌 보검이었다.

"설마 그깟 무기로 나를 꺾을 수 있다고 생각하는 것은 아 니겠지? 크큭!"

공간이 일그러지면서 인물 한 명을 토해냈다. 킥킥 하고 웃 어대는 모습이 괴기한 인물이었다.

남궁정천은 상대가 누군지 확인한 후 창천검을 아래로 떨 어뜨렸다. 하지만 상대가 보기 싫다는 듯, 얼굴은 와락 일그 러져 있었다.

"오사(汚師), 당신이 여긴 무슨 일이오?"

제천궁을 수호하는 십천사 중 일인인 오사와 남궁정천의 만남은 실질적으로 충격적이라고 할 수 있었다.

장강 하나를 사이에 두고 지난 삼 년간 보이지 않는 암투를 해왔던 제천궁과 남궁세가였다. 그런데 두 세력의 대표라 할 수 있는 둘은 이번 만난 것이 처음이 아닌 듯했다.

"무슨 일이긴. 꼭 일이 있어야 오나?"

남궁정천의 아미가 더욱 골이 파였다.

"비록 당신들과 이해관계에 의해 협력 관계를 맺고 있으 나, 겉으로는 어디까지나 적대 관계요. 이렇게 아무런 연락도 없이 안하무인격으로 불쑥 모습을 드러내었다가 다른 사람들 이 보기라도 하면……."

"뭐, 그때는 죽이면 되잖아?"

오사는 사람을 죽인다는 표현을 너무 쉽게 했다.

남궁정천의 인상이 더욱 기괴하게 일그러질 무렵, 오사가 입을 열었다.

"여하튼 내가 이렇게 불쑥 찾아온 이유는 다른 게 아니라……."

"돈이나 세력 양보라면 나는 이미 해줄 대로 해주었소. 더 이상 그대들에게 줄 것도 없단 말이오! 이제 당신들이 나에게 약조했던 그것을 주어야 하는 것 아니오?"

남궁세가가 어느 날 조금씩 무너지기 시작했던 이유. 그것은 남궁정천과 제천궁 간에 맺어졌던 밀약 때문이었다.

제천궁이 강남에 터를 제대로 터를 잡을 때까지 도와달라는 부탁. 하지만 그 부탁은 사슬이 되어 강남을 정벌하고 북진을 추진하는 지금까지 남궁정천을 옭매고 있었다.

"그런 것 때문이 아니야. 왜 이래? 낄낄! 이제 본 궁도 제대로 자리 잡았다고. 구파? 오가? 그깟 것들이 함께 덤벼도 무섭지 않지. 암."

"그럼 대체 무슨 일이오?"

"토사구팽(兎死狗烹)."

한고조(漢高祖) 유방(劉邦)이 개국 일등 공신이었던 한신을 죽였다는 고사.

그 뜻을 알아챈 남궁정천이 재빨리 검을 휘둘렀다. 세간에는 정마대전 동안 유실했다고 알려진 제왕검형(帝王劍形)의 비기인 제왕무적검(帝王無敵劍)이었다.

쉐에에엑!

서슬 퍼렇게 맺힌 강기를 앞에 두고서도 오사는 유유자적한 모습을 거두지 않았다. 입가에 미소까지 달 정도였다.

"멍청한 것."

휙!

오사는 간단하게 오른팔을 앞으로 쭉 내밀었다.

짧고 간결한 동작. 하지만 그 짧은 일수가 낳은 여파는 어마어마했다. 제왕무적검의 강기가 단숨에 분쇄된 것이다.

퍽!

남궁정천의 등가죽 위로 오사의 팔이 올라왔다.

"커헉!"

핏물이 사방에 튀었다. 남궁정천의 눈가가 파르르 떨리기 시작했다. 심장이 뚫렸으니 살아남을 가능성 따윈 전무했다.

오사는 남궁정천의 귓가에 얼굴을 바짝 붙이며 그만이 들을 수 있도록 작게 중얼거렸다.

"그거 아나? 궁주는 서로 다른 두 개의 가면을 번갈아 쓰던 자네를 그 누구보다 경멸했다네. 바로 그날부터."

"서, 설마……?"

무언가를 깨달은 남궁정천의 입가가 파르르 떨렸다. 만약 그가 생각한 사실이 맞다면……!

"오? 그 짧은 사이에 모든 진실을 깨달은 것인가? 핫핫. 대단한 놈이로군. 여하튼 진실을 알았으니 더 이상 세상에 미련은 없겠지? 그래도 한때나마 군림천하를 꿈꾸며 세간의 이목을 속여 살아오지 않았나."

오사는 남궁정천을 관통한 팔을 뽑았다.

푸확!

왼쪽 가슴에서 꾸역꾸역 피가 쏟아졌다.

남궁정천은 힘겹게 팔을 들어올렸다. 그는 이제 가문의 유일한 남궁 씨가 될 딸을 떠올리고 있었다.

'린에게… 린에게 이 사실을 전해야……!'

하지만 그의 생각은 오래가지 못했다.

진실을 깨달은 자의 최후는 냉혹한 법.

"잘 가시게나. 염왕에게 안부 전해주는 거 잊지 말고."

퍽!

오사의 수도가 손쉽게 훑고 지나가자 남궁정천의 머리가 곤죽처럼 터져 나갔다.

그의 죽음을 확인한 후 오사는 뒤돌아서 공간에 녹아들었다. 궁주가 내린 다음 일을 처리하기 위해서였다.

휘이이잉.

싸늘한 바람만이 주인을 잃은 한적한 가주실을 가득 메울 뿐이었다.

＊   ＊   ＊

소혼과 팽가 일행은 검각이 있는 보타산에 도착했다.

섬이 곧 산이기에 달리 보타산이라고도 불리는 곳.

사천 아미산, 산서 오대산, 안휘 구화산과 함께 불문의 사대 명승지로 꼽히는 곳답게 보타산은 눈에 보이지 않는 무언가를 담고 있었다.

특히나 마기를 품에 안은 소혼과는 항성(抗性)을 가질 수밖에 없어 산의 위용에 감탄하면서도 인상이 살짝 찌푸려지는 것은 어쩔 수 없었다.

하지만 그런 속내의 마음을 겉으로 드러내고서 검각을 방문할 수는 없는 까닭이었기에 소혼은 마기를 가라앉히고 팽무천, 팽시영과 함께 산을 올랐다.

산 중턱쯤에 올라가자 수십 개의 고풍스런 절이 위치한 산문에 도착할 수 있었다.

"아미타불. 본 각에는 무슨 일로 찾아오셨습니까?"

검각은 불문을 표방하지만 성향은 속가 쪽에 가깝기 때문에 여문도들로만 이루어져 있어도 삭발을 한 승려는 찾아보기가 힘들었다.

소혼 일행의 발걸음을 막은 여인 역시 그러했다. 불문에 귀의한 비구니라기보다는 잘 닦인 검과 같은 기세가 느껴지는 무인에 가까웠다.

"각주를 뵈러 왔소."

소혼의 말에 여문도가 고개를 갸웃거렸다. 손님이 온다면 아침에 미리 언질을 받았을 텐데, 그런 언질을 전혀 받지 못한 탓이었다.

"선약이 되어 있으십니까?"

소혼은 고개를 저었다.

"아니오."

여문도의 안색이 살짝 굳어졌다.

"시주들께는 죄송하지만 아무런 선약도 없이 각주를 뵈게 할 수 없습니다."

"시간이 걸려도 좋소. 각주께 언질이라도 넣어주시구려. 꼭 뵈어서 드릴 말씀이 있다고."

말하는 모습이나 무게로 봐서는 절대 허언을 할 사람이 아니었다. 여문도는 살짝 고민을 하다가 이내 고개를 끄덕였다.

"일단 말씀은 올리지요. 그전에 본 각의 손님이라 할 수 있으니 안으로 드세요."

"고맙소."

여문도의 안내에 따라 소혼과 일행은 검각 안으로 들어섰다.

'얏! 얏!' 우렁찬 기합 소리가 들리고, '아미타불 관세음보살' 하며 불경을 외는 소리가 울리고 있었다.

길을 따라 계단을 따라 올라가길 여러 차례.

그들은 곧 객전에 당도할 수 있었다.

여문도는 시비들에게 일러 손님들에게 다과상을 내줄 것을 명한 후, 일행에게 물었다.

"각주께는 어디서 오신 분이라고 전해드릴까요?"

소혼은 잠시 팽무천과 팽시영을 보며 머뭇거리다 이내 입을 열었다.

"천산(天山)의 일을 마무리 지으러 온 사람이라 전해주시오."

당금 강호에 천산이라는 칭호를 쓰는 산은 딱 한 군데가 있다. 신강에 위치한 십만대산. 그곳 중심에 대천산이 있으니, 곧 마인들의 성지인 천년마교, 천마신교가 웅거하고 있는 곳이기도 하다.

"……."

"……."

소혼에게서 천산의 이야기가 나올 줄 몰랐던 팽무천과 팽시영이 가만히 입을 다물고, 여문도 역시 갑자기 천산이 나올 줄 몰랐던지 화들짝 놀란 모습이었다.

"전해주시겠소?"

"아, 알겠습니다."

정파든, 사파든, 그것이 설혹 정사지간의 문파든, 마교라는 존재는 누구에게나 공포를 가져다주는 존재일 수밖에 없었다.

여문도가 자리를 벗어나려는 순간, 팽무천이 갑자기 그녀를 잡았다.

"이보게."

"예?"

"각주께 전날의 칼에 미친 미치광이도 왔다고 전해줄 수 있겠나?"

여문도는 가만히 고개를 끄덕이며 자리를 벗어났다.

약 한 시진 후.

일행을 객전으로 안내해 주었던 여문도가 일행을 찾아와 각주가 손님들을 뵙고 싶어한다며 그들을 각주전으로 안내한다 했다.

소혼과 일행은 객전에서 제법 거리가 멀리 떨어진 곳까지 걸었다. 도중에 지나친 절과 전각들은 '과연'이라는 말이 절로 나올 정도로 탄성이 절로 나왔다.

그렇게 각주전에 당도하고서 그들은 삼엄한 경비를 지나, 당대 검각주(劍閣主)이자 검후(劍后)인 여인을 만날 수 있었다.

검후는 세간에 알려진 회갑이라는 나이에 걸맞지 않게 꽤나 젊어 보였다. 많이 잡아봐야 마흔? 세월을 거스를 정도의 뛰어난 무공 실력을 지녔다는 뜻이었다.

특히나 젊었을 적에는 꽤나 미인이었던 듯, 눈가에 살짝 접힌 주름이 온화한 인상을 더하고 있었다.

소혼과 팽시영은 처음 검후를 본 순간 그녀가 옆집 할머니처럼 포근한 사람일 것이라 생각했다.

하지만 그 상상은 곧 대판 깨지고 말았으니.

"오! 그동안 잘 지냈는가, 할망구?"

"시끄러! 이 개자식아!"

팽무천과 마주치자마자 검후는 근처에 있던 불상 하나를 쥐고서 냅다 던져 버렸다. 공력도 제법 실렸는지 한 번 부딪치면 뼈가 가루가 될 만큼 매서웠다.

"웃차!"

팽무천은 높이 뛰어올라 불상을 피했다.

퍽!

나무로 만들어진 바닥이 뚫리며 불상이 머리부터 거꾸로 심어졌다. 천상계에서 도를 닦고 있을 부처가 본다면 당장에 노할 모습이었다.

각주전에 있는 제자들도 평상시 늠름하고 조용하던 검후가 다짜고짜 뒷골목 파락호처럼 욕을 하는 것으로도 모자라 불상을 던지는 모습에 경악에 빠지고 말았다.

팽시영은 이대로 있으면 사단이 나도 단단히 나겠다는 생각에 식은땀을 삐질 흘리며 팽무천에게 물었다.

"할… 아버지, 혹시 검후님을 아… 세요?"

"어. 홍안 시절 강호 유람을 즐기던 찰나에 만난 적이 있어."

"홍안 시절요?"

"강호 유람 좋아하네. 거지발싸개처럼 구주가 좁다 하고 이리저리 사고만 치고 다니던 놈이 누군데?"

"큭, 그 거지발싸개 옆에는 누가 있었더라?"

"닥쳐라, 이놈! 내가 그때의 일을 생각하면 아직도 몸이 부들부들 떨린다!"

"그건 화 때문에 떨리는 게 아니라 늙어서 그런 거라고. 젊음만 되찾을 줄 알았지 머리는 여전한가 봐, 소 매(疏妹)?"

"누구더러 소 매라는 것이냐!"

그렇게 팽무천과 검후 간의 언쟁이 오고 갈 무렵, 검후의 명에 따라 소혼 일행을 데려왔던 여문도 이하영은 식은땀을 삐질삐질 흘리고 있었다.

그때 이를 보다 못한 제자 중 한 명이 검후에게 예를 올렸다.

"각주, 과거의 일은 나중에 청산하시고, 일단은 천산에서 왔다는 사람의 이야기부터 해야 하지 않겠습니까?"

"아, 그렇지? 흠흠, 그래. 네가 그 천산에서의 일을 마무리 지으러 왔다는 사람이더냐?"

검후는 헛기침을 몇 번 하더니 의자에 몸을 뉘이며 목소리를 내리깔았다. 은연중에 흘러나오는 기도는 일대 종사를 연상케 했다. 언제 시정잡배처럼 모습을 보였는지 알 수 없을 정도였다.

팽무천에게는 가당찮은 모습이었지만.

"…지랄하네."

검후는 발끈하며 팽무천에게 달려들려 했지만, 더 이상 길길이 날뛰었다가는 자신을 바라보는 제자들의 눈빛에서 존경심이 사라질 것 같아 화를 꾹 눌러 담았다.

소혼이 앞으로 나서서 예를 올렸다.

"소혼이라 하오."

"소혼?"

어디선가 들어본 듯한 이름에 검후가 고개를 갸웃거리자 팽무천이 낄낄 웃으며 말했다.

"이놈이 바로 백염도다."

"백염도!"

"질풍행로의 그……?"

백염도의 질풍행로는 강호에서 제법 떨어진 검각에도 유명했는지 대부분의 문도들이 화들짝 놀라 소혼을 바라보았다.

검후 역시 의검선을 꺾었다는 절대고수가 이렇게 젊다는 것에 내심 놀랐으나 내색하지 않고 반문했다.

"그래. 그런 사람이 이곳엔 무슨 일로 왔지? 주산군도에서 피바람을 일으킬 것은 아닐 테고."

비록 검각이 정사지간의 문파라고 하지만 엄연한 불가를 표방하는 불문 검파(佛門劍派)다. 정마대전에 참가하지 않은 것도 칼에 피를 묻힐 수 없기에 선택한 일. 자연스레 강호에 피바람을 일으킨 소혼에게 좋은 인상을 가질 수가 없었다.

하지만 소혼 역시 아무렇지 않은 듯했다.

그가 상대하고자 하는 것은 원수지, 검각이 아니니까.

"혹시 이곳에 환도맹주가 오지 않……."

바로 그때였다.

"검후, 마교에서 사람을 보냈다던데, 사실입니까?"

소혼의 몸이 삽시간에 굳었다. 등 뒤로 들린 한 남자의 목소리 때문이었다.

절대 잊을 수 없는 목소리다. 삼 년 동안 칼을 갈며 목을 벨 날을 기다리게 만들었던 녀석의 목소리였다.

놈을 찾기 위해 얼마나 오랜 시간이 걸렸던가!

소혼은 곧바로 땅을 박찼다.

휙!

어기충소의 수로 높이 날아오르자, 검각 문도들이 일제히 소리치기 시작했다.

"각주님을 보호하라!"

"놈을 막아라!"

그들의 눈에는 소혼이 검후를 노리는 것으로 보였다. 하지만 소혼은 검후 쪽으로 움직이지 않았다. 목소리가 들린 뒤쪽으로 몸을 날렸다.

휘리리릭!

허공에서 답보를 한 번 밟으며 몸을 뱅그르르 돌렸다. 분천도가 도갑에서 분리되며 순백색 도신을 세상에 드러냈다.

목표는 바로 목소리의 주인공, 환도맥주 유현이었다.

천산에서 사람을 보냈다는 소식에 반가운 마음으로 한 걸음에 각주전에 찾아온 유현은 멍한 표정으로 소혼을 바라보았다.

분천도가 그의 머리 위로 떨어질 때까지 그는 석상처럼 굳어져 몸을 움직이지 못했다.

휙!

분천도가 유현의 머리를 쓸어내리려는 순간,

챙!

유현의 뒤를 따라오던 노인이 앞으로 나서서 소혼의 공격을 튕겨냈다.

상대의 정체를 알아챈 소혼이 버럭 소리를 질렀다.

"만독자!"

"애송아! 여기서 다시 만나게 되는구나!"

바로 독사 만독자였다. 감숙에서 사라졌던 그가 유현의 호위무사가 되어 지금 이곳에 있는 것이다!

우우우우우웅!

분천도가 길게 도명을 터뜨렸다.

"…죽이겠다."

도풍과 강기가 사방에 비산하며 그 위로 하얀 섬광 수십 개가 터졌다.

쉥, 쉥쉥! 쉬시시싯!

분천도가 만독자와 유현을 베기 위해 움직이기 시작했다.

능광도섬(凌光刀閃)의 재림이었다.

드디어 진정한 복수행의 서막을 알리는 전주곡이 시작된 것이다.

『신도무쌍』4권에 계속…

화공도담

畵工
道談

촌부 新무협 판타지 소설

예(禮)와 법(法)을 익힘에 있어
느리디느린 둔재(鈍才).
법식(法式)에 얽매이기보다 마음을 다하며,
술(術)을 익히는 데는 느리지만
누구보다 빨리 도(道)에 이를 기재(奇才).

큰 지혜는 도리어 어리석게 보이는 법[大智若愚]!

화폭(畵幅)에 천지간(天地間)의 흐름을 담고
일획(一劃)에 그리움을 다하여라!

형식과 필법을 익히는 데는 둔하나
참다운 아름다움을 그릴 수 있게 된
화공(畵工) 진자명(陳自明)의 강호유람기!

은하의 계곡

무천향
武天鄉

허담 新무협 판타지 소설

뿌리를 찾아가는 목동 파소의 여행.
그 여정의 끝에서
검 든 자들의 고향 대무천향(大武天鄉)을 만난다.

검객 단보, 그는 노래했다.

…모든 검 든 자들의 고향 무천향.
한초식의 검에 잠든 용이 깨어나고, 또 한초식의 검에 잠든 바다가 일어나네.
검의 흐름을 따라가다 보면 어느새, 세월도 잊어버리고, 사랑도 잊어버리고,
무공도 잊어버려…….
결국에는 자신조차 잊어버리는…….

은하의 가장 밝은 빛이 되어버린다는
그 무성(武星)들의 대지(大地).

아, 대무천향(大武天鄉)이여!

은하의 계곡

무천향
武天鄉

허담 新무협 판타지 소설

뿌리를 찾아가는 목동 파소의 여행.
그 여정의 끝에서
검 든 자들의 고향 대무천향 (大武天鄉)을 만난다.

검객 단보, 그는 노래했다.

…모든 검 든 자들의 고향 무천향.
한 초식의 검에 잠든 용이 깨어나고, 또 한 초식의 검에 잠든 바다가 일어나네.
검의 흐름을 따라가다 보면 어느새, 세월도 잊어버리고, 사랑도 잊어버리고,
무공도 잊어버려……
결국에는 자신조차 잊어버리는…….

은하의 가장 밝은 빛이 되어버린다는
그 무성 (武星)들의 대지 (大地).

아, 대무천향 (大武天鄉) 이여!

유행이 아닌 자유추구 -
WWW.chungeoram.com
Book Publishing CHUNGEORAM

유행이 아닌 자유추구 -
www.chungeoram.com

Book Publishing CHUNGEORAM

낭왕 狼王

별도 新무협 판타지 소설

살내음 나는 이야기에 여러분은 가슴 졸인 적이 있는가?
남들이 볼까 두려워하며 책을 가리면서 읽었던 구절을 몇 번이나 반복하며
읽은 적이 없는가?

구무협의 향수를 그리워하던 별도가 결국은
〈무협의 르네상스〉를 부르짖으며 직접 자판 앞에 앉았다.

"제가 무협을 쓰기 시작한 이유는 더 이상 읽을 책이 없었기 때문입니다."

모든 일은 4년 전부터 시작되었다.
살인사건을 배경으로 펼쳐지는 음모와 배신, 사랑과 역공작,
그리고 정사!

우리 시대의 이야기꾼, 별도의 새로운 글, 〈낭왕狼王〉
〈천하무식 유아독존〉, 〈그림자무사〉, 〈검은여우호狐狸〉를
이은 그의 또 하나의 역작!